„Wir schreiben also das Jahr 2003?"

„Ganz genau. Plus… Vierzig."

„Vierzig…?"

„Nun, Vierzig eben… nun, äh, Milliarden Jahre. Vierzig Milliarden Jahre. Wir schreiben das Jahr 2003 plus eben… vierzig Milliarden Jahre. Das Universum hat sich eins, äh, weitergedreht sozusagen. Aber glaub mir, du wirst den Unterschied fast nicht merken."

Jochen Lembke

Macht Taxifahren sexy?

Du sollst keine blasphemischen
Kurzgeschichten mehr schreiben!

Ich fahr Taxi Tag und Nacht

– Band 3

Roman

Cover: Jochen Lembke,
Alexander Fridrich,
(Compusign, Gundelfingen)

© Copyright 2004,
Jochen Lembke

Herstellung und Verlag: Books on Demand
GmbH, Norderstedt

ISBN 9783839152331

Jochen Lembke, „Europas taxifahrender Schriftsteller"
Webseiten:
http://jochenlembke.spaces.live.com/ (Englisch)
http://jochenlembkeD.spaces.live.com/ (Deutsch)

Kapitel 1

1. Sweetie.
2. „Dieses Universum ist *besser*?"
3. „Macht Taxifahren sexy?"
4. Bukenkötter, der alte Naschkater.
5. „Du sollst keine blasphemischen
   Kurzgeschichten mehr schreiben!"

Kapitel 2

6. „Bitte *hole* meine Kerze!"
7. Ein Freiburger Taxifahrer packt aus.
8. Rainer hat ein ziemliches Problem.
9. Zwei Chaoten am Stand.
10. Wer hat mir den Körper gestohlen?

Kapitel 3

11. Yin und Yang.
12. Der Trojanische Krieg?
    Schuld ist Helena.
13. Zwei Chaoten im Café.
14. „Anke, alle Männer starren dich an!"
15. Just like a young girl should!
16. Taxifahrer lesen keine Badische.

Kapitel 4

Kapitel 5

Kapitel 6

Interview mit mir selber

Die politisch-ökologisch korrekte Seite zum Schluss

Medien- und Promistimmen

Was bisher geschah

Band Eins:
Paul, dem gut aussehenden globetrottenden Gelegenheitstaxifahrer, geht nach einem Winter in Südamerika das Geld aus. Also muss er den Sommer über feste fahren, was seinen Kumpels Sami, dem exzentrischen palästinensischen Zahnmedizinstudenten, schmerzloser Bohrer genannt, und Rainer, dem verhinderten Science-Fiction-Autor (mit Frauen der volle Chaot), jedoch auch nicht anders geht.

Paul und die anderen erleben jede Menge lustig bis skurrile Abenteuer im Taxi, wobei jeder sich seiner Veranlagung entsprechend ausleben kann.

Für Paul kann es in diesem Sommer jedoch sehr bald nur zwei Ziele geben: so bald er Geld hat, wieder auf Tour gehen – und dies möglichst nicht alleine, sondern mit Anke, der spröde-schönen, umschwärmten Nachtfahrerin. Obwohl es am Anfang nicht ungünstiger für ihn stehen könnte, kann er zum Schluss endlich seine süße Anke in die Arme schließen – und mit ihr, für den Winter über, nach Australien jetten.

Während Sami nach Bochum entschwindet, um dort wieder sein Studium aufzunehmen, sieht es für Rainer nicht gerade rosig aus. Er hadert mit Susanne, einer treulosen Tomate und seinem Schicksal, tröstet sich mit dem Schreiben blasphemischer Kurzgeschichten (mögliche höchst phantastische Folgen nicht bedenkend) während ein Journalist namens Willi „O Chott" einen unrühmlichen Taxi-Kurzauftritt, nervlich zerrüttet, besser bald wieder beendet.

Band Zwei:
Rainer ist am Boden zerstört und verschwendet seine letzten Energien mit Trinken und dem Schreiben von Hassbriefen. Doch aufgrund seines großen unentdeckten schriftstellerischen Potentials geht es bald wieder so richtig aufwärts mit ihm. Er schreibt einen kompletten Science-Fiction-Roman, der sich mit einer Reise durch die Zeit ins Jahr 1914 beschäftigt, findet einen Verleger – und wird mal eben von einem Taxiserienkiller ermordet.

Umgebracht wird auch, neben einigen anderen, Taxi-Wiedereinsteiger Willi „O Chott", dem die Story seines Lebens selbiges kostet, und ein lustiger Taxichaot namens Ekke, der dicke mit Kollegen Heinrich befreundet war, dem leicht resignierten Altlinken und Polit-Aktivisten. Kann es da verwundern, bei soviel

Crime (und sowenig Sex), dass die Geister der Ermordeten erwägen, auf der Kajo, mit Schildern in der Hand, gegen ihren Mörder zu demonstrieren?

Dem üblen Gemetzel entgehen aber auch Bukenkötter, den dreißig Jahre Taxifahren zynisch gemacht haben, der darüber Glossen für die Taxifahrerzeitung schreibt und die sich stets sehr kritisch mit ihrem Aussehen auseinandersetzende Ute, die noch nicht ganz solange fährt und für erwähnte Zeitung etwas über ihre Zeit bei der Telefonauskunft verfasst hat.

Und Paul und Anke? Paul sucht ein Bordell auf, gezwungenermaßen – weil Anke jetzt darin arbeitet! Sie will, back in Germany, nichts mehr von Paul wissen.

Und der will deswegen nur noch eins, ab nach Nepal und der Welt entsagen.

Kapitel 1

1. Sweetie.

Oktober 2003.

Heute ist ein ganz normal verrückter Tag, in einem ganz normal verrückten Universum.

Ein gewisser taxifahrender Palästinenser hat mit seinem: „Schöne Frau, darf ich Sie wo hin fahren?" Schule gemacht. Überall lauern jetzt Taxifahrer am Stand und schießen diese Frage ab wie Amor den Pfeil, sobald es irgendwo in ihr Blickfeld wippt. Und die Reaktionen reichen von: „Sagen Sie mal, wer sind Sie eigentlich, Brad Pitt? Brad Pitt, der gerade Taxi fährt, um für eine neue Rolle zu recherchieren und dafür extra Deutsch gelernt hat, hm? Sie sehen doch, dass ich, na ja, nicht gerade hässlich bin. Also, was soll dann die Frage, von einem", sie lacht spöttisch, „Taxifahrer?", bis hin zu: „Wohin soll denn das führen? Als nächstes fragen Sie mich, ob ich mit Ihnen Kaffee trinken gehe. Dann wollen Sie mich ins Kino einladen. Dann wollen Sie mit mir was trinken gehen, dann wollen Sie ins Bett mit mir. Und eine Woche später dann genau das gleiche Programm mit einer anderen und ich sitz da und heul mir die Augen aus. Ich bin doch nicht bekloppt!"

Normalerweise sieht man von Taxifahrern nur die aufgeschlagene Zypresse hinter der Scheibe, denn jeder von ihnen liest ständig Stellenanzeigen, weil jeder Taxifahrer diesen Job selbstverständlich nur macht, bis er etwas Besseres hat, mancher allerdings schon jahrzehntelang. Denn sie sind eben oft eine ganz eigene Spezies, die sich nirgendwo so ohne weiteres einfügen, eckig, kantig und bisweilen schwer vermittelbar.

Ein Freiburger Taxifahrer jedoch, neben dem noch ein Kollege sitzt, liest gerade raschelnd in einer Badischen Zeitung, vertieft sich in einen bestimmten Artikel. Oben, auf der aufgeschlagenen Seite, ist ein triumphierender Arnold Schwarzenegger abgebildet.

„Die Maschinen aus der Zukunft haben es geschafft!", sagt er dann. „Es ist ihnen ein entscheidender Schlag gegen die Menschheit gelungen. Sie konnten einen der ihren in die Gegenwart einschleusen und eine wichtige politische Position mit ihm besetzen." Er lässt die Zeitung sinken.

„Der Gouverneur von Kalifornien – ein *Terminator!*"

Sein Kollege, der neben ihm sitzend seine Wartezeit verbringt, lacht sich verhalten Falten. Hauptsächlich ist er jedoch damit beschäftigt in den Rückspiegel zu linsen, den er sich, Proteste nicht beachtend, passend zurechtgebogen hat. Denn er will auf keinen Fall Freiburgs neue Sehenswürdigkeit verpassen.

Freiburgs neue Sehenswürdigkeit heißt „Sweetie", nennt sich jedenfalls selber so, und ist furchtbar aufgeregt. Dieser ganz normal verrückte Tag im Oktober ist für sie nämlich ein ganz *besonderer* Tag. Nicht weil die Kalifornier mal wieder einen Schauspieler zum Gouverneur gewählt haben, sondern weil heute der erste Tag in ihrem aufregenden Leben ist, den sie in einem neuen aufregenden Job verbringt. Kribbelig rutscht sie auf dem Fahrersitz ihres fabrikneuen Taxis hin- und her.

Sie ist soo aufgepuscht!

Find ich das alles geil! Du sitzt hier im Taxi, hey, und ziehst dir das Leben rein! Sie schaut auf das Gewühl um sie herum, auf all die einzelnen Leute, die der endlose Strom der bummelnden Innenstadtbesucher an ihr vorbeischwemmt, als wären sie Treibgut in einem Wildbach namens Kaufrausch. *Zieh dir diesen Typen da rein, zieh dir diese Frau da rein, hey! Die ganzen Leute hier – einer von denen steigt bei dir ein, hey, und du weißt überhaupt nicht wer. Du weißt nicht wie er heißt, du weißt nicht, wohin es geht und du weißt nicht, was alles passieren kann – ist das nicht t o t a l geil?*

Sie lehnt sich zurück, zieht den, irgendwie berauschenden, Neugeruch des „letzten Schreis in Daimlers Produktpalette" tief in ihre gepiercte Nase. Mensch, sie ist doch gerade erst mal Zwanzig geworden – und fährt schon so einen klasse großen neuen Schlitten! Sie merkt gar nicht, dass sich hinter ihr der Stand aufzufüllen beginnt.

Sie merkt auch nicht, dass sie aus dem ersten der beiden Autos vor ihr beobachtet wird.

Aus dem Auto *hinter* ihr steigt jemand aus und schlendert gemächlich zu ihr her. Ein grauhaariger, etwas vergammelt aussehender Typ beugt sich zu ihr hinunter, spricht sie durchs geöffnete Fenster an.

„Na Mädel, du könntest dein Geld aber auch leichter verdienen." Bukenkötter, denn er ist es, produziert eine Mischung aus väterlichem Lächeln und anzüglichem Grinsen. Der Neugeruch aus Sweeties Wagen wird plötzlich überlagert von verrauchten Klamotten, Männerschweiß und – ja, einer leichten, aber von einer jungen Nase nicht zu überriechenden, Alkoholfahne!

Sie lächelt ein wenig unsicher. Aber sie ist nicht auf den Mund gefallen.

„Na ja...", sie entscheidet sich auch „Du" zu sagen, „du kennst dich ja aus... du kannst mir sicher ein paar Tipps geben."

„Na klar geb' ich dir Tipps, Mädel!" Er grient. *Noch ist sie jung und hat all diesen Scheiß vor sich... Aber flott ist das Mädel!* „Komm, lass' Auto stehen, ich lad' dich zu einem Kaffee ein!"

Ihr Blick fällt in diesem Moment auf einen jungen Typen mit einem umgehängten Gerät, das aussieht, wie einer dieser Rekorder, die Reporter immer benutzen, wenn sie Leute interviewen wollen. Er hebt, hinten am Stand, einem Fahrer ein Mikrophon vor die Nase. Bukenkötter zieht dann auch gleich ab, nachschauen, was los ist.

In die beiden Autos vor ihr kommt nun Bewegung. Der Erste fährt los, nachdem vorher jemand noch auf der Beifahrerseite ausgestiegen ist. Dieser tut jetzt so, als wollte er an ihrem Wagen vorbeilaufen, späht dabei nach hinten.

„Was ist denn da los?", fragt er, nachdem er sich unauffällig bis genau auf ihre Höhe gearbeitet hat. Und eine Antwort gar nicht erst abwartend streckt er ihr seine Pfote entgegen. „Ich bin der Heinrich, übrigens!" Ihr fällt als Erstes seine üppige rote Lockenpracht auf. „Kannst mich auch den ‚roten Heinrich' nennen."

„Ich bin die Sweetie."

„Süß. *Hey*, kann ich dich zu einem Kaffee einladen? Lass' doch das Auto hier stehen..."

„Darf ich doch, äh, stören?", klingt es von vorn. Ein Einsteiger, so etwas sollte es auch noch geben in Freiburg. Heinrich zieht mit einem bedauernden Achselzucken ab. Aber auch bei ihr steigt jemand ein – ihre erste Fahrt! Im Rückspiegel sieht sie Bukenkötter zurückkommen.

Er schaut ihr lange nach.

Ihr Fahrgast, eine junge Frau, will nach Landwasser. Sie kommt gerade aus der Schweiz und erzählt ihr die Horrorstories über die Taxifahrer in Zürich. Die hätten es da nicht so nötig mit Service und so, da würden ja voll nur die Cadillacs herum fahren. Und vom dortigen Reichtum bliebe ja auch einiges bei den Kutschern hängen. Da wären auch einige recht skurrile Typen, erzählt sie, ein Fahrer hätte so einen „Afro", dass man schon keinen Platz mehr neben ihm hätte. Ein anderer ließe sich ständig ein paar neue Gags einfallen, und machte aus seinem Taxi ein Gesamtkunstwerk.

Drapiert n' Haufen Obst auf die Motorhaube und fährt damit spazieren.

Krass! denkt sich Sweetie. *Ich bin drin im Geschäft. Ich bin endlich da, wo es megamäßig abgeht!*

Und sie braust mit ihrem neuen Schlitten herum.

Sie kriegt noch eine Anschlussfahrt, muss dabei einem Polizisten ausweichen, der mitten auf der Fahrbahn stehend, allein und ohne Blaulicht, ohne irgendwas, seelenruhig irgendeinen Sachverhalt fotografiert. Ungeachtet der Tatsache, dass jeder schnell mal zu einem Sachverhalt werden kann, den andere zu dokumentieren haben, wenn er nicht genügend aufpasst. Dann fährt sie wieder zum Standplatz zurück.

Abgefahren! Was für ein cooler Job! Wenn ich nicht aufgepasst hätte, wär' jetzt der Bulle platt wie eine Stulle!

Am Stand ist es wieder ruhig, keine Spur von dem Radiomenschen. Sie stellt sich an. Vor ihr steht da einer und macht komische Verrenkungen.

Sie sieht ihm eine Weile zu und steigt dann aus. Er lässt sich nicht stören, lächelt sie nur freundlich an.

Lustiger Typ! Aber er hat irgendwas ...

„Hallo", sagt er dann mal zwischenrein und macht weiter seine ruhigen fließenden Bewegungen, die Sweetie vorkommen, als hätte er in seinem ganzes Leben nichts anderes gemacht, „bist du neu? Ich bin der Ole." Er streckt ihr die Hand entgegen, die sie ergreifen will. Er aber bewegt sie weiter.

„Ich bin die Sweetie. Heute ist mein erster Tag." Nun fällt ihr ein Kollege hinter ihnen auf, der sie durch die Windschutzscheibe unverwandt anstarrt. Sie schaut schnell weg.

„Dein Erster? Dann solltest du jetzt einen Kaffee ausgeben!" Ole schmunzelt, macht weiter seine ulkigen Übungen, als hätte er das nur im Spaß gesagt. „Oder *ich* mach das – Alter vor Schönheit. Du kannst ja dein tolles neues Auto gerade hier stehen lassen, es passiert ihm nichts."

Doch dann lächelt er charmant und deutet eine kleine, entschuldigende Verbeugung an, als er einen Funkauftrag bekommt und in seinen Wagen steigt.

Ihr Taxi, und das des anderen, stehen jetzt alleine da. Der Fahrer beobachtet sie, nach wie vor, durch die Windschutzscheibe. Sie kann ihn nicht genau dahinter erkennen, aber es scheint ihr, als wollte er sie mit seinen Augen durchbohren.

Sie beschließt in die Offensive zu gehen.

„Hi, ich bin die Sweetie."

„Zweiundvierzig x^2." Sie stutzt.

„Ist… das ein Name?", erwidert sie etwas hilflos.

„Ist *was* ein Name?" Er scheint sie nachzuäffen.

„Zweiundvierzig…?"

„Zweiundvierzig x² ist: die Zahl Zweiundvierzig, multipliziert mit der Variablen x im Quadrat, ok?" Er starrt ihr ins Gesicht. Irgendwie bekommt sie das Gefühl, als ob er nicht ganz *dicht* sei. „Und es ist eine Lebenseinstellung. Aber wie soll ich *dir* das begreiflich machen? Ich glaube, du bist eh nicht so besonders helle." Sie will protestieren, er lässt sie aber nicht zu Wort kommen. „Hör mal, ich lade dich jetzt zu einem Kaffee ein. Du kannst das Auto hier stehen lassen." Sweetie fängt gerade an, ihn richtig wütend anzufunkeln, da kriegt sie mit, wie jemand ihre Beifahrertür öffnet und in ihr Taxi steigt. So dreht sie sich auf dem Absatz um, ohne ihn noch eines Blickes zu würdigen.

„Wo ist denn da ein nettes Restaurant beim Holstentor?", fragt sie ihr Fahrgast, ein Tourist. Sweetie weiß, was ein „Lübecker" ist, nämlich ein alter Fünfzig-DM-Schein, aber sie weiß nicht, dass das darauf abgebildete Tor in Lübeck steht und Holstentor heißt. Ihr ist nur klar, dass ihr schon etwas älterer Fahrgast da etwas durcheinander wirft.

„Sie meinen das Martinstor?" Richtig, das meint er.

So ist sie schnell wieder frei und am Stand zurück und kann ihre Eindrücke verarbeiten. *Megamäßig, dieser Job! Voll schräg, die Kollegen. Aber ziemlich alt schon, alle. Ich glaub', da ist keiner unter Vierzig. Vielleicht sollte ich ein Schild ins Fenster stellen: ,Ich will keinen Kaffee trinken. Oder jedenfalls nicht mit euch alten Gestalten!'"

Ein Auto prescht um die Kurve, der Motor heult noch mal kurz auf, dann bremst es mit quietschenden Reifen flott ab. Die Tür fliegt auf, ein junger Typ springt heraus, streckt sich herzhaft und gähnt. Aus den Augenwinkeln heraus muss er ihre Anwesenheit bemerkt haben, denn er bricht ruckartig ab und ist mit zwei, drei Schritten an ihrem Auto, breit grinsend.

„Wen haben wir denn da? Dich habe ich aber noch nie gesehen!" Er lacht sie an.

Die Figur gefällt ihr.

„Kannst du auch nicht. Ich bin die Sweetie. Das ist mein erster Tag heute." Sie lächelt einladend. „Wir können ja grad' ein bisschen Kaffee trinken gehen, ich könnte sowieso mal Pause machen."

„Spitze Idee!" Er grinst noch eine Spur breiter, seine Mundwinkel stoßen schon fast an den Ohren an.

„Mein Auto kann ich ja solange da stehn lassen."

„Ja genau, *genau*, das wollte ich dir gerade eben sagen. Das hast du aber schnell gemerkt. Du hast dir sicher schon ein paar Gedanken gemacht, hm?"

„Ach, weißt du", sie lächelt kokett, „ich mach' mir eigentlich nie so viel Gedanken übers Leben." Sie schließen die Autos ab (ein paar Taxifahrer haben jüngst zusammengelegt und dem Erfinder des Funkschlüssels ein Denkmal setzen lassen) und machen sich auf den Weg ins UC-Café.

„Und wie heißt du eigentlich?", fragt sie ihn unterwegs dann.

„Nun, mein richtiger Name spielt keine Rolle. Ich habe einen Spitznamen, mit dem ich immer gerufen werde, weißt du, nach so 'ner Comicfigur!"

„Und welche ist das?"

Er lacht und brabbelt schnell ein paar Sätze, die sie kaum versteht, die sich aber nach so 'nem komischen friesischen Dialekt anhören. Dann beugt er sich zu ihr und flüstert er ihr neckend etwas ins Ohr, was sie nicht gleich auf Anhieb versteht.

„Ekke?"

2. „Dieses Universum ist *besser*?"

Rainer wacht auf und erinnert sich an – nichts.

Schwärze. Dunkelheit. Nacht. Blackout. Filmriss.

Aber selbst daran erinnert er sich nicht. Er erinnert sich an *gar* nichts.

„Eigentlich nicht so schlecht, mich an gar nichts zu erinnern. Das heißt, dass eigentlich auch gar nichts *war*. Keine Sorgen, Ängste, Nöte. Keine Frauen. Keine Sorgen, Ängste und Nöte *mit* Frauen… aber vor allem, kein Taxifahren!" Er stutzt. „Taxifahren…? *Taxifahren!* Ja, daran kann ich mich erinnern! Wer könnte denn so etwas Grausames und Unerquickliches jemals vergessen? *Du lieber Gott!*"

„Du hast mich gerufen?" Ein freundlicher älterer Herr mit weißem Schnäuzbart und Spazierstock steht auf einmal vor ihm. Rings um sie herum dehnt sich eine völlig leere Ebene bis zum Horizont, der aber so weit entfernt sein muss, dass er nicht zu erkennen ist. Irgendwo ganz weit hinten verschmilzt er mit dem seltsamen diffusen Himmel, der sich über ihnen wölbt. Rainer glotzt verdutzt.

„Nun Rainer, hier bin ich. Äh, das ist eine Projektion, die du siehst, nur falls du dich wunderst. Du hast mich irgendwo in einer Ecke deines Bewusstseins in dieser Form, als freundlicher älterer, etwas schrulliger Herr, abgespeichert. Und meine eigentliche Erscheinungsform ist auch... nun, nicht besonders geeignet für Menschen."

Rainer erscheint es, als ob daraufhin eine bestimmte Angelegenheit in seinem Kopf, die für solches Tun zuständig ist, für einen ganz, ganz winzig kleinen Augenblick den Deckel von etwas anhebt. Den Deckel, von etwas völlig zu Recht bedeckeltem, den Schleier lüpft, von etwas völlig zu Recht verschleierten, von dem man *eben ganz genau dieses* besser nicht tun sollte, von irgendetwas Uraltem, Großem, Unaussprechlichem, Allumfassendem, um ihm damit einen nur ganz, ganz winzig kleinen Blick auf etwas zu ermöglichen, was beim besten Willen eigentlich gar nicht dafür *da* ist, gesehen zu werden. Er fühlt in diesem ganz, ganz winzig kleinen Augenblick wie sich sein Gehirn, vor Furcht schnatternd, anfängt zusammenzuziehen, sich unauffällig von seinen, es umgebenden, Häuten zu lösen versucht, um sich irgendwo in eine dunkle Ecke des Schädels hin zu verkriechen, damit es ja nicht gesehen wird.

Dann ist es vorbei.

„Nun, Rainer, du wirkst etwas derangiert." Gott lächelt bedauernd. „Aber keine Bange, ich nehme dir deine blasphemischen Kurzgeschichten nicht übel, na ja, nicht *wirklich* übel."

„Meine was?"

„Deine blasphemischen Kurzgeschichten, die du geschrieben hast, und die mich eigentlich überhaupt erst einmal auf dich aufmerksam gemacht haben. Und na ja, eigentlich ist es ja so, dass das gar nicht so ganz falsch ist, was du da geschrieben hast. Das nicht Gott den Menschen erschaffen hat, sondern das Gott sich aus dem Menschen entwickelt hat und so weiter und so weiter... nun, gar nicht mal so dumm! Und dann hast du doch geschrieben, dass sich alles zyklisch wiederholt, dass also das Universum zum Schluss in sich zusammenstürzt, um darauf dann immer wieder von vorne anzufangen. Vor allem damit hast du nicht mal ganz so Unrecht! Und weißt du was?"

Er kniepelt auf einmal an der Spitze seines Stocks, als wäre ihm dort irgendeine Unregelmäßigkeit aufgefallen.

„Ich gebe dir jetzt noch einmal eine Chance ganz von vorne anzufangen! Jetzt, Rainer, ist der Zeitpunkt wieder neu einzusteigen, dein Leben aufs Neue zu beginnen. Du kommst jetzt genau wieder an den Punkt, wo du vorher warst, im Jahr 2003… plus, äh, Vierzig natürlich."

„Wir schreiben also das Jahr 2003?"

„Ganz genau. Plus Vierzig."

„Vierzig…?"

„Nun, Vierzig eben… nun, äh, Milliarden Jahre. Vierzig Milliarden Jahre. Wir schreiben das Jahr 2003 plus eben… vierzig Milliarden Jahre. Das Universum hat sich *eins* weitergedreht, sozusagen. Aber glaub mir, du wirst den Unterschied fast nicht merken."

Rainer schwindelt es. Eben noch wohltuende Dunkelheit – und dann das! Die ganzen Erinnerungen stürzen nun auch noch wieder auf ihn ein… Taxifahren, blasphemische Kurzgeschichten, sein Science-Fiction-Roman… das Auto, das ihn über den Haufen fuhr…

„Der Mörder! Ich weiß, wer der Mörder ist!"

„Gut so, gut so, aber du weißt doch, niemals das dem Leser verraten, sonst ist die ganze Spannung weg."

„Nein, ich weiß, wer *mein* Mörder ist! Ich weiß, wer in dem Auto saß, das mich über den Haufen fuhr… und dann habe ich mit Tod eine Zigarette geraucht und dann waren da die Geister, die nur einen Haufen Unsinn geredet haben und Ekke und der Verleger, der mein Manuskript genommen hat… und dann weiß ich nichts mehr. Aber ich weiß, wer mich *umgebracht* hat!"

„Pass mal auf, Rainer. Die Buddhisten lehren, dass jedes Lebewesen wiedergeboren wird damit es eine höhere Daseinsstufe erreicht, so dass es irgendwann einmal, wenn es soweit ist, im Nirwana aufgehen kann. Nun, ich verrate jetzt nicht wie es wirklich ist, denn dann hätte der Mensch nichts mehr zu spekulieren und außerdem würde ich eine Menge Leute arbeitslos machen und der Schröder hat doch sowieso schon genug Probleme… Aber, nur so viel sei verraten…", er kniepelt noch mal am Stock, sicher nur als retardierendes Moment, um Rainer auf die Folter zu spannen, „mit den Universen verhält es sich tatsächlich so. Jedes ist ein ganz winzig kleines Stückchen besser als das Vorangegangene. Und in diesem Universum, in das ich dich jetzt entlasse – *haben eben keine Taximorde stattgefunden.*"

„Dieses Universum ist *besser?* Ich muss nicht mehr Taxifahren, sondern bin endlich reich und berühmt?"

„Lieber Rainer!" Gott wirkt für einen Moment nicht mehr ganz so, wie ein freundlicher älterer Herr. „Was macht das Universum besser, wenn *du* reich und berühmt bist? Ich würde schon sagen, du wirst dich doch erst einmal ein wenig läutern müssen. Und deshalb, mein Sohn", Gott macht abermals eine kleine, aber durchaus dramatische, wirkungsvolle Kunstpause, „werde ich dich wieder auf die Erde schicken... als Taxifahrer, damit du lernst, auf dem Teppich zu bleiben."

„Als Ta...? Als Ta-Ta...?"

„Als, äh, *Ta-Ta*, jawohl, jawohl." Gott nickt unnachgiebig.

„Als Taxifahrer?" Es ist nur die Verzweiflung, die Rainer zaghaft noch mal fragen lässt, um ganz sicher zu gehen, dass er wirklich alle Hoffnung fahren lassen kann. Gottes beredtes, fieses Schweigen lässt aber definitiv nur diesen einen Schluss übrig.

„Nein, ich will nicht! *Ich will nicht!* Ich... finde tot sein eigentlich eine ganz nette Sache!"

„Du hast keine Wahl, mein Freund. So oder so, ob du willst oder nicht, du wirst jetzt auf die Erde zurückgeschickt, um deine zweite Chance wahrzunehmen. Und die eben als Taxifahrer. Und wenn du weiter so ein Drama daraus machst, wirst du nicht Taxifahrer in Freiburg, sondern in Kalkutta! Dort wirst du dann Grund zum Jammern haben."

„Wieso, äh, ich meine, wenn ich, äh, *dich* doch hier schon mal stehen habe", Rainer will verzweifelt Zeit schinden, „warum ist das denn eigentlich so? Ich meine, so, äh, ungerecht verteilt und so?"

„Nun, der Mensch sollte nicht zu viel wissen, mein Sohn. Das ist alles Gottes Plan, äh, *mein* Plan... Was hast du genau gemeint, weshalb die Armen arm... und die Reichen reich sind?"

„J-Ja, genau."

„Nun, äh", Gott kratzt sich seinen weißen Schnäuzer. „Gute Frage... weißt du was, vielleicht antworte ich dir noch mal später darauf. Jetzt mach aber, dass du in die Gänge kommst." Er stupst ihn etwas unsanft mit seinem Spazierstock. „Ach ja, damit du es nicht ganz so schwer hast, werde ich dir ein bisschen entgegenkommen. Du wirst einen anderen Körper haben, jedenfalls vorübergehend. Den von Paul, deinem Kollegen, er braucht ihn gerade nicht. Du kennst ihn doch? Er ist gerade in Nepal, in einem Zen-Kloster, um zu meditieren. Er will lernen, seinen Geist vom Körper zu trennen." Gott kichert. „Da können wir doch gleich ein bisschen nachhelfen."

„P-Paul?"

„Stottere nicht, Rainer, sondern beweg' deinen Hintern!"

„Aber was ist mit meinem Buch, bin ich denn jetzt berühmt, oder nicht?"

Gott grinst sich eins.

„Tja, du wirst schon sehen!" Gott kichert noch einmal, es hört sich leicht gehässig an, diesmal. „Du wirst froh sein, wenn du wenigstens Taxi fahren kannst!"

Rainer will antworten, aber Gott ist nicht mehr da.

Statt seiner sitzt da jemand und lächelt ihn chinesisch an.

Er sieht irgendwie aus wie ein tibetischer Mönch.

3. „Macht Taxifahren sexy?"

Der junge, zappelige Reporter von Big Shit, dem Radio für junge Leute, wacht auf. Sein innerer Computer fährt hoch, registriert und lädt was war, registriert und lädt was ansteht, merkt dass nicht genügend Kapazität im Arbeitsspeicher ist und fährt wieder hinunter.

Neustart unmöglich.

Irgendwelche neuronalen Reste drücken auf Reset. Schwaches, müde protestierendes, Summen zeugt von noch immer vorhandener Aktivität. So langsam wird er wach.

Er fühlt sich wie totes Fleisch. Er kommt sich vor wie ein Pharmarezeptor. Ein Mittelchen hier, ein Mittelchen dort, ein Pillchen, eine Salbe, eine *Quack*salbe. Er hat das Gefühl, sein Gehirn befände sich schon längst nicht mehr an seinem angestammten Platz, sondern bereits in einem Glas Formalin in der Anatomie und den Hohlraum hätte man tamponiert, mit Watte ausgestopft. Oder man hätte trockene Erbsen hineingefüllt, am Vortag, sie alle Stunde bewässert und das aufquellende Gemüse wäre gerade dabei, ihm ganz, ganz langsam die Schädelnähte von innen auseinander zu drücken.

„Bitte hole meine Kerze! Sie muss in der Nähe des Brunnens liegen." Er schwingt seine Beine aus dem Bett, zwinkert müde mit den Augen. Sein Blick schweift über seine Sammlung getrockneter Spinnen, über seine Sammlung gerahmter Bilder von ins WTC einfliegenden und explodierenden Flugzeugen, aus allen Blickwinkeln aufgenommen, die jemals veröffentlicht worden sind, bis hin zu seiner Sammlung ungeöffneter Zigarettenschachteln, mit den genialen Aufschriften. Liebevoll liest er die, seines Neuerwerbs, vom gestrigen Tag.

„Rauch enthält Benzol, Nitrosamine,
Formaldehyd und Blausäure!"

18

Seine Stimmung ist schon wieder ein wenig besser. Sammeln ist doch etwas Schönes. Früher waren es Briefmarken, aber das ist ihm nun doch zu poplig.

„Bitte *hole* meine Kerze!"

Gestern, nach dieser nervigen Interview-Aktion, war er noch mal im Promarkt, nach ein paar Sachen schauen, die er sich gönnen könnte, war jedoch nicht besonders erfolgreich. Schon als die Fundamente für den Promarkt eingerammt wurden, ein ewig nervendes Gerummse (wie Hiphop, nur nicht so melodisch), wusste er, dass von dem nichts Gutes zu erwarten ist. Halt einer dieser Läden, in denen der ganze Tag laute Popmusik läuft und das Personal so daneben ist, dass es nicht mal mehr den eigenen Namen weiß. „Es bediente Sie Frau Sammelnummer. Danke, Frau Sammelnummer, schönen Tag, Frau Sammelnummer!"

Wo ist denn... (nein, nicht die Kerze, *die* findet sich nicht so schnell, *oh nein!*)... Kaffee? Filter? Der ganze Frühstücksscheiß? Ach, er kann sich einfach nicht mehr konzentrieren vor lauter Pillen und Pulver und jede Nacht in die Disco und natürlich: *Hiphop.* Hiphop, bis das das Herz hämmert.

Hiphop, bis das das Hirn hämmert.

Er stellt das Radio an, Big Shit natürlich, trinkt Kaffee und spielt mit seinem Jojo, das er immer auf dem Küchentisch liegen hat. Der junge, zappelige Big-Shit-Reporter, Big Shit, dem Radio für junge Leute, singt.

„Yoyo, die schwarzen Brüder, yoyo... sie wissen, worum es geht, yoyo... sie sind so zornig, yoyo... weil sie immer versklavt worden sind, yoyo... und nicht respektiert werden, yoyo... von den weißen Niggern, yoyo... und weil ihre strechted limousines so unbequem sind, yoyo... und weil ihre Koksdealer so unzuverlässig ist, yoyo... und weil ihre Freundinnen, yoyo... eine Spermaallergie haben, yoyo... ganz rot sind sie im Mund geworden, yoyo... das letzte Mal, yoyo... kirschrot im Mund... Jojo, flieg doch mal gerade, Sackzement!" Er starrt trübe vor sich hin, bis ihm einfällt, dass er sich das gar nicht leisten kann.

„Ob ich mal das Radio einschalte?" Es wird ihm bewusst, dass es schon läuft. Das Telefon klingelt.

Bloß, wo ist es?

Er peilt es an, braucht fünf Klingeltöne, bis er es unter einem Berg von Kissen lokalisiert hat, so ähnlich, wie in der einzigen wirklich guten Szene aus „Jurassic Parc Drei", wo sie das klingelnde

Satellitentelefon nach hektischem Gewühl aus dem Berg dampfender Saurierscheiße gezogen haben.

„Sarah?? Unsere Freundschaft hat ein Problem festgestellt und muss beendet werden! Wer ist dran…? Ach so, ja, äh…"

Big Shit ist dran und zwar sein Chef persönlich. Und er muss sich die ganze Kacke noch mal anhören. Wie auf der Redaktionskonferenz von vor zwei Tagen, als sie ihn verdonnert haben, zu dieser Interviewgeschichte.

„Komm, wir machen mal was Originelles, was Ausgeflipptes…", hieß es.

„Irgendwas mit Sex…"

„Irgendetwas Ausgeflipptes *mit* Sex…" Und dann waren sie ausgerechnet da drauf gekommen, Freiburgs Taxifahrer zu interviewen, wo doch jeder weiß, dass die nur alte Omas fahren.

Macht Taxifahren sexy?

Das sollte er jetzt jeden fragen, was für ein ausgemachter Blödsinn. Und dann haben sie alle hektisch durcheinander gequasselt, wie sie es bei Big-Shit-Redaktionskonferenzen immer tun. Genau genommen auch bei ihren Sendungen, denn es gibt bei ihnen nicht einen einzigen Radiomoderator unter Dreißig, und über Dreißig ist bei ihnen überhaupt keiner, der nicht ganz hippelig von lauter Hiphop ist, der überhaupt noch einen Satz zu Ende bringt, ohne sich bei jedem Wort zu verhaspeln. Und dann sprach der Chef ein Machtwort und er musste losziehen.

Wo ist denn da der Sinn dieser Aktion?

Der ist nicht aufzufinden, das ist genauso wie mit der Kerze, die ist *auch* nicht aufzufinden.

Die Kerze!

Er spürt es auf einmal siedendheiß durch seine Glieder fahren. Die Kerze! Wo ist sie?

Wo – ist – die – Kerze?

Er fängt an zu zittern, wie ein alter Junkie, hat Mühe es zu kontrollieren. Die *gottverdammte* Kerze, er muss sie finden. Grimmig zwingt er sich zur Ruhe. Er wird sie finden.

Auch wenn er jetzt schon drei Jahre lang nach ihr sucht.

4. Bukenkötter, der alte Naschkater.

Der junge, zappelige Big-Shit-Reporter überlegt kurz, ob er zur Arbeit in seinem umgebauten, poppig aufgemachten, Leichenwagen fahren soll, nimmt aber dann doch die Regiokarte. Die Aktionen gestern sind eigentlich ganz viel versprechend gewesen, obwohl er auch teilweise an recht trockene Knochen geraten ist, *bitte hole meine Kerze!*

Am Bertoldsbrunnen entsteigt er der Strab und erspäht hinten gleich etwas, was in sein Beuteschema passt, ein Taxi. Er macht pronto seinen Rekorder startklar.

Bukenkötter ist schlecht drauf heute Vormittag.

Eines seiner ersten Amtshandlungen besteht ja morgens immer darin, das Sprühfläschchen CS-Gas vom Nachtfahrer aus dem Seitenfach in den Kofferraum zu tun, da er mehr fürchtet, dass ständig etwas davon ausgast, als irgendwelche Angriffe wild gewordener Omis. Neuerdings findet es sich morgens auch schon mal im Handschuhfach – was der sich dabei denkt, ist ihm schleierhaft. Will er, wenn's dann mal Ernst wird, etwa zum Fahrgast sagen: „Entschuldigen Sie, wenn ich Sie belästige, darf ich grad mal ins Handschuhfach herüberlangen – ich will Ihnen nur eben mal etwas Tränengas ins Gesicht sprühen!?"

Und gleich bei der ersten Fahrt, als er noch völlig verpennt war, stieg ein junger Schnösel bei ihm ein, der die Nacht durchgemacht hatte, chefmäßig einen Drink in der Hand haltend. Einen orangen Flip, schön mit geschmackvollem Cocktailglas, Eiswürfeln obendrauf, und geschmackvoll geknicktem Strohhalm. Bukenkötter knurrte ihn natürlich gleich an, er solle wenigstens noch etwas abtrinken, bevor er sich chauffieren lassen würde, wie Josef Ackermann, nach einem Tag ackern in der Deutschen Bank.

„Hey, bisch mies drauf! Alles easy, Mann." Solche Papa-zahlt-Bürschchen hat er gefressen. Er mosert: „Klar alles easy, Mann. Verschüttest mir hier easy dein Zeug, Mann!"

„He, ich bin Kunde!", fällt dem Papa-zahlt-Bürschchen ein, das hat er wohl noch von seinem Vater im Ohr, der sich im Kundendienst für seine Familie hat bucklig schaffen müssen.

„Okay, für fünf Euro küsse ich dir die Füße." Warum nicht? Leicht verdientes Geld. Er hat schon mehr Stress gehabt, wegen fünf Euro.

Und gerade vorhin hat er einen versoffenen jungen Handwerker aus der Wirtschaft abgeholt. „Es seicht und jetzt muss ich bei dem Wetter auch noch ein Fenster setzen!", hat er von sich gegeben. Dann hat er Bukenkötters Autotelefon gesehen und gleich davon gelabert, was er alles mit seinem kann, ins Internet kann er damit, und und und, er kapiert das bloß alles nicht so. Seine Frau hat Abitur, die kapiert's.

„Die meinen, die wissen alles, die Abitur haben."

Wenn *der* wüsste!

Hauptschulabschluss: „Weiße nix."

Realschulabschluss: „Ich weiß nichts."

Abitur: „Ich *weiß*, dass ich nichts weiß."

Mit abgeschlossenem Jurastudium: „Sehr geehrte Damen und Herren, bitte nehmen Sie folgendes zur Kenntnis – mein Wissen über diese Welt ist äußerst gering. Aber ich habe es gelernt, diesen bedauerlichen Umstand in gewählten Worten zu verschleiern und es reicht allemal, solche die gar nichts wissen, gnadenlos abzuzocken!"

Und jetzt steht Bukenkötter schon eine halbe Stunde hier, ohne dass sich etwas tut und träumt von dem flotten Mädel gestern, mit der er sich kurz am Stand unterhalten hat. Er will gerade wieder wegfahren, seine alte Krankheit die Ungeduld, als es an der Scheibe klopft – da steht der Reporterfritze von gestern und hält ihm sein Mikro vor die Nase.

„Guten Tag, ich bin von Big Shit, dem Radio für junge Leute, und äh…"

„Von was? Nu nuschel' mal nicht so!"

Bitte hole meine Kerze!

Der junge, zappelige Big-Shit-Reporter wiederholt, was er gesagt hat, langsam, deutlich und jedes Wort fett betont, weil er gleich gemerkt hat, an was für eine Sorte er da gekommen ist.

„Ich mag deinen Sender nicht, die Musik, die ihr da spielt, diese ganzen gekränkten Neger, finde ich zum Kotzen."

Das macht ihn zornig.

Seine Hiphop-Helden werden auch immer zornig, wenn man sie nicht respektiert. Er spricht noch deutlicher und betonter, jedes Wort ein Messerstich, ein Hieb in den Wanst, ein Tritt in den Bratarsch dieses besonders begriffsstutzigen Exemplars Interviewmaterial.

„Ich möchte Ihnen nun eine Frage stellen: Macht Taxifahren sexy?" Jedes Wort präzise artikuliert!

Bukenkötter schaut ihn spöttisch an. Was will ihm dieser grüne Junge damit sagen? Ist er schwul? Ist er die Art Type, die es immer in den Popo besorgt haben möchte?

„Was meinst'n damit, bist 'n Warmer? Ich meine, 'n knackigen Po haste ja! Da könnte man schon mal in Versuchung kommen, wenn man abends einsam ist... und Sehnsucht hat." Ätzender Spott, Bukenkötters Spezialdisziplin, er wollte sich schon mal damit zur Olympiade anmelden.

Der Big-Shit-Reporter zieht ab, nun seinerseits gekränkt, nachdem er noch irgendwas von einer Kerze gemurmelt hat. Wahrscheinlich will er die in den Hintern geschoben bekommen.

Was soll's. Nun kann er wieder in Ruhe träumen, von dem peppigen Mädel gestern, bevor ihn diese Tunte gestört hat.

Er kriegt dann jedoch einen Auftrag, jemanden mit einem Schlagzeug abzuholen.

Mittlerweile muss er dringend aufs Klo und fragt also, ob er noch kurz zu ihm in die Wohnung könnte, er würde es nicht mehr zum nächsten Klo schaffen. Der Mann, hantierend, beschäftigt mit seinen Becken, bedauert. Er wohnt nicht im Haus und hat die Tür schon ins Schloss gezogen. Bukenkötter schaut, nirgendwo hat es einen Busch, hinter den er huschen kann, *tusch*.

„Dann pinkele ich mal solange vors Haus!" Bukenkötter sucht sich eine sichtgeschützte Ecke und – pisst gemütlich ans Haus.

Was soll er machen?

Sogar ein Bauarbeiter hat ein Häuschen, er aber hat sich schon mal an einen Busch gestellt, der ihn jedoch nur oben verdeckt hatte. Als er es dann laufen ließ, kamen Kommentare wie: „Hallo-o, wir können das seeh-en!" Die Leute saßen auf einer Bank gegenüber, wie er dann entdeckt hat, 50 m weiter. Auch ein junges Mädchen war dabei, von dem kam: „Wir sehen auch gar nicht hi-in!" Teufel, Teufel. Erwin Teufel.

„Die hät' do gar nix z'laufe!", meint sein nächster Fahrgast, eine alte Frau, als sie eine andere vor dem Taxi herlaufen sieht. Bukenkötter pirscht sich halblegal über den Fußgängerweg, um möglichst nah an den Eingang zum Altersheim zu kommen.

Die alte Frau lässt sich nun langsam am Arm führen. „Jaja, man ist schlecht zu Fuß." Sie meint sich selber. Dann bleibt sie kurz stehn, um gemächlich zu furzen.

Abends, endlich ist der Tag rum, fährt Bukenkötter drei junge Girls zum Funpark, die dort abhotten wollen. Die neben ihm, die zahlt, hat einen sehr tiefen Ausschnitt.

„Du hast aber einen tiefen Ausschnitt, damit willst du wohl jetzt die Jungs da drin verrückt machen?" Bukenkötter ist immer Sorte unverblümt. „Und wenn du damit auch richtige Männer anmachst?"

„So wie Sie einer sind?"

„Bist ziemlich helle, Mädel." Aber sie lächelt nur schelmisch, zum Abschied. Bukenkötter schaut ihnen hinterher.

Bukenkötter! Ihnen nach, volles Programm. Er folgt ihnen. Am Eingang wird er dumm angeschaut, der Typ denkt wohl, er sei Zivilbulle.

Drinnen grazile, sich bewegende, Körper, sinnlich, schön und vor allem – jung. Es riecht förmlich nach Jugend überall. Der ganze Schuppen ist angefüllt mit diesem süßen Parfüm, dem Manna der Älterwerdenden.

Er ignoriert die Blicke um ihn herum, scannt die Tanzfläche nach den drei Mädels von vorhin ab, findet sie nicht, dafür aber findet er – die Kleine von gestern! Die Neue, die von ihm Tipps haben wollte, dann aber schon weg war, als er von diesem Radiofuzzi zurückkam. Er sieht sie mit einem anderen Mädel tanzen und kann nun wirklich die Augen nicht mehr von den beiden wenden. Beide sind schlank und sexy angezogen, bewegen sich verführerisch im Takt der Musik.

Sie erzählt der anderen etwas und lacht dann so lauthals, dass man hinten im Hals den Kaugummi liegen sieht. Die andere schreit ihr etwas ins Ohr, sie legt ihr dabei den Arm um die Schulter.

Dann küssen sie sich.

Bukenkötter zwinkert verdutzt, schaut genau hin.

Er sieht wie die beiden den Mund öffnen. Die Musik stampft. Das Licht flackert. Aber für einen kurzen Moment sind sie nicht zu übersehen, die beiden Zungen, die sich liebkosen. Ihm fällt es schwer, nicht hinzustarren wie hypnotisiert. Doch dann fühlt er sich ertappt, wendet sich ab.

Die Leute hören nicht auf ihn misstrauisch zu beäugen.

„Kann ich mal deinen Ausweis sehen?", sagt er zu einem jungen Typen.

Doch er wartet dessen Reaktion nicht ab, sondern verlässt den Schuppen.

5. „Du sollst keine blasphemischen Kurzgeschichten mehr schreiben!"

Ein Freiburger Taxifahrer, dessen eigentlicher Name nichts zur Sache tut und der von allen nur „Ekke" genannt wird, hat vor kurzem ein Buch gelesen.

Das ist nichts Ungewöhnliches für einen Taxifahrer, denn gemeinhin haben diese durchaus auch Zeit dazu ein Buch zu lesen, wenngleich deren Verdienstlage im Allgemeinen es anraten lässt, das Buch nicht zu kaufen, sondern in der Bücherei auszuleihen. Wie dem auch sei, das Buch, das er im Übrigen tatsächlich in der Bücherei ausgeliehen hatte, war eine Biographie über Albert Speer. Dem Architekten, der das Glück hatte, über einen schier unbegrenzten Etat zu verfügen, der Traum eines jeden Architekten, und das Pech, dass er seine Seele dafür dem Teufel verschreiben musste. Und prompt blieb auch rein gar nichts übrig, von all seinen schönen Plänen und Bauten, nichts außer Trümmer, den Trümmern des Dritten Reiches.

Und als er dann in Spandau einsaß, was ihm durch die perfekte Gratwanderung zwischen Reue und vorgeblicher Unwissenheit im Nürnberger Prozess ermöglicht wurde, anstatt bei den Kriegsverbrechern mal eben mit dazu gehängt zu werden, sann dieser ingeniöse, nimmer rastende Geist auf Möglichkeiten sich zu beschäftigen, um so in der Abgeschiedenheit und Sinnlosigkeit der Spandauer Haft nicht den Verstand zu verlieren. Unter anderem schrieb er ein „Reisetagebuch". Er maß die Entfernung, die er im Gefängnisgarten zurücklegen konnte, wenn er immer im Kreis lief, was er dann auch bis zur Erschöpfung, ja, schon mal bis zum völligen Zusammenbruch, betrieb. In seiner Phantasie ließen ihn diese ausgedehnten Reisen bis in ferne Länder führen, ja, er beabsichtigte auf diese Weise, heute würde man es virtuell nennen, gar den Globus zu umrunden. Wobei er tatsächlich riesige Entfernungen zurücklegte, die ihn „bis nach China" brachten. Und der Clou war, dass er genau protokollierte, was er auf diese Weise so alles von der Welt gesehen hatte – fiktive Reiseeindrücke niederschrieb.

Ekke hat diese Verrücktheit so sehr beeindruckt, Verrücktheiten beeindrucken ihn immer, dass er beschlossen hat, Ähnliches zu tun. Wenn es nicht gerade regnet, zu kalt ist und er nicht gerade mit dem Heinrich im Auto sitzt oder laute Musik hört, läuft er sehr gerne vor dem Auto auf und ab. Wobei er ziemlich genau die Entfernung von der Stoßstange des vorderen Kollegen bis zur Stoßstange des hinteren zurücklegt, wendet und das Ganze, in umgekehrter Richtung, wiederholt.

Also ist er eines schönen Tages hergegangen, hat diese Distanz abgeschritten, seine Schrittlänge ausgemessen, damit also eine Wegstrecke ermittelt, die er, pro Zeit, bei durchschnittlichem Tempo, zurücklegen würde – und hub an, loszulaufen.

Seine Idee war, sich eine phantastische Reise durch Raum und Zeit dabei vorzustellen, die er jedoch, mittels der zurückgelegten Entfernung, exakt protokollieren wollte. Dieser Kontrast, phantastische Welt und exakte Messung, war es ja gerade, der besondere Kick, der ihn reizt, das eben nicht Alltägliche.

Und wie er da gerade so eben den ersten Schritt tut – *da passiert doch etwas!*

Beleuchten wir jedoch erst einmal, was sich, unmittelbar vorher, in einer exklusiven psychiatrischen Privatklinik, irgendwo sehr lieblich im Schwarzwald gelegen, jedoch nicht allzu weit von Freiburg entfernt, abgespielt hat:

„Der Patient unterscheidet sich signifikant von allen mir bisher begegneten Formen klinisch relevanter Bewusstseinsstörungen", dozierte gerade eben Doktor Ahmed Selt-sahm, persischer Exilant, Oberarzt und psychiatrische Kapazität, vor der Abordnung Studenten, die mit ihm auf Visite sind. Die, irgendwo sehr lieblich im Schwarzwald gelegene, jedoch nicht allzu weit von Freiburg entfernte, exklusive psychiatrische Privatklinik empfängt gelegentlich Abordnungen von Studenten im zweiten klinischen Studienabschnitt, was ihr Renommee in medizinischen Fachkreisen durchaus unterstreicht.

Dieser Patient ist, so hilflos er wirkt, jedoch eine medizinische Berühmtheit ersten Ranges, wird ständig von Horden bebrillter Koryphäen heimgesucht und darf in keinem Lehrbuch der Psychiatrie fehlen.

„Er lebt schon seit langen Jahren bei uns, hier in Block fünf, Haus vier, Zimmer drei", fuhr Dr. Selt-sahm fort.

Die Studierenden bilden jene halbkreisförmige, beflissene Anhäufung, die sie immer einnehmen, wenn ihnen ein Patient vorgestellt wird. „Er zeigt nicht eine Spur von eigenem Willen. Er kann nicht sprechen, sich nicht an- oder ausziehen oder selbständig auf die Toilette gehen. Aber, meine Damen und Herren, er reagiert auf seine Umwelt im Grunde genommen wie ein normaler Mensch. Sämtliche Reflexe, Körperfunktionen, Vitalparameter sind normal. Er reagiert auf Geräusche, schaut einen an, wenn man mit ihm spricht. Ja, er hat es sogar gelernt selbständig zu essen und zu trinken, wenn man nicht gerade besonders strenge Maßstäbe an seine Tischmanieren anlegt." Die Studenten lachten artig. „Und ich will Ihnen jetzt mal etwas sagen, was ich Ihnen jedoch nur unter strenger Vertraulichkeit als meine rein persönliche Meinung mitteilen möchte."

Seine Stimme senkte sich geheimnisvoll und die Gruppe Studenten scharte sich enger um ihn. „Er gibt mir persönlich den Anschein, als ob er auf etwas... *warten* würde. Als ob da etwas wäre, was eines Tages mit ihm geschehen würde. Meine Damen und Herren, Sie dürfen mich nicht für abergläubisch halten, aber ich sage Ihnen was ich denke, ganz im Glauben daran, dass Sie es für sich behalten. Er sitzt da, als ob er darauf wartet", seine Stimme sank beinahe zu einem Flüstern herab, *„dass seine Seele in den Körper zurückkehren wird!"* Gemurmel. „Und das Beste kommt jetzt erst!" Er holte ein Stück Papier aus seiner Tasche und drückte es dem Patienten, zusammen mit einem Stift, in die Hand. „Meine Damen und Herren, bitte schauen Sie nun genau zu!"

Man hatte nun förmlich den Eindruck, als sträubten sich gar die Nackenhaare bei einigen, zumindest bei den wenigen, die sich noch nicht im Voraus über den Fall belesen haben.

Denn der Patient, der vorhin nur teilnahmslos mit leerem Blick vor sich hingestiert hatte, einem Blick, in dem weniger Intelligenz lag als in dem eines Tieres – nahm den Stift in die Hand und schrieb einen Satz auf das Papier, in einer sauberen flüssigen Handschrift.

Er lautete:

> *Du sollst keine blasphemischen*
> *Kurzgeschichten mehr schreiben!*

„Meine Damen und Herren! Dieser Satz, ich wiederhole, *dieser Satz* ist das Einzige, was der Patient schreiben kann, ja, dies zu tun, ist das Einzige, zu dem er aus eigenem, höherem Willen überhaupt in der Lage ist, seit er bei uns im Hause ist, soweit Aufzeichnungen über ihn vorhanden sind, und ich sage Ihnen..."

> *(An einem Freiburger Taxistand macht gerade ein ausgeflippter*
> *phantasievoller junger Taxifahrer einen Schritt!)*

„Ich sage Ihnen…" Er stockt. Aus seinem Gesicht weicht alle Farbe. Voll ungläubigem Entsetzen folgen seine hervorquellenden Augen dem weiter über das Papier eilendem Stift, versuchen das Geschriebene zu lesen. „Das gibt's doch nicht", japst er atemlos, „er hat noch nie mehr als einen Satz aufs Mal geschrieben, er hat noch nie… *Mein Gott!*"

Oberarzt Dr. Selt-sahm taumelt rückwärts, den Blick weiter fest auf den Schreibenden gerichtet, als stünde er in dessen unheimlichem Bann. Seine Stimme ist nur noch ein Krächzen. „Er hat… er hat überhaupt noch nie mehr als diesen Satz, als diese sieben Worte geschrieben, aber…", in einem etwas deplazierten Anfall von makabrem Humor fügt er hinzu: „schließlich ist doch einmal… immer das erste Mal!?"

Der Patient hört seine Worte nicht. Oder hört er sie doch? Jedenfalls erreichen sie ihn nicht.

Er schreibt:

» Marc lag im Bett und schlief.

„Wo bist du, Yang? Wo bist du? Ich bin es, Yin!" Der Alptraum quälte ihn, wie schon so oft und er hörte die Stimme, wie schon so oft, diese Stimme, die er schon seit Äonen hörte. Er sah das Gesicht, dieses Gesicht, das er schon seit Äonen sah. Und er wusste, wusste selbst am besten, dass es Legenden gab, die wahr sind, die im Rassegedächtnis der Menschheit verankert sind. „Yang, ich habe solche Sehnsucht nach dir! Ich muss dich endlich finden, auf dass wir wieder vereint sind!" Ihr Gesicht war ihm ganz nah, als sie das sprach, so nah wie es zwischen ihnen eben war und er erkannte jede kleine Einzelheit darin wieder, so vertraut war es ihm. Vertrauter als das gelbe Rund der Sonne, vertrauter als das Spiel der Wolken, vertrauter als das Grün der Blätter.

Aber sobald er aufwachte – war es fort. «

Kapitel 2

6. „Bitte *hole* meine Kerze!"

„Wer ist als nächstes dran?" Der junge, dynamische Psychotherapeut checkt den Terminkalender, „Oh mein Gott, *Kerze!* ,Bitte hole meine Kerze!' Mir bleibt auch nichts erspart! Aber dann", er braucht nicht zu schauen, denn darauf freut er sich schon die halbe Woche, „lecker, lecker!"

Es klingelt, er lässt „Kerze" herein, den jungen, zappeligen Big-Shit-Reporter.

„Bitte hole meine Kerze..."

„...sie muss in der Nähe des Brunnens liegen." Das ewig gleiche Ritual. „Kommen Sie nur, kommen Sie."

Sein Patient lässt sich auf der Couch nieder. Wie immer finden die Sitzungen im Liegen statt, damit der junge, dynamische Therapeut ein wenig wegnicken kann, denn schon jahrelang erzählt ihm sein Patient das immer Ewiggleiche. Ein hoffnungsloser Fall.

„Herr Adler-Reich", so heißt der junge, dynamische Therapeut und wie alle wirklich jungdynamischen Menschen hat er einen Doppelnamen, doppeltes Ego sozusagen, „Sie wissen... Ach Scheiße, *Scheiße!"*

„Lassen Sie sich Zeit, Kerze! Ich meine, *Herr Dietrich.*"

Glühendrotes Brennen auf den Wangen, leistet Adler-Reich stumm Abbitte bei Sigmund Freud und allen anderen Göttern der Seelenforschung.

Peinlich, peinlich!

Ein Lapsus, der ihm noch nie passiert ist, seinen Patienten mit dem jeweiligen, von ihm ausschließlich für sich selber verwendeten Begriff anzureden, einem Spitznamen sozusagen, der sich irgendwie im Lauf der Sitzungen ergibt, der irgendwie an den prägnantesten Macken des Patienten angelehnt ist – und der ihm irgendwie die Arbeit leichter macht. Er hatte schon einen Patienten, der für ihn immer nur „der Triebtäter" hieß, eine „Heulboje", einen „Labersack"...

Aber noch nie war ihm ein derart peinlicher Ausrutscher passiert.

„*Kerze* heiße ich für Sie, hm??? Der Spinner mit seiner ,Kerze', ja?"

Adler-Reich schluckt.

„Sie schauen in Ihren Kalender und sagen: ‚Da kommt wieder der Spinner mit seiner Kerze, ständig, habe ich recht? Na ja, Shit, hab's ja auch verdient, irgendwie."

Der zappelige Big-Shit-Reporter ist eh nicht so ganz da, auch heute nicht. Gestern im Exit, da war da so'n weißes Pulver auf dem Klo und da hat er sich 'ne *Line* damit gezogen, ist ja eh knapp bei Kasse grad, aber er wusste nicht, vielleicht war das auch Ata oder so'n Zeug, hat auf jeden Fall tierisch in der Nase gebrannt, aber egal, er schnieft alles weg, was da kommt, Hauptsache Dröhnung, und da war doch noch die geile Absacke mit Lisa und… puh!

„Vielleicht fange ich Ihnen mal an zu beschreiben, worum es geht."

Erleichtert schlägt Adler-Reich die Beine auf seinem, geschmackvollen schwarzen, Ledersessel übereinander und wischt sich den Schweiß von der Stirn. Gut, dass „Kerze" da nicht so heikel ist, so etwas hat Kollegen durchaus schon die Zulassung gekostet. Nun, da sie erneut in ihrer jahrelangen Routine sind, kann er sich getrost wieder entspannen. Er schlägt, innerlich, die Zeitung auf. Er hat das auch schon in Echt probiert, aber das Rascheln war doch zu verdächtig. So kann er eben nur das Gelesene memorieren.

„Das Spiel heißt: ‚Der Meisterdieb'." Adler-Reich überfliegt die Schlagzeilen. „Es ist kein besonders neues Spiel mehr, obwohl ich sonst nur immer das Neuste spiele, und ich habe auch nur eine gecrackte Version davon. Denn, wer bin ich denn, dass ich mir im Mediamarkt Computerspiele im Original besorge, ich bin doch nicht blöd, oder im Saturn, dazu bin ich doch viel zu geizig. Also, es ist eine Kopie und der Kopierschutz ist weggehackt und vielleicht gibt es dadurch Probleme, die in der Originalversion vielleicht nicht da wären… vielleicht sollte ich mir ja mal diese besorgen, anstatt nun schon, seit drei Jahren, zu Ihnen zu rennen, nichts für ungut, Herr Reich-Adler…"

„Adler-Reich, bitte!"

„Was? Ach, schon gut, ich nenne Sie für mich ohnehin immer nur den ‚armen Geier', womit wir ja jetzt quitt wären, *haha*. Also, da rennt die ‚Kerze', ich also, jetzt schon drei Jahre zu Ihnen und fragt nicht mal im Net nach, in der Community und… *Scheiße!*"

Er springt auf, läuft erregt auf und ab und schreit: *„Ich werde die Kerze finden! Sie muss da sein! Gecrackt oder nicht, ich werde nicht aufgeben, ein Mann gibt nie auf. Ich werde nicht aufhören zu suchen und wenn's bis ans Ende meiner Tage geht!"* Diese aggressive Phase, so weiß Reich-Adler, geht zirka zwei Minuten, in denen er, da er jetzt im Blickfeld des Patienten ist, natürlich ganz Aufmerksamkeit und Mitgefühl sein muss. Dabei denkt er dann meistens an den EHC Freiburg.

„Kerze" hat sich jetzt jedoch, auch heute, wieder abreagiert, sich auf der Couch bereits in eine fötale Lage eingerollt und bitterlich zu schluchzen angefangen. Adler-Reich hat nun durchschnittlich fast fünf Minuten für sich, die er heute mit Gedanken an seine nächste Patientin ausfüllen möchte.

Es ist doch immer wieder verblüffend, wie viele Sorgen so richtig schöne Menschen eigentlich haben können. Im Grunde genommen könnte er ihr, in zwei, drei Sätzen, ihre Probleme darlegen und sie vielleicht in einem viertel Jahr soweit in der richtigen Richtung haben, dass sie nicht mehr zu kommen bräuchte – aber wer lässt denn gerne so einen dicken Schmusefisch von der Angel?

Nein, er will es versuchen, sie auf der psychologischen Schiene dahin zu bringen, wo er sie haben will, nämlich in seinem Bett auf die rechte Seite.

Denn links hat er seinen Platz.

Er memoriert kurz ihren Hintergrund.

Zerrüttetes Elternhaus, eine Mutter, der Kinder nicht all zuviel viel bedeuteten, wenige gefühlsarme Bezugspersonen, ein innerlich abwesender Vater und ein später folgender Kompensationsweg, den viele schöne Frauen beschreiten, denen in der Kindheit Halt gefehlt hat, die planlos und begierig männliche Aufmerksamkeit konsumieren, gleichzeitig aber unfähig sind, dauerhafte und befriedigende Beziehungen aufzubauen. Jeder Mann muss irgendwann dazu herhalten, die Rache am nie erreichbaren Vater auszubaden. Die Beziehungen scheitern dann also zwangsläufig, meistens immer in dem Moment, wenn sich der Mann emotional sehr stark beteiligt zeigt. Nach der Trennung leiden dann aber auch gerade die Frauen regelmäßig darunter, obwohl sie sie ja herbeigeführt haben.

Vielleicht könnte er, um ans Ziel zu kommen, ihren Vaterkonflikt etwas auswalzen, könnte etwas Nacherleben väterlichen Einflusses mit gleichzeitiger Ablösungsmöglichkeit, praktisch erfahrbar, bringen?

Sie könnten damit beginnen und zwar gleich hier und jetzt! Ja, Sie müssten dazu gar nicht einmal aufstehen, Sie müssten es einfach ... hm, zulassen wäre der richtige Ausdruck, genau, zulassen. *Zulassen, was jetzt geschieht, mit uns beiden geschieht, denn sehen Sie – siehst du...* würde er dann an dieser Stelle schon zu sagen wagen, *es ist nur*

31

zu deinem Besten, wenn ich mich jetzt ein wenig zu dir auf die Couch lege.

„Sagen Sie mal, *pennen* Sie eigentlich? Habe ich Sie endlich doch mal erwischt!" Adler-Reich schreckt hoch: „Aber wir haben doch schon tausendmal besprochen: da Sie eine gecrackte Version, also eine Raubkopie haben, kann es doch *sein*, dass sie im Original da ist!", sprudelt er hervor.

Der zappelige Big-Shit-Reporter schießt einen vernichtenden Blick auf ihn ab. Dann, mit ätzendem Sarkasmus: „Ihre Antwort macht *leider* keinen Sinn, Herr Reich-Adler! Sie würde nur dann Sinn mache, wenn ich gerade gesagt hätte: ‚Möglicherweise gibt es diese gottverdammte Kerze überhaupt gar nicht in diesem Spiel und es ist alles nur ein Riesenbluff, der nur deshalb noch nicht herausgekommen ist, weil jeder schon lange aufgegeben hat nach diesem Scheißding zu suchen, sich endlich eine Freundin zugelegt und Besseres zu tun hat.'"

Er lässt sich die Worte, Hohn triefend, auf der Zunge zergehen: „Das habe ich aber nicht gesagt! Was ich wirklich gesagt habe ist: ‚Wenn mir der liebe Herr Reich-Adler jetzt zuhört, kann er mir vielleicht beantworten, warum Psychotherapeuten eigentlich so hohe Stundensätze haben!' Er schreit: *„Sie haben diesen Satz einfach nur ins Blaue hinein geschossen, Sie, Sie...!"*

„Nun, äh..." und es folgt ein längeres, Fachtermini gespicktes, windiges Rückzugsgefecht, à la „slick Willi", Bill Clinton aalglatt, der zwar Marihuana geraucht, aber nie inhaliert hat, und zwar einen geblasen bekam, aber dabei irgendwie gar keinen Sex hatte, im Verlauf dessen es dem jungdynamischen Therapeuten noch einmal gerade gelingt, den Kopf aus der Schlinge zu ziehen und den Klienten wieder zum Kern der Sachen zu bringen – nämlich seiner Suche nach der Kerze. Die Suche nach den psychologischen Hintergründen dieser Manie ist ja zwecklos oder jedenfalls noch schwieriger als die Suche nach der Kerze selber.

„Ich habe jeden Winkel des Gartens nach ihr abgesucht, jedes Gebäude, jeden Keller, jede Ecke in dem ganzen verdammten Kloster, jahrelang – nichts! Ich kehrte immer wieder zum Geist von Bruder Murus zurück, um Anweisungen zu holen, konkretere Angaben, wo ich zu suchen habe, versteckte Hinweise – nichts! Immer wieder nur: ‚Bitte hole meine Kerze, die ich an meinem Todesabend benutzt habe', oder: ‚Sie muss in der Nähe des Brunnens liegen.' Oder, wenn ich zwischenrein das Spiel nicht noch einmal neu geladen habe, einfach nur: ‚Bitte *hole* meine Kerze.' Und er steht bloß da und wackelt so komisch mit den Armen und streckt sich..."

„Kerze" steht auf, demonstriert „sich strecken und komisch mit den Armen wackeln".

„Gott! Wie ich ihn hassen gelernt habe!" Er läuft herum. Adler-Reich toleriert das, weil er aufgeschlossen, jung und dynamisch ist, im Gegensatz zu älteren Kollegen, die dies nervös machen würde. „Ich schoss mit Pfeilen auf ihn, schlug mit der Keule nach ihm, mit dem Schwert – nichts! Keine Reaktion. Aber er ist ja auch nur ein Geist."

„Sie haben ja auch gesagt, dass sich der Feuertalisman aus dem Feuer holen ließ, nachdem man ihn zuerst mit einem Wasserpfeil ausschießen musste, dies aber später gar nicht mehr ging, beziehungsweise, mehr als sieben Wasserpfeile nötig waren, die Sie aber brauchten, um die Elementarwesen damit auszuschießen, damit *diese* Sie nicht ausschießen!" Er hört das Ganze ja schon seit drei Jahren und kennt das gesamte Spiel schon auswendig, obwohl es ihm nicht im Traum eingefallen wäre, es selber zu spielen. „Oder, dass das Gebet des Baumeisters klemmte, so dass es Ihnen nicht möglich gewesen war, den Luft- und Erdtalisman zu stehlen..."

Die Stunde läuft dahin.

Endlich, „Kerze" geht – und da ist sie, der Lohn seines langen Studiums! Die zarteste Versuchung, seit es Psychoanalyse gibt!

Sie nimmt Platz, gießt ihre göttergleiche Gestalt ins Fauteuil, schlägt die Beine übereinander.

Er kann ein krampfhaftes Schlucken nicht unterdrücken.

Sie zieht ein Taschentüchlein heraus und – heult.

„Ich fühle mich wie Dreck!" Wenn es Menschen gibt, die auch dann noch äußerst attraktiv wirken, dann ist sie das. „Ich fühle mich benutzt und beschmutzt!" Reich-Adler setzt eine mitfühlende Miene auf, erlaubt sich nur die Spur eines verständnisvollen Lächelns. Sein Herz macht bumm-bumm, aber das jetzt zu zeigen, wäre nicht nur gegen den Berufsethos, sondern auch taktisch ziemlich unklug. Er muss sich gedulden, warten. Warten auf den richtigen Augenblick.

„Das geht vielen Frauen so, die sich... äh, prostituiert haben." Er überlegt, legt behutsam einen Satz nach, wie ein Steinzeitmensch noch etwas Zunder, nachdem er ein halbe Stunde lang, zum Feuermachen, ein Stöckchen hat reiben müssen. „Wir sollten vielleicht schauen, wie es Ihnen möglich ist... ich meine, jetzt, wo Sie damit aufgehört haben, wo Sie darunter einen Schlussstrich gezogen haben...", er verliert den Faden, kriegt die argumentatorische Kurve nicht und schlittert mit dem Ferrari seiner analytischen Ambitionen in einen Reifenstapel. Flammen (in der Neuzeit ist Feuermachen deutlich leichter), schießen hoch. Sie fragt verwirrt: „Sie meinen…?" Helfer hasten heran, er kriegt die Gurte nicht auf. Endlich – er kommt frei.

„Ich meine, wir sollten einfach der Frage nachgehen, was Sie dahin getrieben hat, in die Prostitution, in die Beziehungen mit den falschen Männern, die Trennungen und auch in die Trennung von…"

„Die Trennung von *dem* Mann", sie schluchzt steinerweichend, „der mir als Einziger wirklich jemals etwas bedeutet hat!"

Außer deinem Vater! Doch es wäre *zu* abrupt, sie mit einer solchen Konfrontation zu belasten, einfach noch verfrüht, nicht subtil genug – möglicherweise wäre es sinnvoller…

Reich-Adler findet seine Doppelstrategie, die endgültige Heilung seiner Klientin in seinem Bett stattfinden zu lassen, ziemlich schwierig.

Vielleicht sollte er doch lieber…

„Da habe ich einen Mann gefunden, der intelligent ist, sensibel, aber nicht empfindlich, gut aussieht, der seine eigene Meinung hat, aber auch meine Meinung respektiert, mit dem man reden kann, der einem aber auch zuhört, der…" Der Kummer überwältigt sie aufs Neue, die Tränen fließen in Sturzbächen.

Jetzt, Adler-Reich, jetzt oder nie. Es ist ganz einfach. Du legst deine ganze therapeutische Aura, die du Sex besessener Unhold überhaupt noch hast, in diesen Versuch. Du gehst hin zu ihr, legst ihr behutsam, aber väterlich den Arm auf die Schulter und sagst dann: „Wir sollten vielleicht einmal das Verhältnis zu Ihrem Vater beleuchten. Ich meine, Sie haben Ihn doch nie so richtig gespürt, wie er da war für Sie, wenn Sie Kummer hatten, wenn Sie Sorgen hatten. Hat er Sie denn da jemals so richtig in den Arm genommen und getröstet, ich meine, so – wie ich jetzt? Ich denke, vielleicht sollten Sie das jetzt einfach mal… zulassen!"

Aber er weiß, dass er das nicht bringen wird, auch diesmal wieder nicht. Auch diese Stunde wird vorbeigehen, ohne den entscheidenden Vorstoß gemacht zu haben. Aber er hat ja noch ein paar. Es sieht nicht so aus, als ob sie so bald ohne ihn zurechtkommen wird.

Die Stunde ist zu Ende.

Sie tritt auf die Straße, ins helle Sonnenlicht. Vor der Praxis steht jemand, er sieht aus wie…

„Paul?"

Anke wirft sich ihm in die Arme.

7. Ein Freiburger Taxifahrer packt aus.

Bukenkötter macht heute frei. Er läuft in der Stadt herum und sucht ein bestimmtes Buch. Vor einer Buchhandlung bleibt er stehen.

„Wie, *Sie* haben dieses Buch geschrieben? Das ist ja toll!" Der Geschäftsführer schaut neugierig, junge hübsche Buchhändlerinnen umringen einen, er ruft: „Leute, ein Autor, ein echter *Autor!*" Die Kunden in der Buchhandlung kommen näher, magisch angezogen vom Fluidum des Kreativen, scharen sich um einen, erste Hände fühlen nach dem Stoff der Kleidung, die man trägt. Die Masse steht an der Grenze zur Hysterie, manche weinen, andere fallen in Ohnmacht.

„Ein Autor, ein echter Autor!"

„Ich will ein Buch, mit Signatur!"

„Nein, ich will eins!"

„Nein, ich!" Gezerre und Geschubse beginnt, die Gefahr von Handgreiflichkeiten lässt sich schon mit Händen greifen, erste spitze, ekstatische Schreie werden laut.

Genauso, in etwa, ist die Vorstellung, von der sich ein selbst verlegender Autor schleunigst trennen sollte, betritt er das erste Mal einen Buchladen, um dort sein Werk unterzubringen. Hat er Erfahrungen als Staubsauger- oder Versicherungsvertreter, so kommt ihm das jetzt zupass, auf dass er die richtige Mischung aus Servilität und Hartnäckigkeit an den Tag legen kann. Dann heißt es noch, „lass alle Hoffnung fahren mit deinem selbst verlegten Buch auch nur irgend ein bisschen Geld zu verdienen" – und dann stimmt die Einstellung.

Odyssee im Buchhandel.

Von einem der auszog, sein eigenes Buch zu vermarkten.

Man muss sich nur in den Buchhandel hineindenken. Der Buchhändler will doch nichts lieber als einem Kunden mit zufriedenem Lächeln den Weg zur Kasse zu weisen, mit einem schönen Hardcover des neusten Grisham oder Follet in der Hand oder mit einigem Abstand auch den, eines deutschen Autors, der sich sehr gut verkauft. Ein neues Werk eines gut eingeführten Bestsellerautors ist für ihn wie die berühmte Lizenz zum

Gelddrucken, während Eigenverlage im Allgemeinen wenig professionell arbeiten und dem Buchhandel dadurch zusätzliche Arbeit aufbürden.

Schreiben.

Schreibe und du stellst fest, wie einsam du bist. Schreibe und du stellst fest, du hast ein Problem. „Do it the heming-way" und blas dir die Rübe weg, wenn du Erfolg hast. Häng dich einfach irgendwo still und bescheiden auf, hast du keinen. Wenige Sozialhilfeempfänger werden zum Milliardär, aber viele rechtschaffene Bürger, mit solidem Beruf, zum frustrierten Alkoholiker.

Bukenkötter betritt den Buchladen und geht hinüber zur Regionalabteilung.

Da liegt es – *sein* Buch. Eine beinharte Reportage, selbst verlegt.

Dreißig Jahre Dreck-Job!
Ein Freiburger Taxifahrer packt aus.

Erfolgreiche Autoren werden schon mal von ihren Lesern belästigt, bei weniger erfolgreichen kann es schon mal umgekehrt sein. So manch unbekannter Autor belästigt seine Leser, bedrängt sie mit seinen Büchern und will ihnen daraus vorlesen. Bukenkötter hat das eigentlich nicht nötig, sein Buch verkauft sich aus zwei einfachen Gründen sehr gut – einmal, weil er über einen bestimmten Fahrgast hergezogen hat, der jetzt immer die Regale leer kauft, weil er zu blöd ist, um zu kapieren, dass es so nicht funktioniert. Außerdem, weil es mit pikanten Details aus Bukenkötters ausschweifendem Sexualleben angereichert ist, worauf die Leute ja immer stehn.

Aber auch er hat sich schon in den Buchhandlungen die Hacken abgelaufen.

„Kennen Sie das Buch schon?", sagte er zu einem Buchhändler, zum Beispiel, mit einem besonders, *besonders* kleinen, aber feinen Sortiment.

„Nein", antwortete er das erste Mal, als er es in die Hand nahm, ein zweites Mal „nein", als er es überflog und ein drittes Mal „nein", als er wohl an eine besonders deftige Stelle kam.

„Danke!" In diesem „Danke", diesem einzigen Wort, mit dem er ihm dann das Buch zurückgab, war wirklich alles enthalten.

„Danke, dass Sie sich die Mühe machten, hier hereinzuschauen. Danke, aber Sie sehen ja selber wie viele Bücher hier, rings um uns, aufgestapelt sind. Danke, aber Sie sehen ja, wie furchtbar beschäftigt ich bin. Und danke, dass Sie ihren Hintern jetzt umgehend hier herausschaffen!"

„*Bitte!*", war alles, was Bukenkötter übrig zu sagen blieb, bitte, bitter gefärbt, bitte wie: „Bitte brechen Sie sich ja nur keinen Zacken aus ihrer Krone, bitte entschuldigen Sie, dass ich Ihre kleine heile Bücherwelt mit meinem Geschreibsel besudeln wollte, bitte, ich bin es ja gewohnt, dass sich eh keine Sau für die Probleme taxifahrender Untermenschen interessiert, *bitte*, das sind doch sowieso nur ein paar Pollacken, die da am Bahnhof rum stehen."

Und auch unter den Kollegen fielen die Reaktionen nicht so aus, wie er es sich gewünscht hatte. Zuerst verkaufte er das Buch auch am Taxistand, kam aber davon ab, nachdem er sich teilweise ganz üble Reaktionen einfing. Er musste lernen, dass er nun nämlich als Nestbeschmutzer dastand. Jeder, noch der letzte Straßenfeger, Schuhputzer und Müllsortierer hat doch seinen Stolz. Nimm ihn den, in dem du ihm einen Spiegel vorhältst, und er wird nun, da er an seinem Job nichts ändern kann, dich mit seinem Zorn verfolgen. Er wird *den* hängen, der ihm die schlechten Nachrichten überbringt.

Ein Kollege zum Beispiel, fände den Job doch ganz toll. Man könnte einfach mal eine halbe Stunde Pause machen und so weiter. Er ist aber noch nicht darüber hinweggekommen, wie da nachts ein paar Besoffene nicht aus dem Auto aussteigen wollten, erst als er daraufhin ein paar Kollegen gerufen hat.

Wie naiv doch die Leute sind! – findet Bukenkötter. Solche Sachen passieren eben, deshalb ist der Job ja so beschissen. Wenn man immer nur die schönen Seiten sieht, lügt man sich ja nur was in die Tasche. Er hat sich schon so oft gewünscht, in solchen Situationen nicht nur Polizei in der Nähe zu haben, sondern sie selber auch zu sein.

„Wenn du weiter Schwierigkeiten machst, werde ich dich mal einem Freund von mir vorstellen, dem Walter. Walter PPK, die Polizeipistole, das Ding, was ich da rechts am Gürtel hängen habe. Und dann lasse ich dich mal am Lauf riechen, aber erst nachdem ich dir den Brägen weggeschossen habe, wobei treff' erst mal etwas von der Größe einer Erbse…"

Bukenkötter, aus Schaden klug geworden, schrieb einen ironischen Zettel, ganz im Stil von obiger Phantasieszene aus dem Buchhandel, und hing ihn ans schwarze Brett, wo er auch tatsächlich siebzehn Minuten und fünfundzwanzig Sekunden hing, bevor er, wie alle anderen auch, von Oberbeschränkten abgerissen wurde.

» Leider muss ich den Verkauf am Taxistand an die Kollegen einstellen.

Ich kann es einfach nicht mehr verantworten.

Was sich alles so abspielte ist einfach unbeschreiblich. Kaum erschien ich am Stand, fielen schon alle über mich her, ekstatisch schreiend, die Gesichter voll religiöser Inbrunst verzerrt: *„Hier ist er!* Er, der gekommen, Freiburg über unsere Sorgen und Nöte aufzuklären! Er, der gekommen, um Verständnis für unsere Probleme zu erwecken, gekommen um Neid und Zwietracht im Gewerbe zu beenden und uns in eine geeinte, goldene Zukunft zu führen!"

Ich habe eigentlich nur ein witziges Büchlein geschrieben, wie ich meinte, und wollte das ein wenig zum Selbstkostenpreis unter die Leute bringen, aber ich konnte nicht damit rechnen, was ich auslösen würde.

Sie küssten mir die Füße wund, schrieen, sie jammerten, wehklagten, sie rauften sich die Haare, geißelten sich, drohten mit Selbstverbrennung – alles nur um in Besitz eines handsignierten Exemplars zu kommen. Es war immer das gleiche Bild. Sie trommelten mit den Fäusten an meine Scheiben, rissen sich die Kleider vom Leib. Frauen boten mir den Beischlaf an, Männer boten mir den Beischlaf an, sie weinten, sie sangen, sie prügelten sich. (Gut, letzteres ist ein schlechtes Beispiel, schließlich ist es doch normal sich am Stand zu prügeln, wie soll man sonst die Zuständigkeitsfrage klären?) In verzückter Raserei befindlich, ließen sie erst von mir ab, als die Polizei erschien, um sie mittels Wasserwerfer auseinander zu treiben.

Ich denke, damit wieder Ruhe und Ordnung einkehrt werde ich künftig darauf verzichten, das Buch am Stand anzubieten.

Dies kleine Opfer bringe ich gerne, damit Freiburg wieder zur Ruhe kommt. «

Aber auch mancher Leser, so fand er heraus, will nicht immer nur mit der harten Wirklichkeit konfrontiert werden, sondern gerne mal lesend dem Alltag entfliehen, mag am liebsten Bücher mit Schwertern und Zaubertränken oder romantischen Sonnenuntergängen. Oder Schwerter und Zaubertränke – schön rot angestrahlt im Licht der untergehenden Sonne.

Er schrieb eine Polemik dazu, verteilte sie als Handzettel.

» Ist das Leben nicht grausam?

Da lebt man in einer erbarmungs- und mitleidlosen Ellenbogengesellschaft, in der vor allem eins, nämlich Geld und Prestige, zählt. Da ist man von lauter sarkastischen, gehässigen und boshaften Leuten umgeben und kaum denkt man, man dreht den Spieß um und schreibt selber sarkastische, gehässige und boshafte Bücher – da ist das auch nicht recht!

Vor kurzem fuhr ich einen Menschen, der sich wie die meisten Menschen, die ich mit dem Taxi fahre, für das Buch interessiert, das ich vorne liegen habe. Er blätterte darin und dann meinte er: „Nein, das möchte ich nicht, das ist mir zu sarkastisch!"

Habe ich ihn gewaltsam gezwungen, mein Buch zu kaufen? Aber nein, hier ist einer, der sarkastische Bücher schreibt und das gefällt ihm nicht. Er selber gibt sich doch auch so unendlich Mühe sich den ganzen Tag zu beherrschen, sich nichts anmerken zu lassen und deshalb bekommt derjenige es jetzt reingedrückt!

Andererseits, ist das nicht genial? Da löst der Mann in einem Satz all die Probleme, mit denen ich mich schon Jahre abquäle! Ist das nicht einfach genial? Das muss ich natürlich gleich selber mal ausprobieren, mal sehen ob's klappt:

Abgase – nein, das möchte ich nicht, das ist mir zu sarkastisch! Besoffene – nein, das möchte ich nicht, dass ist mir zu sarkastisch! Stress und Bewegungsmangel – nein, das möchte ich nicht, das ist mir zu sarkastisch! Gefährdung durch Un- und Überfall – nein, das möchte ich nicht, das ist mir zu sarkastisch! Unterbezahlung und soziale Missachtung, wir vermieten nicht an Taxifahrer! – Nein, das möchte ich nicht, das ist mir zu sarkastisch!

Na also, das hört sich doch schon mal ganz anders an!

Also Leute, kauft mein Buch – und dann, wie wär's damit: schreibt selber sarkastische Bücher in Mengen und seid untereinander aber richtig nett zu einander, ok? «

Worauf er sich vor allem dabei bezog, ist die Selbstverständlichkeit, mit der wiederum die allermeisten Menschen den Job des Taxifahrers gering schätzen. Es ist völlig normal, und ruft auch keine Proteste von irgend jemanden hervor, wenn zum Beispiel auf dem Unigelände Werbepostkarten für irgendwas auslegen, die sich auf die langen Studienzeiten beziehen und damit drohen, dass Studienabbrecher im Taxi landen. „Hilfe ich will nicht Taxifahrer werden!", steht dann ganz groß darauf. Oder aber ein Taxi im Schnee stehend photographiert, von hinten aufgenommen, mit geöffneter Fahrer- und Beifahrertür und darunter die Schrift: „Auf welcher Seite *Sie* später einsteigen, bleibt Ihnen überlassen!"

Bukenkötter hält nichts von Akademikern, Studieren ist Zeitverschwendung, seiner Meinung nach, und findet so etwas eine Zumutung. Die können großkotzig machen, da sagt dann keiner was. Aber wenn er als Insider, einer der den Job schon seit dreißig Jahren macht, ihn schildert wie er wirklich ist, finden diese Eso-Zimperlieschen das „zu sarkastisch".

Bukenkötter nahm Kontakt mit der Badischen Zeitung auf. Sie aber nicht mit ihm.

Gekränkt schrieb er ein neues ironisches Vorwort, dass er vorhatte in der nächsten Auflage seines Buches zu bringen.

» Lieber Leser!

Die Badische Zeitung hat bisher noch nicht über meine Reportage berichtet.

Jammer, Nörgel.

Aber – bin ich nicht selber schuld?

Ich, der ich es nicht wert bin auch nur dem geringsten aller BZ-Redakteure und Redakteurinnen das Schreibprogramm auf den Bildschirm zu laden, ich *wage es* unangemeldet in die Redaktionsräume zu platzen, Türen aufzureißen, wichtige Konferenzen zu stören, herumzuschreien und wild mit einem Rezensionsexemplar herumzufuchteln, als wär's eine Pistole beim Überfall.

Wer bin ich denn – Dieter Bohlen?

 So geht man nicht um mit der BZ. Erschrocken musste ich das feststellen.

Und ich würde mich nur umso weiter im Dickicht meiner Schuld verstricken, käme ich jetzt etwa auf den Gedanken: ‚Schreibt die BZ nicht über mich, schreibe ich eben über die BZ!' Jeder hätte es mir doch zu Recht als kleinlichen Racheakt ausgelegt, hätte ich jetzt etwa meinen Buchtitel verunziert mit einem Schriftbalken:

‚Die Reportage zum Freiburger Taxigeschehen,
über die die BZ nicht berichten will.
Danke BZ, jetzt weiß ich, dass ich gut bin!'

So durchsichtig und grundfalsch wäre es gewesen, hätte ich fernerhin etwas von: ‚Monopolzeitung… und die BZ schreibt nicht für ihre Leser, sondern nur für sich selber und vielleicht einen kleinen Zirkel Akademiker… sie sei überhaupt einfach nur ein Haufen blasierter, schnöseliger…!', geschmollt. Auch eine ganze Seite selbstverfasster BZ-Witze (Witze *in* der BZ? Nein, *über* die BZ!) wurde schnell wieder in den virtuellen Papierkorb entsorgt. Eine peinliche Entgleisung eines anmaßenden Möchtegern-Schriftstellers, so hätte jeder Unbeteiligte zu Recht geurteilt.

Nein, die BZ ist ein Spitzenprodukt freier Presse und über jeden Zweifel erhaben. Ich muss jetzt einfach meinen Platz in Demut suchen, bittere Tränen der Enttäuschung vergießen, aber vor allem – weiter an mir arbeiten.

Und ich werde soviel Kisten Krimsekt in die Redaktion schicken, dass die sich eine Lagerhalle mieten muss. Jedes weitere Buch, das ich in Zukunft dorthin schicken werde, soll ein Prüfstein sein, ob ich inzwischen vielleicht schon einen gönnerhaften Verriss wert bin oder eben noch nicht.

Wir werden ja sehn. «

Heute hat Carl Bukenkötter jedoch anderes im Sinn als seine Reportage. Seit diesem Abend im Funpark hat er einen Floh im Ohr.

Und dieser Floh heißt Sweetie.

Er haut jemanden an: „Haben Sie ‚Lolita' von Na… Na… na, wie heißt er?"

„Lolita? Ach, Sie meinen, von Nabokov!" Der Buchhändler mustert ihn mit diesem „das ist doch dieses Buch, wonach immer diese alten Säcke fragen, die es gerne mit jungen Mädchen treiben würden"-Blick, dem er sich jedoch zwingt standzuhalten.

„Ja, von dem Knilch halt."

„Nein, ist leider vergriffen, Herr Bukenkötter. Darf ich Ihnen „Ada oder das Verlangen" empfehlen? Da verliebt sich doch, glaub ich, auch so ein älterer… Mann", er blickt an ihm hinauf, „in ein junges Mädchen…", er schaut an ihm hinunter.

Sackzement, denkt Bukenkötter. In allen Buchhandlungen ist der Schinken vergriffen, in der UB ist er verliehen, in der Stadtbücherei sowieso. Er hat schon die ganze Stadt deswegen abgelaufen. Gestern hat er sich beide Filmversionen, die er kennt, auf Video rein gezogen und will jetzt unbedingt noch das Buch dazu lesen. *Wie es scheint bin ich nicht der einzige alte Lüstling in der Stadt, der auf junge Mädchen steht, anscheinend tut es ganz Freiburg. Na ja, welcher Mann hätte nicht gerne eine junge Gespielin neben seiner Frau? Blöde Frage!*

Sweetie erinnert ihn so sehr an ein Mädchen, in das er mal vor langer, langer Zeit schwärmerisch verliebt war, als sechszehnjähriger Bursche, noch total grün hinter den Ohren. In diesem Alter kann man sich noch so richtig verknallen, es war ihm damals gerade so, als würde ihn ein Stromstoß durchfahren. Vielleicht sind das ja die Nervenbahnen, die für solche Empfindungen zuständig sind, die dann das erste Mal so richtig benutzt werden und dann ordentlich entladen? Was weiß er. Er weiß nur, dass es ihn erwischt hat und er sich in seine Jugend zurückversetzt fühlt, und dass das ein total geiles Gefühl ist.

Er denkt an Brigitte, die Frau, mit der er zuletzt etwas Längeres hatte, eine Autorin, ein Umstand, der ihn sicher jetzt mit zum Schreiben bewogen hat.

Brigitte – eine der Frauen, die im Kibbuz waren und davon erzählen, wie Opa von Stalingrad. Eine der Autorinnen, die für sich entdeckt hat, dass alle Welt es verdammt, wenn männliche Autoren sauigeln, so wie auch er selber das tut, mit seiner Testosteron getränkten Tinte, genau dieses aber bei Frauen todchic finden.

Wobei sich ihre Sexualenergie aber wohl schon beim Schreiben zu erschöpfen schien.

Er hat sie kennen gelernt, als sie gerade an einer Autobiographie geschrieben hat, wobei sie ihm freimütig erzählte, dass sie noch ein paar Sexszenen einbauen wolle, damit das Buch sich noch besser verkauft. Er hat sie oft angerufen damals, als sie noch zusammen waren: „Hey, ich dachte du wolltest noch ein paar Sexszenen in deine Autobiographie einbauen?"

Doch letztendlich fand sie den Krieg für sie wichtiger als die Liebe, wollte wieder zurück nach Afrika, wo sie schon einige Jahre verbracht hatte. Afrika! Früher hatten sie Speere, heute Kalaschnikows – und an allem ist der Westen schuld?

Er erinnert sich an die Zeit als die „Jute statt Plastik"-Tüten ganz groß in Mode waren. Jeder, mit einem alternativen Touch, ist damals mit so einem Teil herumgerannt. Viele von denen noch mit Jesuslatschen im Sommer und Palästinensertuch im Winter. Bis dann herauskam, dass die Bauern, die auf den Äckern für ihren eigenen Bedarf angebaut haben, von den dortigen Machteliten vertrieben worden sind – um dort Jute für den Export anzubauen und vom Erlös Waffen zu kaufen, mit denen sie dann die Bauern, und noch andere, in Schach halten konnten.

Was hatten sie nicht Streit deswegen. Ihr ist Afrika wichtiger als eine Beziehung zu ihm, die spinnt doch! Flieht vor der Liebe. Kann nicht leben, ohne das Gefühl zu haben wichtig zu sein, gebraucht zu werden, in einem sinnlosen Kampf auf einem verlorenen Kontinent. Seiner Meinung nach kann man Afrika vergessen. Denen da unten ist eh nicht mehr zu helfen, in ein paar Jahren haben sie sich alle gegenseitig umgebracht und der Rest stirbt an Aids.

Und sie meinte alles was er im Kopf habe sei *ficken*.

Und doch – hat es ihn getroffen, diese Zurückweisung. Hat ihn sogar dazu gebracht, Gedichte zu schreiben:

Grosse Schiffe, Ozeanriesen, die sich auf hoher See begegnen. Zu Häfen eilend, die Meere von einander trennen. Die Nebelhörner dröhnen, dumpf rollen Donner über Wasser, respektvoll grüßend.
Oder ist es Trauer über eine verpasste Chance?

Das hat er ihr damals geschrieben, zum Abschied, wollte damit ausdrücken, dass nun jeder seinen Weg geht und diese Wege sich letztlich trennen. So sind sie eben beide: stolze, unnahbare Wesen, die zusammen kommen wollen, aber nicht können.

Aber es hat nichts genutzt.

Brigitte. Er hatte sie fast geliebt.

Aber er trauert keiner Frau lang nach. Und Brigitte war auch zäh, was für sie wichtig war, wollte sie durchziehen.

Und – mit der Presse hatte sie so ihre Erfahrungen gemacht. Nun, wer macht das nicht?

„Die verlorene Ehre der Brigitte Blum", so hatte sie gelegentlich scharfzüngig gespottet. Schon das ganze System, wie die Medien arbeiteten, fand sie irgendwie witzig. Alle stürzen sich immer auf genau ein brandaktuelles, modisches Topthema, um das sich wenig später kein Aas mehr darum kümmert. Ein sehr gutes Beispiel fand sie die Kampfhundhysterie, eigentlich ein klassisches Sommerlochthema. Bissig, wie auch das abgehandelte Sujet selber, stürzten sich die Blätter auf den Kampfhund. Kämpften, knurrten und fletschten die Zähne und alle Politiker, alle Menschen kannten nun nur noch ein Feindbild – den Kampfhund. Süße Dackelchen wurden zu Kampfhunden erklärt, Tiere wurden eingeschläfert, Maulkörbe fanden reißenden (reißend!) Absatz – nur um wenig später wieder in der völligen Versenkung zu verschwinden. Läuft ein Spaziergänger heute seine Runden – er wird von unzähligen Hunden, die „nur spielen wollen", besabbert und angekläfft. Aber wo sind die Maulkörbe?

Eine Lokalzeitung brachte mal etwas über sie, einen zusammen geklitterten Verriss und sie schilderte ihm ihre Eindrücke darüber haarklein in einem Brief.

» Ein Herr Müller interviewte mich. Er wirkte reichlich blutleer, wie einer halt, der immer anständig war und hart gearbeitet hat für das, was er erreicht hat. Einer der trotz fehlender Begabung weit gekommen ist und deshalb das Erreichte mit Klauen und Zähnen verteidigt. Er mag Leute mit Esprit nicht, Leute, die Lebensfreude ausstrahlen, die Spaß am Leben haben und das auch zeigen. Sie machen ihn neidisch. Und was sie da von sich geben, macht ihn nervös. Denn es erinnert ihn an etwas. Da war doch etwas, da ist doch etwas, etwas, wozu er keinen Zugang hat, was er am liebsten vollständig verdrängen würde.

Und vor allem mag er diese feinsinnig-ironischen Klugscheißer nicht, die immer so tun, als hätten sie alle Weisheit für sich gepachtet. Im Grunde seines Herzens ist er immer der einfache Hotzenwälder Bauernsohn geblieben, der er war. So erdverbunden, dass es ihm noch beim Sprechen zwischen den Zähnen krümelt. Er gehört auch dem Verein zu Förderung des Rachen-„ch"'s an, der sich jeden Mittwochabend im Nebenzimmer einer urigen kleinen Gaststätte trifft, um Weizenbier zu trinken und das Rachen-„ch" zu praktizieren. Regelmäßig bis der Würgreiz einsetzt, was immer natürlich auch mit der Quantität des getrunkenen Weißbiers einhergeht.

Müller liebt es verletzend und sarkastisch zu schreiben. Er hat schon oft Leute mit seinen Kritiken ruiniert, die einfach zu schwache Nerven für den Umgang mit Medien haben. Er mag es aber nicht, wenn das andere tun. Das findet er dann jenseits der Grenzen des „guten Geschmacks".

Nun, der Redakteur ist ein viel beschäftigter, geachteter Mann, der sich nicht die Zeit nehmen kann, jedes billige Machwerk einer dahergelaufenen Autorin zu lesen. Einer Persönlichkeit wie ihm reicht es eben, ein Buch nur eben mal überflogen zu haben, um einen profunden und solide gezimmerten Artikel darüber zu schreiben. Noch dazu, wenn es ein wenig subversiv (selber schuld) daherkommt. Mit absurder Komik kann Müller nämlich nichts anfangen, dazu ist er viel zu beschäftigt und bodenständig. Kommt man ihn allzu abgehoben, muss er sich erst einmal sammeln. „Also, ich (ich, mit Rachen-„ch"!), habe Sie jetzt so verstanden…"

So muss man Müller, aufgrund seiner Inanspruchnahme einfach nachsehen, dass sein Artikel bisweilen ein wenig unsortiert, dabei aber immer in dem braven Stil bleibend, den seine Anzeigenkunden, biedere Geschäftsleute, so an ihm schätzen, Fakten aneinanderreiht, die entweder gänzlich falsch oder zumindest falsch interpretiert sind.

Redakteur Müller nennt sein Blatt eine Zeitung. Korrekter wäre von einer Anzeigensammlung zu sprechen, die von ein paar redaktionellen Klammern, wie Berichte zu Verdauungsbeschwerden einzelner Fußballspieler oder Rezensionen über, in Mundart geschriebenen, Büchern, zusammengehalten wird. «

Bukenkötter hat ein paar Lokalradios abgeklappert und Erfahrungen gesammelt, positive, wie negative. Einer wollte unbedingt Live-Atmosphäre und hat ihm deswegen während dem Fahren das Mikro unter die Nase gehalten, so dass er auf der rechten Seite gar nichts mehr gesehen hat und höllisch aufpassen musste, keinen Unfall zu bauen. Da er auf die Weise nur Schwachsinn von sich geben konnte, wurde auch nach jedem Satz von ihm geschnitten. Ein Kumpel aus Berlin, mit dem er sich mal in einer Kneipe getroffen hat, hat ihm daraufhin mal seine Erfahrungen mit einem alternativen Sender erzählt, bei dem er zum Interview einbestellt war. Humorlose feministische Ayatollahs hatten da das Sagen. Auf jedem Computer war ein Schild, dass man keine Sex-Seiten im Internet aufmachen darf, das würde gegen das Sexismus-Verbot sprechen. Da dürfen die Jungs sich nicht mal nachts 'n Porno reinziehen, wenn ihnen langweilig ist, dachte Bukenkötter. Und bei der Programmgestaltung das volle Chaos. Während dem Live-Interview sei einer ins Studio gerannt und hätte da drin rumgekramt, während die auf Sendung waren.

Bukenkötter geht in eine Kneipe. Sein Alkoholspiegel droht abzusinken.

„Dann geh' doch nach Afrika und lass dich von deinen Negern bumsen!" Das waren seine letzten Worte, die er Brigitte an den Kopf geschmissen hat. Doch er weiß ja selbst am Besten, dass sie auch in Afrika wie eine Nonne leben wird.

„Sex! Das ist doch alles was du im Kopf hast, du mieses…" Sie hat ihn keines Blickes mehr gewürdigt und ist davon gerauscht, davon gerauscht aus seinem Leben.

Na ja, vielleicht besser so. Frauen über Vierzig.

Das sind doch alles Frauen über Vierzig.

Bukenkötter nimmt einen Schluck und ergeht sich weiter in den zynischsten frauenfeindlichen Ergüssen. Frauen über Vierzig... früher nannte man sie Hexen und hat sie verbrannt. Manche davon zu Recht.

Junge Mädchen dagegen... er gerät ins Träumen.

Junge Mädchen... Die einzige Falte, die sie haben, ist die Pofalte. Junge Mädchen, übertrieben stark geschminkt, die lieblichen Äugelchen dick mit Maskara umrandet. Mit so engen Jeans, dass sie in zwanzig Jahren Hüftbeschwerden kriegen. Aber eben erst dann, wer denkt denn schon so weit, wer jung und sexy ist. Junge Mädchen, so herrlich unsicher, so herrlich sich noch danach sehnend von Papa in den Arm genommen zu werden, dabei trotzig an der Zigarette ziehend. Kichernd in Dreiergruppen unterwegs, sich gegenseitig errötend ihre Erlebnisse mit Jungs gestehend...

Er trinkt aus, nimmt sein Glas mit und geht rüber zum Tresen. Am Tresen kriegt man schneller sein Bier, muss nicht ewig darauf warten. Am Tresen kann man immer den jungen hübschen Bedienungen beim Zapfen zusehen, es ins Glas schäumen sehen, den Bierdunst einatmen.

Am Tresen steht... Sweetie.

Sie lächelt einladend, scheint ihn zuerst nicht zu erkennen.

„Bitteschön?"

„Mach mir mal die Luft aus dem Glas." Er reicht es ihr.

„Hm? *Was* darf's sein?

„Ein schnelles Pils – und deine Telefonnummer."

Sweetie ist zwanzig. Sweetie hat kein Abitur. Sweetie ist süß, Sweetie ist lieb. Aber Sweetie ist auch ein kleines Luder, das immer genau das bekommt, was es möchte.

Sie lacht, erkennt ihn jetzt.

„Das Pils kostet zwei fünfzig – meine Telefonnummer zweihundertfünfzig. Noch Interesse?"

„Na klar, zweihundertfünfzig für einen wirklich netten Abend... Was machst du denn hier eigentlich?"

„Ich zapfe. Und was machst du hier?"

„Ich trinke." Er grient. „Keine Lust mehr zum Taxifahren?" Aber sie meint, dass sie am Mittwoch hier immer ein paar Stunden aushilft, weil sie den Wirt, den Charly kennt, und dass sie so schnell nicht die Lust am Taxifahren verlieren würde, auch wenn man im Moment mehr steht als fährt.

„Ich muss gehen", sie stellt ihm einen Bierdeckel und ein schäumendes Pils hin, „hab noch eine Verabredung" und ist weg.

Auf dem Bierdeckel steht „Sweetie" und eine Telefonnummer. Bukenkötter schnurrt wie ein verliebter Kater.

Süßigkeiten nascht er für sein Leben gern.

Aber Pils trinkt er auch gerne. Er nimmt einen Schluck, ist zufrieden.

Noch ein Pils später sitzt eine Weibsperson neben ihm. Sie ist auch zufrieden. Sie summt leise, die Art von selbstzufriedenen Summen, die davon zeugt, wie glücklich und im Einklang mit sich selber sie doch ist und die anderen augenblicklich auf die Nerven geht und den Wunsch erzeugt, die Person möchte doch bitte mit ihrem glücklichen und zufriedenen Summen aufhören, bisher jetzt als nachher.

Bukenkötter trinkt und schaut zwischenrein nach rechts. Sie summt. Trinkt und summt.

„He, hör mal auf mit Summen." Sie lächelt ihn an. Dann schaut sie wieder geradeaus, trinkt – und summt.

Noch ein Pils später fängt die Frau, rechts neben ihm am Tresen, an hübsch auszusehen. Ein weiteres Pils macht sie zu einer rassigen Schönheit.

Er schleppt sie ab, macht die gute alte Nummer.

Und dann spürt er es heranziehen, so von ganz unten, hinterstes Sakralmark, und er weiß, das ist es.

Ja, das ist es.

8. Rainer hat ein ziemliches Problem.

Die Bettdecke und der Körper des Mannes, der neben ihr liegt, gibt Wärme. Ein Gefühl der Geborgenheit, das Anke seit langem vermisst hat. Sie liegt mit ihrem Kopf in seine Armbeuge gekuschelt. Sie könnte glücklich sein. Und doch...

„Paul?"

„...Hm."

„Ich bin so unendlich glücklich, dass wir wieder zusammen sind!"

„Hm..."

„Was... was hast du alles erlebt in der letzten Zeit?"

„Nun..."

„Sag mal... ich... ich kann mir nicht helfen, aber wieso habe ich das Gefühl, dass du bei mir bist – und es doch nicht bist?"

„Ich..."

„Wieso hast du dich so sehr verändert? Bist du noch sehr böse auf mich?" Sehr langes Schweigen, während dem sie beide ihren Gedanken nachhängen.

Der Mann neben ihr hat ein ziemliches Problem.

Er kennt diese Frau eigentlich gar nicht, die neben ihm liegt. Diese Frau, die sich auf ihn gestürzt hat und ihn zu sich ins Bett gezerrt hat, ein Vorgang, der ihm, seit er diesen Körper bewohnt, eigentlich ständig passiert, aber – noch nie von so einer atemberaubenden Schönheit, wie diese. Doch er hat festgestellt, dass sein Körper sie sehr wohl kennt, sehr gut sogar und lebte dies auch weidlich aus.

Nach einem kurzem Moment der Überraschung war ihm dann eigentlich auch schon ziemlich bald klar, dass es sich bei ihr jedenfalls nur um Pauls heiße Flamme handeln kann, mit der er in Australien war und die ihn darauf hat sitzen lassen – und sie hält ihn, aus eigentlich ziemlich plausiblen Gründen, für Paul. Er hat so das unbestimmte Gefühl, wenn er mit der Wahrheit herausrückt, wird sie schrecklich sauer auf ihn – wenn sie sie überhaupt glaubt, natürlich.

„Paul?"

„Äh... ja?"

„Ich weiß, ich habe dir sehr weh getan, damals, aber... du glaubst gar nicht, wie sehr mich das alles selber mitgenommen hat. Verstehst du, mir ging es selber am Schlimmsten, als ich dich so zurückgestoßen habe, aber ich bildete mir ein... mein Gott, ich war so dumm, so verblendet, ich glaubte, ich brauche das alles... Das Geld, den Luxus, all diese Männer, die wild darauf sind, es mit mir zu machen." Ihre Stimme zittert. „Wenn du wüsstest, wie sehr mich das alles angeekelt hat..."

Sie fängt an zu heulen und der Mann neben ihr tröstet sie, reflexhaft, ist jedoch mit den Gedanken ganz woanders, kramt in Erinnerungen. In verstörenden Erinnerungen.

Er erinnert sich an ein Erwachen in einem nepalesischen Zenkloster. An Verwirrung und an... Mönche. Mönche, die ihn, so schien es ihm, irgendwie bewunderten, ja, sogar auf eine gewisse, ihm völlig unerklärliche, Art verehrten. Und doch, alles was er nur wollte, so kann er sich noch genau erinnern – war ein Spiegel.

Die Ordensbrüder sprachen Englisch, es schien, als ob sie es für ganz normal hielten, dass er ein bisschen verwirrt und orientierungslos schien, ja, als würden sie auch gar nichts anderes erwarten.

Und als er dann in den Spiegel schaute...

48

Als er dann in den Spiegel schaute, kam auf einen Schlag die Erinnerung zurück. Die weite Ebene, der freundliche ältere Herr mit weißem Schnäuzbart und Spazierstock, dieser Schacher mit dem anderen Körper und dann diese ziemlich gehässige Prophezeiung: „Tja, du wirst schon sehen! Du wirst froh sein, wenn du wenigstens Taxi fahren kannst!"

Und bald schon erkannte Rainer die ganze Bedeutung dieser Worte Last.

Zwar hatte er einen Roman geschrieben, der von einem Verleger tatsächlich genommen wurde, vielleicht sogar, wer weiß, ein Riesenmegabestseller geworden war... Nur welch perfide Boshaftigkeit Gottes – niemand würde ihm abkaufen, dass er ihn geschrieben hat. Weil er in einem anderem Körper steckt und weil, wie er zuerst annahm, jeder glaubt, der Autor sei auf tragische Weise ums Leben gekommen.

Also, würde es wohl so laufen, so stellte er damals sich vor, er würde bei seinem Verleger anrufen und nach dem Honorar für seinen Bestseller fragen und der würde ihm zwei Dinge mitteilen: Erstens lässt sich ein mysteriöser Mord am Autor, besonders unmittelbar nach Fertigstellung des Manuskripts, prima vermarkten, lässt immer die Auflagen nach oben schnellen und zweitens, welch doppelte Freude, sind tote Autoren im Allgemeinen sehr zurückhaltend, was üppige Honorarforderungen angeht.

„Sie sind nicht tot?", würde man ihn am Telefon fragen.

„Nein!"

„Das ist schlecht, das wirft unser ganzes Marketingkonzept über den Haufen, Sie müssen sich sofort umbringen!"

„Aber..."

„Wie wenig dienlich doch diese Autoren sind, es ist doch nicht zu glauben, es ist doch immer dasselbe... Nein, tut mir leid, sterben Sie wohl, äh, *leben* Sie wohl, danke für Ihren Anruf."

Natürlich würde es nicht so laufen, korrigierte er dann alsbald seine Phantasie, man würde seinen Anruf selbstverständlich nicht ernst nehmen, sondern für einen üblen Scherz halten, auf den man dann entsprechend souverän und unterkühlt reagieren würde.

„Nun, wenn Sie das tatsächlich sind", würde man ihm sicher sehr ironisch sagen, „dann wird es ja ein Leichtes für Sie sein sich zu identifizieren, indem Sie sich ausweisen, zum Beispiel. Sie, der, hm, berühmte, von den Toten auferstandene, Bestsellerautor persönlich, ähem, kommen ganz locker bei uns hereingeschneit und zeigen uns Ihren, hm, Personalausweis."

Erst nach einer ganzen Weile, erst viel später, wurde ihm klar, dass es ja ganz anders, ja völlig, völlig anders sein musste. Nachdem er beschlossen hatte zu versuchen, dass zu tun, was er kann, nämlich in Freiburg Taxi zu fahren, und sich das Geld für den Rückflug mit dem Beglücken älterer reicher Frauen verdiente, fand er, zurück in Deutschland, heraus, dass ihn überhaupt gar keiner kennt!

Und zwar nicht nur, dass ihn keiner als Autor kannte, sondern nicht mal als ein menschliches Wesen. Ja, dass es tatsächlich so aussah, als ob *er* in dieser Welt, die er damals vor zwei Monaten und vierzig Milliarden Jahren verlassen hatte, zwar unfreiwillig und unter Protest, aber auch froh, dass er nicht mehr Taxi fahren musste, *gar nicht existieren würde.* Jedenfalls, und das ist vielleicht ganz gut so, nicht in doppelter Ausführung seines Geistes. Denn das würde ja bedeuten, dass er sich dann irgendwann einmal selber begegnen könnte, worauf er eigentlich ganz und gar nicht scharf war, besonders nicht in einer seiner egoreduzierten Phasen.

Was aber durchaus im Bereich des Möglichen lag, war, und darauf kam sein in phantastischen Phantasien geschulter Geist ziemlich bald ganz von allein, dass irgendwo vielleicht sein *Körper* existieren würde. Vielleicht wäre er dann von Pauls Geist bewohnt oder würde irgendwo unbeseelt auf ihn warten. Mit der Konsequenz, dass Paul dann auch vielleicht irgendwo körperlos hinter ihm her schwebte, vielleicht ungünstigstenfalls sogar ihm dicht auf den Fersen. Wobei dann, und auch das liegt innerhalb des Erfahrungshorizontes jedes bewanderten Science-Fiction-Lesers, wohl auch ein so genannter *Transfer* stattfinden könnte. So dass er sich dann gezwungen sah zumindest anzuüberlegen, ob er denn überhaupt bereit wäre diesen Körper, den er gerade aktuell bewohnte, zu verlassen. Einen Körper, der ihm nun in etwa das Gefühl gibt, das ein Ossi, der sein Leben lang auf einen Wartburg gespart hat und solange Trabbi gefahren ist, empfindet, wenn die Mauer auf ist und das Erste, was jenseits derer auf ihn wartet, ist ein Lamborghini mit steckendem Zündschlüssel.

Die wunderschöne Frau neben ihm, die sehr wahrscheinlich Anke heißt, ist fertig mit Heulen und sagt wieder etwas.

„Erzähl mir endlich, Paul, wie es dir seither ergangen ist. Weißt du, was passiert ist damals… es tut mir so unendlich leid, ich weiß gar nicht, wie ich mich dafür entschuldigen soll, ich…"

Was soll er jetzt sagen?

Was würde Paul sagen, schon gut, Kleines?

„Kleines" würde er wahrscheinlich nicht sagen, so wie er ihn kennt.

Aber was ist denn eigentlich damals überhaupt passiert, wovon sie spricht?

Er hat keinen blassen Schimmer, hat Paul auch nie mehr gesehen seit zwei Monaten und… ja, vierzig Milliarden Jahren, aber *kann* er ihr das sagen? Kann er das überhaupt jemand sagen, ohne dass der auf einmal sehr freundlich wird, ihm plötzlich viel Schnaps zu trinken anbietet – und mal eben derweil heimlich mit Emmendingen telefoniert, oder wie die Klapsmühle in diesem Universum überhaupt heißen mag? Obwohl er bisher zu seiner sehr, sehr großen Verblüffung feststellen musste, dass das neue Universum dem alten wie ein Ei dem anderen zu ähneln scheint, vielleicht mit einer einzigen Ausnahme. Die man vielleicht ganz gut so umschreibt, dass das erste Ei an einer winzig, winzig kleinen Stelle einen Riss hatte, den das zweite Ei, sein Nachfolger, nun nicht mehr aufweist.

„Paul!"

„Äh… ja?"

„Sprich mit mir!"

Sie dreht seinen Kopf sanft, aber bestimmt, zu ihr und schaut ihm aus nächster Nähe in die Augen. Rainer hat das Gefühl, wenn er zu lange da hineinschaut würde er versinken in diesen tiefen grundlosen grün-blauen Seen und es gäbe für ihn keine Rettung mehr.

Aber hat er denn ein Recht darauf? Fischt er nicht in fremden Gewässern, mit einer getürkten Anglerlizenz?

Doch – warum soll er sich wehren gegen das, was da geschieht. Soll er nicht einfach den Dingen ihren Lauf lassen, einfach die Augen schließen und entspannen, tun was sein Körper ihm sagt, sich treiben lassen, tausend schöne Dinge tun… Er wird schläfrig, die ganze Anspannung in der letzten Zeit… warum sich nicht einfach hineinlegen ins gemachte Nest, seinen müden Körper ausruhen.

Seinen Körper?

Es durchfährt ihn, wie tausend Nadelstiche. Wo ist Paul? Wo ist sein eigener Körper? Gequält richtet er sich auf.

„Ich muss gehen, Anke! Ich, äh, muss noch etwas Dringendes erledigen!"

Verwirrt schaut sie ihm zu, wie er sich hastig anzieht. Um sie zu beruhigen, fügt er noch hinzu: „Guck nicht so, ich bin gleich wieder zurück."

Er verlässt die Wohnung.

Sie legt sich schließlich und endlich wieder hin, kuschelt sich in die Decke, die noch wohltuend nach ihm riecht – und schläft schließlich ein.

9. Zwei Chaoten am Stand

„Was für ein Totehosentag. Die größte Pleite seit der Achtzehn-Prozent-Kampagne der FDP!" Ekke deutet auf einen der „vielen bunten Smarties", die da herumfahren. „He, ist das ein Guidomobil, was da lang fährt?" Doch Heinrich, der neben ihm im Auto sitzt, antwortet nur düster: „Ach was, Achtzehn-Prozent-Kampagne! Dieser Tag ist die größte Pleite seit *Gründung* der FDP!"

„Scheiß-Euro."

„Populär ist's, den Eu' zu schimpfen, indes was kann er für die wirtschaftliche Lage?", deklamiert Heinrich, wie jener von Weimar weiland, aber ziemlich lustlos, und karikiert damit die schlichte Tatsache, dass sich der Deutsche der neuen Währung gegenüber wie ein kleines Kind verhält. Erst kindliche Freude, dann gnadenloses Schmollen. „Schon mal zur Kenntnis genommen, Ekke, dass wir jetzt in etwa doppelt soviel Trinkgeld haben?"

„Hainrich! Ssai ma' lustich. Wir nehmen eine offizielle Namensänderung vor: Taxifahrer... in Taxi*steher!*"

„Ekke... du glaubst manchmal, du seiest witzig."

„Schweinepriester."

„Schweine*papst!*"

„Was ist das: Es fängt mit ‚w' an und hört mit ‚n' auf und hat einen deutsch-französischen Fernsehsender in der Mitte."

„Ekke, ich wiederhole mich ungern, madre de..." Hier sitzt er, der rote Heinrich, ein Mann von Format, ein alter, Narben übersäter Kämpe, verdient keinen Cent und muss sich diesen Schmu anhören.

„Hainrich... ‚weinerliche, ewige gestrige Altlinke, die der Weltrevolution hinterher trauern und mit der Welt von heute nicht mehr zurechtkommen', sagt dir das was?"

„Kriegsch auf Fresse, Dragan!"

„Du Scheißhaufen eines kranken Kamels!"

„Mögen Hunde dereinst deine Knochen ausbuddeln!"

„Au ja... lass uns mal einen auf ‚Ali Gaga' machen, den irakischen Ex-‚Informationsminister'! Der eben noch im Hotel Palestine verkündete Cheeseburger aus den Amerikanern machen zu wollen, als ihm bereits schon einer vor laufender Kamera auf die Schulter tippte und sagte: „Sorry *dude*, ab jetzt werde ich hier stehn und Statements abgeben." Ekke ergänzt noch mal eben schnell, dass die Amis gerne „dude" zu jemanden sagen, was sich „duud" ausspricht, weil sie eben so lässig und cool sind – und die Deutschen haben dann den „Duden" daraus gemacht, weil sie eben genau das nicht sind, sondern ein Volk, gewissenhaft und gründlich, aber gelegentlich auch ein wenig vergesslich, das Nachschlagewerke braucht, um dort dann Worte wie „Sonderbehandlung" und „Wannseekonferenz" nachlesen zu können. Dann fährt er fort: „Pass auf!" Ekke überlegt kurz. „Diese räudigen Hunde von westlichen Fahrgästen werden ihr falsches Verhalten noch zutiefst bereuen. Der Tag wird kommen, an dem sie kriechen werden, kriechen auf allen Vieren, und uns anflehen, wie jammernde Weiber. Auf dass wir ihnen Gnade widerfahren lassen, unverdiente Gnade, und sie ein Stück mitnehmen, damit sie nicht auf ihren gichtigen Stumpen von Beinen unter Schmerzen weiterhumpeln müssen. Aber wir, wir werden sie auslachen! Und verhöhnen! Und wir werden auf ihr Geld spucken! Denn wir werden schon bald unermesslich reich sein, schon sehr bald. Und wir werden sie *nicht* mitnehmen, auch dann nicht, wenn sie, auf ihren arthritischen Knien liegend, winseln und kreischen. Denn wir sind gesegnet von Allah!"

„Ekke, du Mutter aller Laberköpfe!"

„Mutter aller... Mutter aller... *Mutter aller flotten Taximädels!"* Es macht wenig Sinn, was Ekke da von sich gibt, aber das ist oft so bei seinen spontanen Einfällen. „Die Kleine von neulich, Hainrich, du oller Ssprottenkopp, du, die, nach der du dir so den Hals verrenkt hast, das mir deine Nackenwirbel einzeln um die Ohren geflogen sind! Ich war ja dann noch mit ihr Kaffee trinken, gegen später!" Heinrich, gerade noch halb am Wegdösen, ist nun gleich ganz Ohr, lauscht begierig, wie die Radioteleskope nach Spuren außerirdischen Lebens.

„Wieso hast du mir das nicht gleich gesagt, du oller Ostfriesendödel, du Sstrandaufspüler, Ssandkornzähler... Erzähl, hast du gepunktet?"

„Hainrich, du Windstille-Baywatcher, du abgetakelter Mädelwatcher, immer gleich das Fernglas an die Glotzerchen, wenn das Bikinioberteil fällt... Vielleicht habe ich ein romantisches Herz und gehe nicht gleich beim ersten Mal ausgehen mit einer ins Bett, sondern erst beim zweiten. Nein, sie fand mich süß, aber..."

„Brauchst nicht weiterreden. ‚Sie fand dich süß, aber...' reicht schon. Du hast versagt!"

„Ich habe versagt, Heinrich. Aber es war nur eine Schlacht die ich verloren habe..."

„Gut so. So kann *ich* mich jetzt also in die Rüstung werfen!"

„Hainrich. Daine Rüstung is rostich."

„Vielleicht hast du Recht."

Er räuspert sich. „Es kratzt mich im Hals, vielleicht sollte ich etwas Antibiotika einwerfen."

„Brauchst du doch nicht, wir kriegen doch genügend Antibiotika mit der Nahrung. Früher hab ich mich vegetarisch ernährt und war ständig vergrippt. Und nun esse ich jeden Tag brav mein Kalbsschnitzel – und hatte seitdem nie mehr einen Schnupfen."

Eine ältere Dame mit drei Dackeln an der Leine dackelt am Stand vorbei und sie wechseln das Thema.

„Schau ma' Hainrich, die drei süßen Hundis… weißt du, wie ich drei so kleine Sabbermäulchen nennen würde, wenn ich welche hätte? Mielke, Stoph und Sundermann, nach den drei Typen vom Politbüro."

„Heute nicht Schatz, ich hatte einen harten Tag im Politbüro…"

„,Mein kleiner Liebling!' Einmal am Tag hob sie behutsam den Leichnam ihrer Dackelhündin Fiona aus der Tiefkühltruhe und streichelte ihn liebevoll durch die Plastikfolie. Natürlich Toppits – gegen Gefrierbrand."

„Jaja, Leute mit Hund haben immer etwas zum Anschreien…"

„Sach ma', is das nich Paul, der da herumirrt?" Ekke schaut. „Paul, der Globetrotter? Dachte, der wollte nach Tibet. He, Paul!", ruft er.

Paul, der natürlich nicht Paul ist, kommt herbei, grüßt.

„H-Hallo Ekke! Du siehst… gut aus! Das letzte Mal als ich dich gesehen habe, warst du etwas durchscheinend im Gesicht… aber das ist ja auch schon halbwegs lange her." Er lacht ziemlich, *ziemlich* seltsam, winkt ihnen noch einen Gruß zu und läuft weiter.

„Du, der ist aber komisch drauf! Hat wahrscheinlich noch tierisch Liebeskummer. Und ich dachte, der wär in Tibet. Na ja."

Ekke holt eine Zeitung hervor, blättert darin. Nach einer Weile: „Kennst du dieses Blatt, Heinrich? ,U-Boot im Bächle' – ,Freiburgs endgültiges Untergrundblatt!'. Es versteht sich als ,Torpedo gegen Bobbele-und-Bächle-bräsigkeit'. Hier, da steht was, das muss ich dir gleich vorlesen. Also, es ist ja im Gespräch, dass als Reaktion auf diese ganze ,wer ist der größte Deutsche'-Geschichte des Fernsehens nun die ,nervigsten Deutschen' gewählt werden sollen."

„Wird doch eh dieser, wie heißt er, Schmutzkübel?"

„Daniel Küblböck. Du, der Typ ist nicht doof. Das ist ein Meister in der Selbstvermarktung. Er ist schön wie ein Mädchen, benimmt sich wie ein Mädchen, ist aber ein Junge und so eine hervorragende Identifikationsfigur für alle Küblböcks dieser Welt, die dasitzen, fehlsichtig und schwach sind, und darauf warten entdeckt zu werden."

„Aber wenn sie es nun werden – was wird dann aus diesem Land?"

„Stimmt. Außerdem – es kann nicht nur Küblböcks geben, es muss auch genug Teenies geben, die sie anhimmeln. Wenn nicht genug Teenies da sind, die sie anhimmeln, funktioniert das ganze System nicht."

„Und das hat auch gar nichts zu tun mit der Anzahl der Leute, die über die Küblböcks dieser Welt ablästern. Davon wird es immer genug geben."

„Richtig. Die Leute wollen doch immer jemanden zum darüber ablästern. Aber so ist der Küblböck drauf – auch wenn sie ihn mit faulen Eiern bewerfen, der wäscht das hinterher ab und sagt sich: ,Geld stinkt nicht!'"

„Genau. Das ist so ähnlich wie mit dem Kohl. Alle fanden ihn doof, aber alle haben ihn gewählt. Jaja, wo der Bohlen hinscheißt, wachsen Küblböcks…"

„Pass auf, jetzt kommt's… das Blatt schlägt zu diesem Thema vor künftig immer ,Freiburgs peinlichste Person des Jahres' zu wählen. 2002 war das ohne Frage Heute-Blum und 2003, ebenso ohne Frage, Amélie Niermeyer…"

„Amélie Niermeyer… ein Lächeln zart wie Porzellan…"

„Teures Porzellan!"

„Zarte Augen…

„Teure Augen!"

„Zarte, aber harte, Augen, die da sagen: ,Papa hat mir doch *auch* immer alle Wünsche erfüllt'…"

„Amélie… schon alleine der Name klingt doch irgendwie nach so 'ner Topfpflanze…"

„Einer heiklen, pflegeintensiven…

„Teuren…"

„Topfpflanze!"

„*Nier*meyer – die Frau geht an die Nieren!"

„Und an die Eyer!"

„Das heißt du gesagt, du Sausack. Wann warst du denn eigentlich das letzte Mal im Stadttheater?"

„Das ist schon lange her. Nichts ist langweiliger als staatlich subventioniertes Theater."

„Weil die Schauspieler sich nicht ausziehen?"

Heinrich grinst kurz.

„Nein, das hat damit nichts zu tun. Sie ziehen sich ja aus. Schauspieler *wollen* sich einfach ausziehen, ob ihnen die Regie das vorschreibt oder nicht. Das liegt in ihrer Natur, dieser Zwang sich selbst zu entblößen. Die sind doch alle pervers. Alles Exhibitionisten. Genauso wie Schriftsteller. Die haben auch alle diesen Drang ihr Innerstes nach außen zu kehren. Und dann wollen die auch immer alle noch ein möglichst großes Publikum für ihre peinlichen Selbstdarstellungen."

„Schriftsteller, das sind doch diese Leute mit dem verpfuschtem Leben, die irgendwann meinen jetzt auch noch darüber schreiben zu müssen." Er grinst boshaft. „Wann schreibst du denn mal dein Buch, Heinrich?"

„Sehr witzig. Nein, weil sie nicht das spielen, was die Leute sehen wollen, sondern das, was Kritiker gut finden. Kulturredakteure beispielsweise."

„Igitt!"

„Die finden eben die Stücke gut, die am ehesten ihrer gequälten Seele entsprechen. Und weil die so verkopft und verbildet sind, spielen die großen Häuser immer nur das, was auch verkopft und verbildet ist und das geht den Leuten am Hintern vorbei. Denn nicht der Studienabbrecher ist der Versager, sondern umgekehrt, der Absolvent, denn er hat nicht gemerkt, was wichtig ist im Leben." Eine der zahlreichen Weisheiten aus Heinrichs profundem Fundus an Weisheiten.

„Apropos Schriftsteller… ‚Herr Lehmann' gelesen, kürzlich?"

„Nö. Hab nur mal reingeschaut und irgendwann spontan beschlossen eine Statistik zu machen, wie viele schmutzige Wörter der Autor auf zehn beliebig herausgegriffenen Seiten verwendet. Dreimal blöd, zweimal Busen, fünfmal Arsch-irgendwas, einmal Fuzzi, viermal Scheiß-irgendwas, viermal irgendwas-Scheiß, je einmal Dreck, Idiot, saufen und Trottel. So was um den Dreh rum."

„Jaja, die Autoren von heute, sie wälzen sich im Schmutz."

„Sie suhlen sich im Kot."

„Sie hauen auf die Kacke."

„Und die Leute lesen das auch noch alle."

„Heinrich!"

„Hm?"

„Hat es denn nicht jeder einzelne in der Hand, was für eine Sprache er verwendet?"

„Stimmt. Ich lass auch jetzt die ganze Flucherei. Ich meine das für mich jetzt betrachtet."

Er nickt bekräftigend, dann leise gemurmelt, wie zu sich selber: „Scheiße, das *muss* einfach sein."

In diesem Moment klopft es an der Scheibe.

Der junge, zappelige Big-Shit-Reporter!

Er spricht eine Weile mit Ekke und stellt ihm dann eine Frage.

„Hainrich! Der Typ hier will wissen, ob Taxifahren sexy macht? Was meint denn der damit?"

„Keine Ahnung, sag ihm, wir seien benediktinische Wandermönche und würden nur ab und zu mal Taxifahren, weil in unserem Orden betteln verboten wäre." Ekke wendet sich um und sagt ihm das prompt.

„Hainrich! Der Typ meint, ich soll ihm seine Kerze holen. Mach ich das?"

„Sag ihm, er soll sie sich selber holen. Nebenan, im Norma, da gibt's ziemlich billige."

„Hainrich, der Typ is wieda abgezogen. Ich glaub, der war ssauä." Heinrich kümmert das nicht. Da kann ja jeder kommen und die Leute irgendwelchen Schwachsinn fragen. Er holt tief Luft und seufzt. Dann sagt er: „Ekke, weißt de was? Die Leute sind doch alle gaga."

Zoom.

Ein Typ auf einem Rollschlitten, mit vier Huskies vorne dran gespannt, fährt an ihnen vorbei. Heinrich ist so verblüfft, dass er das für einen Moment gar nicht registriert. Er horcht, sozusagen, immer noch seiner Feststellung nach, dass die Leute doch alle „gaga" sind, bis es so langsam durchsickert, was er gerade gesehen hat, als er gesagt hat, dass die Leute alle gaga sind. Nämlich einen Rollschlitten mit vier Alaskahunden vorne dran gespannt, der an ihnen vorbeigezoomt ist. Und als er das endlich verarbeitet hat, biegt er sich zurück, füllt seine Lungen bis zum Platzen – und lacht brüllend, bis es ihm beinahe das Zwerchfell zerreißt.

„Hahahahaha!!! Was sage ich? Die Leute sind alle gaga. *Und was passiert?* Hahaha!!" Er steckt Ekke an, was nicht schwer ist und sie lachen beide Tränen und es dauert fünf Minuten und länger, bis sie sich wieder beruhigt haben.

Ein Pärchen, ein Afrikaner mit einer Asiatin an der Hand, läuft dann vorbei, eine seltene Kombination. Dann ein weiteres Pärchen, diesmal zwei Asiaten. Sie unterhalten sich auf asiatisch, sie erzählt ihm gerade etwas, dann fragt er zwischenrein auf einmal: „*Kaffeeautomat?*" und lacht sich ebenfalls halb kaputt. Ekke hat derweil in seinem Untergrundblättchen weiter gelesen, stimmt aber passend, wie verabredet, erneut in das Gelächter mit ein.

„Hier, Heinrich, ich les' dir mal vor, es geht um den Beckenbauer: ,Herr Beckenbauer, wenn Sie diese Zeitung lesen – hören Sie bitte auf, Ihre prominente Edelfresse, weiße Haare, solariengebräuntes Gesicht, in eine jede Kamera zu hängen, deren Sender Ihnen Geld dafür in den goldenen Hintern schiebt, dass Sie Werbung für irgendein überteuertes Produkt machen. Es ist nur noch peinlich. Außerdem nimmt es Ihnen keiner ab, dass Sie all diese Sachen gut finden und sie auch persönlich benutzen. Überhaupt, sagen Sie mal, Sie sind doch CSU-Wähler und Christ? Also. ,Du sollst dich nicht bereichern!' Oder zumindest nicht ganz so offensichtlich und völlig schamlos, wie Sie das tun, dem Herrn sei's geklagt! Und beklagt sei auch der Tag, an dem Ihnen ein Fußball vor Ihre teuren Treter gerollt ist…'"

„Wenn ich noch mal anfangen könnte, würde ich Profifußballer werden. Das ist das Geilste, was es gibt. Alles andere ist doch dünne Suppe, für einen Mann jedenfalls. Rennen und kämpfen, das will der Mann doch, dafür hat ihn die Natur erschaffen, nicht dass er im Stinketaxi hocken muss…"

„,Warum sind Sie nicht Installateur geworden, ein Beruf, zu dem Ihr Name Sie eigentlich verpflichtet? *Da* hätten Sie Becken bauen können! Spülbecken, Waschbecken, Tauchbecken. Ja, sogar *Tauf*becken! Oder Sie wären Arzt geworden, Unfallchirurg. Spezialisten werden doch immer gebraucht. Dann wären Sie eben nun Spezialist für komplizierte Beckenfrakturen. Ihr Becken ist zertrümmert? Dr. Beckenbauer – er baut Ihnen ein Becken, wie neu! Wir sagen Ihnen mal etwas! *Wir*, Herr Beckenbauer, kaufen den Mist nicht, für den Sie Werbung machen. Denn *wir* wissen, dass wir nur abgezockt werden. Und *wir* werden Ihnen keinen Caddy bezahlen, damit Sie beim Putten am achten Grün 'n Ruhigen schieben können. Das tun Sie getrost aus Ihrer eigenen Kasse. Wenn's denn nicht zu viel verlangt ist.'"

Der rote Heinrich hat unterdessen aus dem Fenster geschaut. Er hat genügend Zeit gehabt zu sehen, dass von allen Paaren, die auf den Vordersitzen hocken, zu neunzig Prozent der Mann fährt. Er hat Zeit gehabt, die Leute an den Ampeln bei ihren Selbstgesprächen zu beobachten, beim Telefonieren mit dem Handy, beim Nasebohren. Einer bekloppter als der andere. *Das ist Deutschland*, denkt er, *das Land, in dem der Beckenbauer unsinnig Kohle mit Werbung abzockt. Geld, das er armen, aber blöden, Leuten aus der Tasche zieht.*

Wenn er auch vorhin wieder mal hat herzlich lachen können – er wundert sich schon lange nicht mehr. Über nichts mehr.

Ein betagtes Motorrad, eine alte „Gummikuh" mit einem betagten, graubärtigen Fahrer steht vor der Ampel. Auf dem Gepäckträger der BMW hintendrauf ist ein Fahrrad mit einem zusätzlichen, einzelnen, Rad festgeschnallt. Als er anfährt, fliegt alles beides herunter.

„Dumm gelaufen." Heinrich zündet sich eine an.

„Was", bemerkt Ekke, der soeben mit Vorlesen aufgehört hat, „ist dumm gelaufen? Deine Entscheidung den Taxischein zu machen?"

„Was ist aus Metall, völlig nutzlos, aber teuer", fragt Heinrich, der nicht zugehört hat.

„Teuer, nutzlos, aus Metall? Eine ,Dr.-Rolf-Böhme-Gedächtnisstele'?"

„Nein, das mein' ich nicht. Genauso nutzlos, aber nicht ganz so teuer. Ich sag's dir: Ein Sturzbügel für einen BMW-Boxermotor. Viele Stürze wurden erst durch diesen Bügel verursacht. BMW-Motorradfahrer lernten darauf zu achten, sich kleine, zierliche Freundinnen auszusuchen. Denn mit einer fetten Sozia konnte man sich in keine Kurve mehr legen, ohne dass der Sturzbügel aufgesetzt hat."

„Sach ma, Hainrich." Ekkes Assoziationskette geht von fetten Sozias hin über Stürze, Unfälle, bis zu dem Schicksal, dass jedem von uns bestimmt ist, so wie es das Schicksal eines BMW-Motorradfahrers mit einer fetten Sozia ist, eines frühen Morgens in einer Kurve wegen seines Sturzbügels die Leitplanke zu umarmen. „Glaub's du an die Vorsehung?" Heinrich zieht an seinem Rettchen und schweigt. Er schaut geradeaus, wie als wollte er in eine düstere Zukunft blicken – oder von seiner glorreichen Vergangenheit träumen. Wahrscheinlich beides. „Weissu, ich hab vor kurzem mal so was gelesen, dass da so'n Schweinelaster, also ich mein' so'n Laster mit Schweinen drauf, umgekippt ist, näch, und dass die ganzen Schweine drauf auf die Autos drauf sin', also die drunter, näch…"

„Sach ma', was redst'n für'n Stuss?" Heinrich wendet jetzt endlich seinen Blick Ekke zu, gemächlich und ohne Hast, ein Mann, der schon viel erlebt hat und weiß, dass ihn nichts mehr so schnell umhauen kann.

„Also, der Schweinelaster ist umgekippt und die dabei herausfliegenden Schweine haben die Autos nebendran verschüttet und zehn Leute sind dabei erstickt."

„An Schweinen."

„Jawohl. Erstickt an Schweinen."

„Schweinerei."

„Näch!?"

„Das ist Rache." Heinrich nimmt noch einen Zug. „Die Rache der Schweine." Er bläst den Rauch aus, verströmt sich ganz dabei. „Mein ist die Rache, sprach das Schwein."

„Glaubst du jetzt an Vorsehung oder nicht?"

„Ekke, du bist ein einziger nerviger Quassler, weißt du das." Der Verkehrslärm im Hintergrund und das leise *Ziem* des aufglimmenden Tabaks, sonst Ruhe. Dann: „Wenn es mir bestimmt ist an Schweinefleisch zu ersticken, dann ist das eben so." Er rutscht sich anders zurecht. „Zuviel Schweinefleisch ist eben ungesund." Er kratzt sich gemächlich am Kinn. „Nein, ich sag' dir was. Ich muss immer an dieses, eine Heft der Zeugen Jehovas denken, das ich mal zufällig gelesen habe. ‚Ein Auto mit vier jungen Leuten darin kommt am frühen Morgen von der Fahrbahn ab und prallt gegen einen Baum. Es fängt Feuer und alle vier jungen Menschen darin verbrennen. *Ist das nicht grausam?*' Und dann kam irgend so eine krude Argumentationsschiene, dass Glauben eben beinhalte, dass man nicht nach dem Sinn solcher Dinge fragen soll. Denn Gott, der Herr, wisse schon, was er sich dabei denke und dass man so etwas als Prüfung sehen sollte und weiter in dem Stil, so dass jeder vernünftige Mensch eigentlich schreiend in die Wälder laufen sollte, angesichts solcher Logik."

Er raucht gemächlich, lässig zurückgelehnt.

„Ich sag dir was, Ekke. Es gibt so viele Menschen, die nicht die Kraft haben, der Welt ins Auge zu schauen."

Eine Pause, während der seine Worte wirken.

„Hainrich, du bess einfach ssenssationell, du bess ainfach… *überfriesisch!"*

10. Wer hat mir den Körper gestohlen?

Anke träumt.

Es ist Sommer, blauer Himmel, eine grüne Wiese auf einer Waldeslichtung. Sie tanzt im Gras, lachend. Sie – hat jemanden an der Hand, zieht mit ihm Kreise.

Es ist Paul.

Doch jetzt erst erkennt sie ihn, hält inne mit dem wilden Reigen. Sie nähern sich, schauen sich in die Augen, küssen sich zärtlich. Der

Kuss hält an, dauert, dauert für eine lange, lange Weile, für eine Ewigkeit. Ihre Körper sind nun nicht mehr länger zwei, sie werden eins. Geist und Seele verschmelzen miteinander, sind untrennbar ineinander verwoben, wie ein Flies, aus zwei Fäden gemacht.

„Du bist bei mir, Paul, endlich!" Ihre Stimme hallt, wie in einem großen Raum, das Echo wandert aus, mäandert in verschiedene Richtungen.

Doch dann wacht sie auf, schaut neben sich. Enttäuschtes sich Aufrichten, es ist niemand da. „Ein Traum. Aber ein soo schöner Traum!"

„Es war kein Traum", sagt da auf einmal eine Stimme in ihrem Kopf.

Anke erstarrt.

„Paul?"

Sie zwickt sich nicht in den Arm, wie man es immer in schlechten Romanen liest, denn sie weiß auch so ganz genau, dass sie wach ist. Die Stimme scheint kurz verschwommener zu werden, doch dann ist sie wieder zurück. *„Es war kein Traum, Anke, wir sind tatsächlich miteinander vereint und zwar so miteinander vereint, wie... man sich das manchmal wünscht, aber dann auch wieder nicht, würde ich sagen oder äh..."*

„Was redest du da eigentlich? Und besser gesagt, *wo* redest du da eigentlich?"

„Du brauchst nicht laut zu sprechen, Anke, es reicht, wenn du denkst. Da ich jetzt, hm, als Geist deinen Körper bewohne, reicht es, wenn du denkst, was du sagen willst."

Sie schweigt, verblüfft. *„Sieh' es doch von der positiven Seite, nie mehr Heiserkeit, nie mehr belauscht werden..."*

„Sehr witzig! Was ist das, Galgenhumor? Und wie kann dein Geist jetzt in meinem Körper sein, wenn du doch gerade eben noch bei mir warst?"

„Ganz einfach, weil mein Körper, der Mann mit dem du gerade eben geschlafen hast, nicht ich war – sondern jemand anderes!"

„Und wer?"

„Was weiß ich, irgend so ein Schweinepriester, der mir den Körper gestohlen hat! Und als ob das noch nicht reicht, mir eben genau mit diesem auch noch Hörner aufgesetzt hat." In der körperlosen Stimme schwingt Zorn mit. *„Tu sich das mal einer rein!"*

„So etwas." Sie lässt diesen Gedanken schließlich Form annehmen. *„Er hat mir nichts verraten."*

„Na, das kann ich mir denken, dass diese Sacklaus lieber geschwiegen hat – war so ja w e s e n t l i c h romantischer." Anke sagt nichts, will heißen, sie verbalisiert die Gedanken nicht, die ihr wie wild durch den Kopf jagen, als wollten sie miteinander Haschen spielen. Schließlich: *„Woher weißt du das denn... eigentlich, Paul?"*

„Ich habe mich bisher noch nicht melden können bei dir, Anke, frag mich nicht, warum, ich hatte noch nicht die Kraft dazu, aber ich bin... schon eine ziemliche Weile in dir drin."

„Du... du hast also alles mit gekriegt? Du... kennst meine geheimsten Wünsche und Sehnsüchte? Alle? Auch das, was dich und mich angeht? Und... was sagst du da dazu?"

Jetzt ist der Moment, in dem sie schließlich rekapituliert, gemeinsam mit Paul zusammen, was eigentlich geschehen war die letzte Zeit, ja, wie ihre seltsame, letzte Begegnung verlaufen war. Und dass, obwohl Paul eigentlich gar nicht so tun könnte, als hätte er noch Ansprüche auf sie, er es wie selbstverständlich tut – und wie selbstverständlich akzeptiert sie es ebenso, als wäre es nie anders gewesen. Sie lassen noch einmal gemeinsam Revue passieren, wie es Anke seither ergangen ist, seit dieser Trennung unter denkwürdigen Umständen. Ihre Gefühle der Scham, der Reue und ihrer großen Sehnsucht nach *dem* Mann, an dem sie schließlich und endlich erkannt hat, dass er der Richtige für sie ist, solange bis Paul einen Gedanken erzeugt und genau diesen größer und größer werden lässt bis er alles andere verdrängt, klein und unwichtig werden lässt: *„Anke, alles was ich da dazu sagen kann, ist: ja, ich liebe dich auch. Von ganzem Herzen!"*

Eine unbeschreibliche Freude erfüllt sie da auf einmal, die sogar noch gesteigert wird, weil sie diese so unmittelbar mit Paul teilen kann. Es ist als hinge der Himmel voller Geigen und griffe man sich eine wär's gleich eine Stradivari und man selber ein großer Virtuose. Und dabei erfüllt sie eine Wärme, eine wohlige Welle des Glücks, die sich ausbreitet in ihrem Körper und sie beide einhüllt und zutiefst miteinander verbindet. Der Moment ist verstrichen, alsbald – aber es ist beiden klar, dass sie nun wirklich zueinander gehören und dass nichts auf der Welt sie so schnell wieder auseinander bringen könnte.

Sie liegt warm eingekuschelt in ihrem Bett und fühlt sich geborgen, wie fast noch nie in ihrem Leben. Ohne, dass es ihr groß bewusst wird, fängt sie sich mit ihrer Hand zu liebkosen an, streichelt sich hier und da.

Die Berührung lässt überall kleine Flammen züngeln. Beide gemeinsam, Anke und Paul, streicheln und werden so gestreichelt zugleich. Es ist auf unheimliche Weise faszinierend, aufregend und prickelnd zur selben Zeit. Sie, und damit auch er, atmen schneller und atmen dabei synchroner, empfinden synchroner, als jemals Liebende empfanden, lassen nun Dingen ihren Lauf, die sich ohnehin nicht aufhalten lassen.

„Paul, übernimm du meine Hand und...“ Er tut, wie geheißen, übernimmt ihre Hand, als hätte er sie schon immer geführt – und bringt es zu Ende.

Sie liegt dann eine lange Weile nur da und spürt dem nach, was war. Sie empfindet ein überwältigendes Gefühl der Gemeinsamkeit, des Zusammengekommenseins, wie sie es niemals für möglich gehalten hat.

„Paul, das war so schön! Du warst so nah bei mir, wie es noch nie in meinem ganzen Leben war. Könnte es nicht für immer so bleiben? Ich möchte dich gar nicht mehr gehen lassen. So bist du doch immer bei mir, bist immer da, wenn ich dich brauche...“

„Bin immer da, wenn du mich nicht brauchst...“

„Ja, aber... du kannst dich doch zurückziehen, so wie am Anfang, als du in meinem Bewusstsein warst, aber zuerst gar nicht zu spüren.“

„Anke!“

„Hm?“ Paul sammelt sich, er muss ihr etwas Entscheidendes klarmachen. *„Die Einheit von Körper und Geist, verstehst du, mein Ideal... aber die Einheit von m e i n e m Körper mit m e i n e m Geist. Ich...hätte wirklich ganz gerne meinen Körper zurück.“*

Sie spürt seine Entschlossenheit. Und es ist dann, als risse er sie damit aus einer absurden Phantasie und sie wäre hinterher froh darüber.

„Na ja, vielleicht ist das auch wirklich besser, dich als Mann zu haben, anstatt nur immer als Spuk in meinem Kopf.“

„Es ist so... ich möchte dich eigentlich ganz gerne wieder einmal nackt sehen, ohne dass ich dafür einen Spiegel brauche.“ Er produziert ein geistiges Lächeln. *„Und da ist noch etwas...“* Die Färbung, die dieser Gedanke transportiert, ist jetzt sorgenvoll.

„Noch etwas?“

„Ja... ich werde ständig schwächer. Ich habe keine Ahnung, wieso ich es überhaupt eigentlich weiß, aber es ist so, dass ich nur noch wenig Zeit habe, meinen Körper zu finden. Wenn ich es nicht schaffe... Wenn ich es nicht schaffe, Anke, dann werde ich bald nicht mehr hier sein können, frag mich nicht weshalb, keine Ahnung, aber

es ist so. Wenn ich nicht bald überwechseln kann, muss ich diese Welt verlassen und kann endgültig nicht mehr wiederkommen. "

Sie schweigen beide für eine Weile, sorgenvolle Gedankenfragmente beider vermischen sich.

„Anke", meldet sich Paul endlich wieder, *„wie wär's, du gehst mal aufs Klo, der Druck auf der Blase wird mir langsam lästig! "*

Sie spürt es, wo er es sagt, auch ziemlich deutlich und steht aus dem Bett auf, um das Örtchen aufzusuchen.

Eine zarte Röte überzieht ihre Wangen, als sie auf der Schüssel Platz nimmt. Zwar ist sie nicht verklemmt und auch schon eine Weile mit Paul zusammen gewesen – trotzdem ist dies ein eher ungewöhnliches Erlebnis, für sie beide.

„Also, so fühlt sich das also an... " Paul vermittelt ihr das gedankliche Äquivalent eines obszönen Grinsens.

„Paul... ", sie ist nicht verlegen, aber auch nicht gerade erbaut von diesem geistigen Spannertum, *„was ist die Quadratwurzel von 144? "*

„12. Lenk nicht ab, Anke, ich mache gerade eine völlig neue interessante Erfahrung... "

„Ach so, mein Lieber. Hör mal – was ist 6mal6, weniger 13? – vielleicht fragst du dich gütigerweise mal, ob du schon alle neuen interessanten Erfahrungen in der Mathematik, beispielsweise, gemacht hast, die es zu machen gibt? "

„23. Es plätschert so lustig! Mh, was ist die erste Ableitung von $x^3 \cdot sin(x)$? "

„Paul! Weiß ich nicht, aber rechne du es aus und denk an nichts anderes, b i t t e ! "

„$3x^2 \cdot sin(x) + x^3 \cdot cos(x)$, kein Problem. Plätscher, plätscher... ! "

„Paul, hör jetzt auf! Wie... hast du so schnell die Lösung, bist du ein Genie? "

„Tja, ich bin der reine Geist! "

„Sehr witzig, Geist von Paul. "

„Nein, habe ich damals auswendig gelernt. Ist eins der wenigen Dinge, die ich überhaupt noch weiß, den Rest habe ich vergessen. Merk ich mir aber heute noch, weil man damit so richtig Leute beeindrucken kann. " Er schweigt unvermittelt, dann: *„Anke, hör mal! Toilettenpapierkrümel sind total unerotisch! "*

Kapitel 3

11. Yin und Yang.

Ekke hat Langeweile am Stand. Deswegen steigt er aus dem Auto, ein wenig „auf- und abgehen."

Das letzte Mal kämpfte er im Lande Song gegen Drachen und rettete die schöne Prinzessin Li-sung. Und jetzt?

Drüben liegt das Land Yun, er kann es schon sehen. Er muss nur noch einen Schritt tun. Er...

...*macht einen Schritt.*

In einer irgendwo sehr lieblich im Schwarzwald gelegenen, jedoch nicht allzu weit von Freiburg entfernten, exklusiven, psychiatrischen Privatklinik muss jemand „dringend eben mal etwas aufschreiben".

» Marc richtete sich auf.

Neben ihm lag Monika, er konnte ihre ruhigen gleichmäßigen Atemzüge hören.

Was ist los mit mir? dachte er.

Warum war er nicht normal? Warum hatte er immer diese Träume? Warum war er nicht glücklich mit Monika, warum war er nicht glücklich mit *irgendeiner* Frau? Er war jetzt Fünfundzwanzig. So weit er in seinem jungen Leben zurückblicken konnte, hatte er nie irgendwelche Probleme mit Frauen gehabt. Sie waren ihm irgendwie zugefallen, ohne dass er selber besondere Anstrengungen unternommen hatte.

Aber noch nie war er glücklich mit einer gewesen.

Er wusste selber nicht woran es lag, er hatte eine normale, ja eigentlich schöne Kindheit verlebt, hatte im Grunde keine Probleme irgendwelcher Art, wenn nicht – ja, wenn nicht diese Träume wären. Und wenn da nicht dieses Gefühl wäre, sein Leben nur zu vergeuden, an jemanden zu verschwenden, der es einfach nicht wert war, seine Gefährtin zu sein.

Oh, er *wusste,* wie anmaßend das klang. *Wusste,* dass die Probleme letztlich bei ihm selber lagen. Dass jeder irgendwelche Idealvorstellungen von Liebe in sich trägt, die sich nur schwer verwirklichen lassen. Dass jeder Mensch Ansprüche an seinen Partner stellt, die dieser niemals erfüllen kann. Und dass die Kunst des Liebens darin besteht, nicht zu viel vom Partner zu erwarten und stattdessen selber zu versuchen, den anderen glücklich zu machen. Oh, er kannte all dieses Zeugs zur Genüge, hatte Bücher gelesen, war bei Psychologen gewesen, hatte sich mit Freunden über nichts anderes unterhalten. Er hatte auf all diese Ratschläge gehört, hatte alles ausprobiert, was möglich war – er war nie glücklich gewesen.

Monika und er waren jetzt fünf Jahre zusammen. Er wusste verdammt genau, dass dies ungefähr das Beste war, was ihm jemals widerfahren konnte. Er liebte Monika, wie er nur irgendeinen Menschen lieben konnte, den er kannte und doch – er vergeudete sein Leben an sie.

Und sie es an ihn.

Er zwang sich an etwas anderes zu denken und schlief wieder ein.

Und träumte wieder.

Und wieder war es einer dieser vielen, vielen Träume, die ständig wiederkehrten, die immer irgendwo ähnlich waren. Diesmal war er eine der schleimigen Kreaturen, die vor nicht allzu langer Zeit dem Meer entstiegen waren, um das weite, öde Land in Besitz zu nehmen.

Er rekelte sich in der Sonne, stieß ein Quarren aus. Neben ihm befand sich ein Weibchen seiner Gattung, am Ufer. Sie hatte gerade gelaicht. Er bedachte die gallertigen kleinen Blasen mit seinem Blick, bevor er diesen dann dem Weibchen zuwendete. Es war ein Blick voll Liebe und Zärtlichkeit, ein Ausdruck von Gefühlen, wie man es diesen primitiven amphibischen Tieren niemals zutrauen würde.

Da, ein Räuber näherte sich, einer der Tiere, die sich bereits darauf spezialisiert hatten, dem jungen Leben an Land den Garaus zu machen. Er näherte sich – und packte blitzschnell zu. Marc saß da, unfähig sich zu rühren und öffnete sein kleines amphibisches Maul. Doch anstatt eines Quarrens kam auf einmal daraus ein gellend lauter Schrei, ein Schrei, der donnernd über das leere, flache, unbelebte Land hinweg zu rollen schien, dennoch dabei ein schier endloses Echo hinterlassend, als würde er sich an tausend Dingen brechen.

Und er hörte sich an wie: „Yiiiiiin!"

Marc fuhr hoch, voll Schrecken, das Bild noch vor Augen, wie der Räuber abzog, mit dem Amphibienweibchen im Maul. Dann verschwand es, um Monikas Gesicht Platz zu machen, die ihn besorgt anschaute.

„Du hast schon wieder geträumt." Es war mehr eine Feststellung, denn eine Frage. „Schon wieder von – *ihr.*"

„Ja… schon wieder von ihr."

„Wir müssen reden, noch heute Abend. Lange kann ich das nicht mehr so mitmachen."

„Ja, lass uns reden, heute Abend."

An Schlaf war bei beiden nicht mehr zu denken. Stumm lagen sie nebeneinander und hingen ihren Gedanken nach.

Am Abend, jeder hatte sein Tagewerk hinter sich gebracht, saßen sie zusammen, auf der Couch. Jeder hielt Abstand vom anderen.

„Marc…", begann sie zögernd, nach langem Schweigen. Doch er ließ sie nicht zu Wort kommen.

„Monika, du brauchst nicht zu sprechen. Ich kenne alles, was du mir zu sagen hast und du weißt, dass ich dir nichts darauf zu antworten habe." Er betrachtete kurz sein Amulett, das er in den Händen hielt, mit dem er spielte. Es war ein ineinander verschlungenes Weiß im Schwarzen, Schwarz im Weißen. Yin und Yang, die beiden kosmischen Gegensätze, die sich zu einem Ganzen vereinen. Eine Arbeit aus Emaille, die er immer am Körper trug, die er niemals ablegte. Er fuhr fort: „Wenn du dich trennen möchtest, kann ich dich nicht davon abhalten. Ich liebe dich… ich liebe dich wahnsinnig, aber ich liebe dich nicht so sehr wie – *sie!*"

„Aber *sie* ist doch ein Trugbild, eine Wahnvorstellung! Du bist doch nicht ganz dicht, du gehörst doch in Behandlung, du gehörst doch…" Sie steigerte sich in Wut und warf ihm noch mehr hässliche Dinge an den Kopf. Doch er saß nur schweigend da und spielte mit seinem Amulett.

Was sollte er sagen? Sie hatte Recht – und doch hatte er nicht das Gefühl, das irgendetwas nicht mit ihm stimmte. Gut, er hatte diese Träume, aber deswegen war er noch lange nicht krank.

Sie beruhigte sich dann auch wieder. Und sie saßen beide schweigend da, als – es klingelte.

Es klingelte an der Türe.

Und er spürte, er wusste, dass dieses Klingeln etwas zu bedeuten hatte. Er wusste, er wird jetzt die Tür aufmachen und es wird etwas geschehen, was sein Leben von Grund auf verändert. Etwas, was schon immer geschehen sollte.

Was schon immer geschehen *war*.

Er öffnete – und da stand sie.

Sie. «

12. Der Trojanische Krieg? Schuld ist Helena.

„Wie komme ich denn zur Löwenapotheke, verdammte Hacke!"
Sie, militant-schwanger, lässt das Auto mitten auf der Straße stehen
und wendet sich mit dieser Frage an Ole, der als Erster am „Tchibo"
steht. Er antwortet ihr, dass sie dahin nicht mit dem Auto fahren
kann, sondern dies am Besten irgendwo stehen lassen sollte und
dann…

„Ach ja?" Ihre Augen nehmen den „Wo ist der nächste Mann, der
mir beisteht"-Blick an – und ihr Tonfall eine flehend-verführerische
Note. Sie schiebt ihren Bauch, werdendes Leben darin, aufdringlich
in sein Blickfeld. „Würden Sie mir helfen?" Helfen. Nicht in dem
Sinne: „Fahren Sie mich bitte dorthin und ich zahle", sondern: „Ist es
nicht eine wunderbare Erfahrung für jeden Mann einer schwangeren
Frau geholfen zu haben und dafür mit einem Lächeln verzaubert zu
werden, so wie man das immer in den Filmen von früher zu sehen
bekam?"

Ja, hat *er* sie denn geschwängert? Ist dieses Kind die Frucht
seiner Lüste? Löwenmännchen beißen den Nachwuchs ihrer
Konkurrenten tot, wenn sie ein Rudel neu übernehmen. Wo ist denn
der Erzeuger dieses Kindes, diensteifrig und beflissen?

Seid fruchtbar und mehret euch und macht euch den Manne
untertan. Seit Frauen unter Schmerzen gebären, suchen sie starke
männliche Arme, die ihnen mal eben zwei, drei lästige Dinge
abnehmen. Die Emanzipation hat sich totgelaufen. War es in den
Siebzigern modern, alles selber in die Hand zu nehmen, den Mann
zum bloßen Samenspender zu reduzieren, ist die Frau von heute
nicht mehr so dumm, sich bucklig zu schaffen – wenn es doch
Männer gibt. Die Frau von heute, die sich bisher immer über ihre
Schönheit definiert hat und nun auf einmal merkt, dass sie sich in der
Auswahl eines passenden Haarstyling Gels wesentlicher sicherer
fühlt, als bei einem Vorstellungsgespräch um einen Job.

„Die Macht der Frauen ist die Geilheit der Männer."

Getreu diesem Motto, versteht es die moderne Frau, das wilde
Wasser zu zähmen und zu bändigen, die schäumende, ungestüme,
kraftvolle Energie in die richtigen Wege zu leiten und nutzbar und
friedlich zu machen. Ein vormals tosender reißender schnellenreicher
Strom voll weißer Gischt und Gier – speist Kraftwerke, trägt
Schiffsladungen zu ihrem berufenen Ziele, rieselt ruhig vor sich hin
und bewässert sterbend schon Äcker und Felder.

Ole lächelt bedauernd und erklärt ihr den Weg zur Löwenapotheke. Woher hat er bloß dieses unbestimmte Gefühl, dass, hätte er ihr geholfen, nach dem Besorgen von wichtigen Medikamenten, gleich noch eine ganze Reihe weiterer Aufgaben auf ihn gewartet hätte? Ole setzt sich wieder ins Taxi, welches, einigermaßen luftdicht verschlossen, Schutz gegen die Abgasschwaden der an der Ampel wartenden Armada stinkender Automobile bietet, die ja zumeist noch kalt aus der Tiefgarage kommen, was bedeutet, dass deren Kat noch nicht richtig arbeitet.

Schuld am Elend dieser Welt sind die Frauen, denkt er, absichtlich ein klein wenig polemisch. Sie, unschuldig und sanft, fordern Männer zu schlimmen Taten heraus. Fahren langsam und provozieren sie zum gefährlichem Überholen und anschließenden Verbrennen in ihren verunfallten schwarzen BMWs. Was ist denn friedlicher als eine Männerrunde? Zum Skat versammelt, zum Frühschoppen, zum geselligen Beisammensein. Aber wehe eine Frau kommt dazu, dann geht es los!

Schöne Frauen sind anspruchsvoll.

Gäbe es nur friedliche, genügsame, verständnisvolle Frauen – die Welt wäre ein Paradies. Wolf und Lamm lägen friedlich nebeneinander. Aber so sind sie eben nicht. Sondern sie stehen auf starke Männer, auf bedeutsame Männer, tolle Typen. Den kapitalsten Hirsch, der am lautesten röhrt. Der hat was. Geld zum Beispiel. Oder Muskeln. Oder Bildung. Deswegen ackern Männer in Fitnessstudios, deswegen studieren Männer hoch kompliziertes Zeug, was sie mit ihren Testosteron verseuchten Hirnen nur mit Mühe kapieren und im Grunde ihres Herzens auch zutiefst verabscheuen, deswegen kämpfen sie in klimatisierten Großraumbüros bis aufs Blut um irgendwelche Positionen, deswegen fangen sie Kriege an.

Der Trojanische Krieg? Schuld ist Helena.

Ole seufzt und lehnt sich ein wenig tiefer in seinen Taxi-Sessel. Ein guter freundlicher Geist so selten weilt in den eitlen Hüllen schöner Körper, so ist seine Überzeugung, so ist seine persönliche Erfahrung. Und was die meisten Frauen von beruflicher Selbstverwirklichung abhält, sind doch nicht die gesellschaftlichen Umstände, sondern die Frauen selbst. Vielleicht weil es nicht ihren Marktwert fürs andere Geschlecht erhöht? Eine Frau kann ihren Marktwert steigern, indem sie sich charmant und herzlich gibt, ein bisschen naiv-tollpatschig, nicht zu viel, das turnt ja wieder ab, aber doch immerhin soviel, dass ein Mann sich in die Brust legen kann, sich halt ein bisschen stärker und klüger vorkommen kann. Während er selber wiederum mit solchen Attributen doch nur dem Spott anheim fiele. Ihm bleibt also gar nichts anderes übrig, als Kompetenz und Stärke aufzubauen, Macht und Prestige anzuhäufen, während die Frau nur etwas Rouge nachtragen muss.

Drei junge türkische Mädels laufen vorbei, schauen sich im Schaufenster an. Angezogen sind sie mit weiten gewandartigen Oberteilen, Kopftüchern – und knackig engen figurbetonten Jeans. Ole lächelt verständnisvoll.

So sucht sich eben ein Jedes seinen Weg. Toleranz und Frieden mit dem Andersartigen, das ist doch das Beste. Gegensätze, die sich miteinander aussöhnen. Mann und Frau, die sich gleichberechtigt und in Liebe miteinander vereinen, so sollte es doch sein, wenn auch noch der größere Teil der Menschheit weit davon entfernt zu sein scheint.

Ole denkt an das junge Mädel von neulich, die neue Kollegin, die schon einen beträchtlichen Wirbel unter Freiburgs Fahrern verursacht hat. Er wollte sie eigentlich gar nicht zu einem Kaffee einladen, aber dann hatte es sich doch irgendwie aus der Situation heraus ergeben. Er hat mitgekriegt, wie sich auf einmal alle Kollegen, von denen die allermeisten ja auch schon über Vierzig sind, reihenweise lächerlich gemacht haben. Irgendwo hat er mal gehört, dass kastrierte Männer eine höhere Lebenserwartung hätten. Er weiß nicht, ob das so stimmt, wie man irgendwelchen wissenschaftlichen Untersuchungen ja sowieso von vornherein misstrauen sollte. Denn nur zu oft bestätigen die wundersamerweise genau das, was der Auftraggeber bestätigt haben will. Ja, sicherlich gibt es sogar Leute, die sich vor solchen Untersuchungen hinsetzen und sagen, das und das soll bei der Untersuchung herauskommen und das einzig Offene dabei ist die Höhe des Salärs, welches die dabei aufkeimenden Zweifel ausräumen soll – aber dies ist er nur zu bereit zu glauben.

Er hatte schon Phasen, da wollte er völlig enthaltsam leben, hatte sogar mal ein Jahr, in dem er ganz auf jedwede sexuelle Betätigung verzichtete, es ging ihm gar nicht schlecht dabei. Doch er glaubt nicht, dass es die beste Lösung sein kann, auf Dauer zu verzichten. Obwohl es ja viele Menschen gibt, die die Abwesenheit von Bindungen als etwas Befreiendes empfinden, als Möglichkeit, seine Aufmerksamkeit ganz der Erlangung anderer beglückender Ziele zu widmen.

Aber es gibt auch die, bei denen Keuschheit als Ersatzglück dient, die, die sich vorher bei der Partnersuche verschlissen haben.

Oder pathologische Beziehungen hatten, nun froh sind, loslassen zu können.

Das Beste ist es doch, denkt er, Beziehungen positiv zu gestalten und sie zu genießen, wenn man sie hat, aber nicht unglücklich zu sein, wenn man keine hat, sondern eben diese Zeit der Einsamkeit nutzen, bis sich wieder, ganz spielerisch, etwas Neues ergibt.

Ole erinnert sich an früher. Eigentlich hatte er allen Grund glücklich zu sein. Er hatte einen guten Job, eine schöne Frau, Kinder, ein Haus. Er hatte nur ein Problem: er wusste gar nicht so richtig, *wie* man das eigentlich macht, glücklich zu sein. So stellte er eines Tages verblüfft fest, dass er nur dazu da war, die Ansprüche seines Luxusweibchens, seiner Kinder, seines Chefs – und die seiner eigenen Karrieregeilheit zu befriedigen und beschloss, das alles hinter sich zu lassen.

Es war nicht leicht. Trenn dich von einer Frau und du erfährst ihren wahren Charakter. Aber jetzt ist er frei. Jetzt fährt er Taxi und hat es gelernt, alles Störende einfach auszublenden, am Stand die Augen zu schließen und seine Gedanken kommen und gehen zu lassen. Er hat nicht die Probleme, wie viele andere Kollegen, bei denen sich die Gespräche nur darum drehen, wie schlecht doch der Job wäre. Darum – und um Frauen. Er aber weiß, dass die Gier den Menschen zerstört.

Er schaut nach Frauen, wenn überhaupt, wie wenn man eine schöne Blume am Wegesrand betrachtet. Voll Bewunderung und liebevoller Wertschätzung – aber diese Blume zu pflücken, sie sich gewaltsam anzueignen? Er braucht es nicht, möchten sich auch die Kollegen noch so sehr die Hälse verrenken.

Und er wollte nie im Leben der Sklave einer schönen Frau sein. Männer haben Geld, „Money, das Männerparfüm", sie haben Macht, sie fahren Jaguar, BMW, Porsche, Mercedes, sie haben schöne Frauen – und doch sind es nichts anderes als reiche arme Schweine, Sklaven ihres Triebes und ihrer Frauen. Sie behängen ihre Luxusweibchen mit Schmuck, wie mit Lametta den Baum, sie fahren sie dahin, sie fahren sie dorthin. Sie kaufen ihr Kleider, sie zahlen Rechnungen, sie prügeln sich mit Konkurrenten – alles, weil sie an den Typ Frau geraten sind der nicht rehbraune Augen schätzt, sondern „diamonds are a girl's best friends". Sie wissen genau, sobald sie nachlassen, werden sie ihre Göttergattinnen arm scheiden, werden ihre Freundinnen, Gespielinnen sie verlassen und sich einen potenteren Gönner suchen. Und all das Gehampel, all das gestresste Gerenne, umsonst.

Endlich steigt einer bei ihm ein. Ein alter Mann, mit einem Holzbein. Er erzählt gleich vom Krieg, so wie er es wohl immer macht. Die Prothese hat er jetzt schon seit sechzig Jahren. Viermal verwundet wurde er, war einer der letzten, die man aus Stalingrad herausgeflogen hat. Und als er dann nach Italien kam, war es sogar noch schlimmer. „Der Amerikaner hat nur noch g'schosse", so sagt er, die wollten kein Risiko mehr eingehen.

Anschließend holt er eine süße alte Omi ab, die zur Bahn möchte. Ihre Tochter winkt zum Abschied, mit dem kleinen Enkel auf dem Arm, der zu heulen anfängt, als er seine Omi wegfahren sieht. Die Enkelin jedoch, ein klein wenig älter, steht neben ihrer Mutti und lacht. Die alte Frau, eine lebenslustige Wienerin, erzählt ihm, der Enkel ist traurig, weil er seine Oma zurück haben will, die Enkelin aber würde lachen, weil sie ihr versprochen hat, dass sie ein Geschenk schickt, wenn sie wieder zu Hause ist.

Nun „stellt er sich Humboldt". Hier kann er aussteigen und vor dem Taxi seine Übungen machen. Gi Gong, das macht er schon jahrelang, hat es darin zur Meisterschaft gebracht. Schön ein wenig in den Knien federn, der linke Arm beschreibt einen Viertelkreis, der Oberkörper geht mit, während der rechte Arm, im Ellbogengelenk gebeugt, am Solarplexus entlang nach hinten zurückstreicht, gestreckt wird, und die ganze Bewegung dann zurückläuft, in umgekehrter Reihenfolge. Meist sammelt sich bald sogar eine kleine Zuschauerschar an, aber das macht ihm nichts. Lass sie doch schauen.

Vielleicht wird er ja mal ein Buch darüber schreiben, wie sehr man gerade als Taxifahrer körperliches Wohlbefinden in der eigenen Hand hat. Zeit, die andere mit Rumhängen verbringen – in den verschiedensten schlaffen Absack-Positionen, wie der „melancholische Kinnstützer", der „Popowärmer am Kotflügel" (kommt daher der Name?), mit Lesen, Rauchen, Gummibärchen futtern, träumen, grübeln, Frauen anspannen – nutzt er, um seinen Körper fit zuhalten. Was kann man nicht alles machen? Ist das Wetter schön und steht er nicht gerade an einer großen Straße, so ist er sofort draußen, macht Gi Gong oder dehnt seine Waden am Bordstein oder die gesamte Beinmuskulatur, in dem er sich dazu am Taxi abstützt. Ist das Wetter schlecht, kommt er nicht aus dem Auto heraus, so gibt es tausenderlei Übungsmöglichkeiten auf dem Sitz. Sich mit dem Kopf Richtung Fußmatte zu drehen, die Beine nach oben zur Kopfstütze, tief ein- und ausatmen dabei, Akupressur, Fußreflexmassage am Mercedes-Lichtschalter, um nur irgendetwas zu nennen. Auch trägt er offene Schuhe, weil er dann sofort aus ihnen heraus kann, wenn er Zeit hat, um sich in den Schneidersitz zu setzen.

Alle körperlichen Anstrengungen, die mit dem Taxi verbunden sind, kann man doch auch zeremoniell und bewusst verrichten, ruhig und mit der richtigen Atmung. Die Koffer ein- und ausladen sowieso, aber auch, beispielsweise, die offen gelassene Beifahrertür von der Fahrerseite aus zu zumachen: das rechte Knie auf den Sitz, Körperspannung aufbauen und nach dem Türgriff langen.

Nervöses, unsicheres Hin- und Hergespringe, um beflissen zu wirken – zu oft hat er dieses Merkmal fehlender innerer Ruhe und Selbstwertgefühl bei Kollegen und Kolleginnen schon beobachten müssen. Es ist traurig mitzuerleben, wie diese dann unausgeglichen und nervös wirken, wie Stress entstehen kann, der eigentlich vermeidbar ist.

Und dann *rauchen* sie. Und gerade das macht ihn besonders traurig, zu sehen, wie sie dastehen und hemmungslos ihrer Sucht frönen, ihrer Gier nach mehr und noch mehr Genuss – um jeden tödlichen Preis. Er hatte früher selber geraucht, als er noch in diesem Teufelskreis von Leistung und Gier und Konsum und Ersatzbefriedigung verstrickt war und er weiß, wie schlimm diese Sucht sein kann.

Rauchen als Initiationsritus in einer ritenarmen Zeit. Rauchen als missbrauchtes Symbol des Erwachsenwerdens. Jeder Steppke fühlt sich doch schon erwachsen, bläht der blaue Brodem seine noch kindlichen, rosa Lungenflügel. Rauchen ist so sehr Bestandteil unserer Kultur, dass selbst Nichtraucher dagegen sind es überall, in Cafés, zum Beispiel, zu verbieten. Zwar argumentieren viele so, dass sie sich eben zu den Rauchern, den „coolen Typen" hingezogen fühlen und die Gesellschaft von Nichtrauchern als eher langweilig empfinden, aber sehr viele haben ja selber früher schon geraucht und merken überhaupt gar nicht, dass sie immer noch passivsüchtig sind. Und der meiste Müll an Straßen- und Wegesrändern sind weggeworfene Zigarettenschachteln. Der Raucher behandelt die Umwelt wie seine Gesundheit – sie ist ihm scheißegal. Für den Raucher ist die Welt ein einziger großer Aschenbecher.

Gut, Taxi zu fahren, ist für ihn schon eine besondere Herausforderung. Ganz extrem kommt es hier auf eine innere entspannte Grundhaltung an, die es einem ganz alleine selber überlässt, ob man es schwer hat oder leicht. Schule des Lebens, Mensch ärgere dich nicht, wo sonst ist dieser Begriff so passend?

Wo sonst liegt Glück und Pech so dicht beieinander, hat schon so manchen schwachen unzufriedenen Menschen verzweifeln lassen und doch: am Ende der Schicht, am Ende des Monats – alles hat sich, ganz von alleine, ausgeglichen! Warum dann hadern, nörgeln und fluchen? Warum der Öffentlichkeit ein so erbärmliches Bild menschlicher Schwäche und Unzufriedenheit bieten, wie das manche Kollegen eben machen? Klar kriegt man immer nur dann eine Auswärtsfahrt, wenn gerade die VAG streikt oder eine verunfallte Straßenbahn den Fahrplan durcheinander bringt, bei Glatteis oder Schnee, wenn man sowieso schon viel zu fahren hat. Klar lassen sich sofort tausend Gründe dafür finden, dass man selber nur eine arme, vom Pech verfolgte Sau ist, während es den anderen immer nur rein läuft. Aber wenn man ehrlich ist, wenn diese Leute ehrlich sind und aufhören sich selber Leid zu tun, dann merken sie auch mal die vielen Situationen, in denen sie Glück hatten. So viele Menschen haben schon nach den Sternen gegriffen und waren mit leeren Händen und tiefer Enttäuschung und Bitterkeit in ihren Herzen aufgewacht aus ihren Träumen. Die Bescheidenheit und innere Ausgeglichenheit ganz einfacher Menschen, das schätzt Ole, das will er für sich erreichen. Die Zufriedenheit, die innere Freude dessen, der glücklich ist, der weiß, wo sein Platz ist und der im Einklang damit ist. Es ist eben leider der Trend unserer Zeit, alles aufzubauschen und negativ darzustellen. „Ständig zunehmende Probleme", „sich zuspitzende Gewalt", „immer mehr Menschen haben immer weniger", „ständig steigend", „sich ständig verschärfend"! Das sind doch die Lieblingsvokabeln unserer Presse, mit denen man Auflage macht, „bad news are good news". Und dazu immer Krieg und Gewalt und Hunger und Terror als Aufmacher auf Seite eins. Kein Wunder, dass die Leute sich überfordert fühlen, geängstigt von dieser, sich rapide wandelnden, Welt. Bekam man früher in seinem friedlichen Dorf nichts von der Außenwelt mit, gibt es heute doch in irgendeinem hinterletzten Zipfel der Welt immer gerade eine blutige Katastrophe, über die man berichten kann. Aber macht so etwas denn Sinn? Soll man denn nicht lieber positiv denken?

Was hat *er* nicht schon Glück gehabt! Klar, das kann nur passieren, wenn man entspannt ist, wenn man nicht schon Aggressionen ausstrahlt wie ein Bullterrier, den man mit Schlägen scharf gemacht hat, aber jeder könnte doch so denken. Und jeder könnte auf diese sanfte, friedliche Weise zu Erfolg kommen. Zum Beispiel, er stellt sich als Vierter an den Stand an und geht einfach mal essen (bleibt aber eingebucht), weil er Hunger hat und nicht ängstlich und verkrampft hinter dem Geld herhechelt, sondern dann halt mal riskiert eine halbe Stunde gesperrt zu werden. Er kommt aus dem Restaurant heraus, steigt ins Taxi – und kriegt gerade eben in diesem Moment (die drei, die vor ihm waren, sind alle schon weg), eine Zwanzig-Euro-Fahrt, während der Kollege, der nach ihm dran ist, jetzt eine halbe Stunde auf den nächsten Auftrag warten muss. Aber so läuft es eben! Man muss halt einfach entspannt sein, dann läuft es einem auch total gut rein.

Oder geschickt sein, auch mal mit den Leuten verhandeln können, flexibel sein. Eine alte Frau in der Habsburgerstraße hat ein Taxi bestellt. Sie steht da und winkt. Gleichzeitig läuft ein alter Mann auf ihn zu und fragt, ob er ihn zum Bahnhof mitnehmen kann. Beide kämpfen richtiggehend ums Taxi. Sie hat es bestellt, er möchte schnell zum Bahnhof, am Sonntagmorgen, und keine Straßenbahn fährt. Ole hat es einfach im Griff, mit seiner ruhigen, vermittelnden Art beschwichtigt er die misstrauische alte Frau und nimmt sie letztendlich einfach beide mit! So haben sie alle drei etwas davon gehabt. Er setzt den alten, hochzufriedenen Mann am Bahnhof ab und macht der Frau dann, die er einfach nur ein Stück weiter in die Unterwiehre zu fahren hat, einen günstigeren Preis. Womit er selber immer noch mehr hat, als hätte er stur nur sie alleine gefahren. Und! Sie alle drei haben, wie es doch oft in solchen Situationen passiert, eine Art Begegnung, ein Miteinander, das Heutzutage, wo jeder sich voneinander abschottet, um in Ruhe fernsehen zu glotzen, nicht mehr immer selbstverständlich ist.

Prompt kommen beide alten Menschen gleich ins Erzählen, als hätten sie nie mehr die Gelegenheit dazu. Sie hat es nie leicht gehabt im Leben, was auch ihr Misstrauen übervorteilt zu werden erklärt, sie hatte nie Urlaub, nie hatte sie… und der alte Mann kontert gleich, seit er seine zweite Frau hat, musste er sich schon fünfzehn mal operieren lassen… worauf sie sagt, sie sei schon Neunzig – womit sie dann aber erstmal alles übertrumpft hat, denn das hat ihr niemand zugetraut.

Ole spricht immer mit den Menschen. Es ist so wichtig, miteinander zu sprechen, wie leicht lässt sich so manches Missverständnis klären. Wie die alte, leicht verwirrte Frau, die er sonntags gefahren hatte. Er unterhielt sich mit ihr und sie vertraute ihm an, dass sie zu einer Augenoperation ins Krankenhaus wollte.

Am Sonntag.

Tja.

Sie war einfach nicht darüber informiert, was für ein Tag heute war. Aber so konnte er schon auf halber Strecke umdrehen und sie wieder nach Hause fahren.

Nun kriegt er wieder einen Auftrag und muss seine Übungen beenden. Er fährt eine schweigsame Frau, die er schon öfters mal alleine gefahren hat – plötzlich im Kreise ihrer Familie. Es ist immer wieder lustig mitzuerleben, wenn Leute, die man regelmäßig fährt und mit denen man aber nicht groß ins Gespräch kommt, dann auf einmal zu dritt oder zu viert sind und man unweigerlich an ihrem Leben teilnimmt, auch wenn man eben einfach nur neben dem Fahren zuhört.

Als nächstes ein alter Mann, der zur Kirche will. Irgendwie fällt es auf, dass zur Kirche nur alte Leute wollen. Nachdem sie ihr Leben lang gesündigt haben, wird's nun Zeit fürs Seelenheil. Er lächelt innerlich. Das ist nicht Bosheit, wenn er so denkt, sondern etwas nur allzu Menschliches – von beiden. Ole ist nicht christlichen Glaubens. Er sympathisiert ein wenig mit dem Buddhismus, findet ihn aber auch teilweise sehr widersprüchlich oder so stark von modischen Strömungen vereinnahmt, dass er auch da kritische Distanz bewahrt. Er reicht dem alten Mann, der an zwei Krücken läuft, den Arm, der will aber nicht, vertraut lieber sich selber.

„Ach ja, das sind ja immer nur die alten Damen, die gerne am Arm geführt werden wollen", sagt Ole dann darauf, ein klein wenig belustigt.

Hinterher, wieder am Stand, zieht er ein zwei Eurostück heraus, das er vorhin erst eingenommen hatte, mit einem Aufkleber darauf, in Größe des Bundesadlers: „Der Weltfrieden fängt mit dem inneren Frieden an".

Das könnte auch von ihm stammen, wenngleich es auch eine ziemlich plakative Vereinfachung ist. Er sieht es eher dialektisch, auch das Sein bestimmt das Bewusstsein, nicht nur umgekehrt. Wie soll sich denn in einer kriegerischen Welt friedliches Bewusstsein überhaupt entwickeln? Muss man nicht auch einmal eingreifen, sich vom radikalen Pazifismus entfernen, wenn man nicht ständig nur auf die andere Backe kriegen will? Machen es sich nicht die zu leicht, die beispielsweise die amerikanische Intervention im Irak verurteilt haben? Die immer noch auf die Uno, diesen bestbezahltesten Debattierclub der Welt bauen, die sich auf eine gewisse groteske Weise vielleicht schon zu einem Komplizen Saddam Husseins gemacht haben, einem der größten Schlächter der Jetztzeit, der Millionen Menschen auf sein Gewissen geladen hat?

Man schickt doch auch nicht einen Polizisten auf die Jagd nach einem Schwerverbrecher – nur mit dem Pimmel in der Hand, um es ein wenig bildlich auszudrücken. Oder, hierzu ganz gut passend, umstellt das Versteck eines Sexualmörders und ruft mit dem Megaphon hinein: „He, Mann, ich schick dir jetzt meine unbewaffnete, gut aussehende Frau hinein, damit du mit ihr eine friedliche Lösung aushandeln kannst. Aber lass dir Zeit und genieß es!" Auch in der Politik gibt es eben böse Jungs, die von den guten Jungs in Schach gehalten werden müssen und das geht eben nicht ohne Waffen. Sind denn nicht die genauso im Unrecht, die der USA ausschließlich Gier nach Öl unterstellen, wie die, die meinen, beide Irakkriege verfolgten keine geopolitischen Ziele, sondern ausschließlich humanitäre? Und sind diese zwei Standpunkte, isoliert für sich, nicht genauso falsch, wie die Unterstellung, die amerikanische Regierung bestehe nur aus expansionistischen Hardlinern?

Nur, ob George W. und die anderen Clowns mit der Rolle des World Marshalls nicht ein wenig überfordert sind? Als George, der Ältere, vor den Toren Bagdads halt machen musste, weil er mit der Entfernung des Diktators die Entstehung eines zweiten islamischen Gottesstaats fürchtete, schwor er da nicht doch bald darauf seinen Sohn auf den Thron zu bringen (In den USA ist die Präsidentschaft erblich!) und ihm dann zu sagen: „Go for his balls! Schnapp dir den Kerl, wenn du ein guter Sohn bist!"?

Er denkt an seinen Namensvetter, Ole Nydal, der ihm auch gar nicht mal so unähnlich ist, dazu, der immer so unverschämt gut aussehend von den Plakaten grinst, er, der lebende Beweis, dass Männer älter werdend nicht unbedingt an Attraktivität verlieren. Beziehungsweise, dass sich Buddhismus, Personenkult, Geschäftssinn und Frauen abschleppen ganz gut miteinander vereinbaren lässt. Die Schöpfung zu lieben heißt auch sich selber zu lieben, oder? Denn man ist ja auch ein Teil der Schöpfung und das nicht zu knapp! *Lama* Nydal, schon alleine dieser Begriff, dieser Titel, auch wenn er doch Ausdruck einer Lebensweise ist, die das Streben selber zutiefst in Frage stellt – für ihn hat sogar das sich Schmücken mit einem Demutszeugnis den Beigeschmack von Eitelkeit.

Auch der *Dalai* Lama ist für ihn kein Beispiel.

Der sitzt auf einer so hohen Warte, hat so eine Sonderstellung, dass es für ihn leicht sein kann, Verzicht zu predigen – hat er doch so viel mehr, als andere Menschen jemals erreichen, mühen sie sich noch so sehr.

Achtung, Respekt, ja Verehrung – lehnt er die auch immer bescheiden ab, so ist sie doch stets im Überfluss vorhanden.

Spiritualität – er erinnert sich an das eine Mal, als er eine ältere Frau aus dem Münster, vom Gottesdienst, abholen sollte. Er kam etwas früher, ging dann hinein und wartete drinnen das Ende der Andacht ab. Von draußen hereinkommend, der hektischen Betriebsamkeit für einen Moment entflohen, tauchte er ein in eine ganz andere Welt. Es war dunkel, aber keineswegs düster. Das großartige, Ehrfurcht einflössende Gewölbe war stimmungsvoll erleuchtet durch sanft in die großen farbenprächtigen Scheiben einfallendes Tageslicht und durch tausende kleiner funkelnder Kerzen. Viele Menschen, die gemeinsam etwas miteinander teilten, in Andacht vereint, waren hier versammelt. Die Orgel spielte leise klagende Akkorde, die sich ergänzten, zusammenfügten, wie Teile eines großen Ganzen, die einander umspielten, sich entfalteten und auf akustische Weise durch den Raum schwebten, wie viele, viele wunderschöne Schmetterlinge. Es lief ihm ein Schauder über den ganzen Körper, es war ein so erhebender, völlig unvermittelter Einbruch in diese Welt des Stark-Sein-Müssens und Dem-Gelde-Hinterherlaufens für ihn, dass es ihn traf, wie ein sanfter Schock, dass er am liebsten weinend in die Knie gegangen wäre und all sein Leid und seine Sorgen mit den fremden Menschen um ihn herum hätte teilen wollen. Mit fremden, aber doch mit ihm, durch ein unsichtbares Band der Liebe und gemeinsamer Erfahrung, verbundenen Menschen.

Die Welt braucht Spiritualität, Rituale, die Besinnung, die Gemeinsamkeit, das Innehalten, davon ist er überzeugt. Doch nicht der jeweils unterschiedliche Gott, der angebetet wird, ist für ihn wichtig. Und er „kriegt einen Hals", wenn er an die katholische Kirche, diese Sekte, denkt. Ist die katholische Kirche nicht Großgrundbesitzer und Großunternehmer? Ja, nicht gar ein, den ganzen Globus umspannendes, Wirtschaftsunternehmen – ein „Global Player"? Es gibt nicht genug Gläubige, die Kirchen stehen leer? Reißt sie doch ab, wenn sie nicht wirtschaftlich sind und keinen Denkmalschutz beanspruchen können – und baut Parkplätze darauf. Denn unsre goldenen Kälber brauchen Platz – und auch das Umtanzen derer geht nicht ohne genügend freien Raum.

Ole steigt aus dem Auto, reckt und streckt sich, fühlt sich gut und voll positiver Energie. Er sieht jemanden, der am Saubermachen ist, herumfliegende Zeitschriften und Werbeprospekte aufsammelt. Spontan hilft er ihm ein bisschen, erntet ein freundliches Wort.

Warum soll er es nicht machen, wenn er doch jetzt wieder so lange Wartezeit hat? Bücken ist gut für den Rücken. Weil die Leute sich nicht mehr bücken wollen, kriegen sie es nur noch mehr ins Kreuz.

Ein Kollege, der wohl anscheinend ein Mathematikbuch in der Hand hält, mustert ihn verächtlich. Er kennt ihn vom Hörensagen, ein ganz übler Bursche. „Zweiundvierzig x^2" nennen ihn alle, nach so einer verrückten Obsession von ihm. Er entfernt sich unauffällig, sieht weiter hinten noch eine Menge Papier liegen, ist froh von der spürbar unguten Ausstrahlung dieses Menschen wegzukommen. Danach setzt er sich wieder ins Auto, um nachzudenken.

Es ist schon schlimm, was für negative Charaktere es teilweise unter den Kollegen gibt. Streit und Zank untereinander, pöbelnde Fahrer, eine ganze Clique einer bestimmten Nationalität, in der lange Krieg geherrscht hat, die sich doch aufbauen und zu afrikanischen Kollegen sagen: „Warum geht ihr nicht zurück in den Busch, ihr Neger!"

Ein positives Image wäre doch so wichtig für das Gewerbe, würde allen helfen. Wie will man denn von den Kunden erwarten, dass sie sich einem anvertrauen für die Dauer der Fahrt, wenn der Taxifahrer in der Öffentlichkeit so schlecht dasteht? Als geldgierig, zum Beispiel. Nun, jeder hat sicher einmal in seinem Leben irgendeine Szene erlebt, in der ein Taxifahrer Zorn bebend, mit rotem Gesicht, irgendjemanden wegen ein paar Mark, ein paar Euro, hinterher gezetert hat. Gut, wenn er ehrlich ist, sieht er ein, dass *er* hingegen das Geld schon, einmal im Monat, diskret überwiesen kriegt und nicht darauf angewiesen ist, deswegen einen Aufstand zu machen. Versagt er damit, den Gegenwert des Gehalts zu erwirtschaften, hat einmal mehr sein Chef das Nachsehen.

Doch es wäre doch so einfach, wenn man entgegenkommend, aber selbstbewusst, ganz im Sinne einer Partnerschaft für die Dauer der Fahrt, miteinander umgehen könnte. Die meisten Menschen wollen doch gar keinen Lakaien in Livree, der nur in höflichen Floskeln mit ihnen kommuniziert, sondern einen Menschen, einen Typen, halt einen Taxifahrer, wie man sie gewöhnt ist. Mit Ecken und Kanten, bisweilen ein Original, jedenfalls aber immer ein Individuum, unverwechselbar. Der gut drauf ist, wenn er auch mal über den Job schimpft, der gerne auch mal einen Witz erzählen kann. Jemand, mit dem man reden, sich gedanklich austauschen kann, dem man etwas anvertrauen kann, es muss ja nicht gleich eine persönliche Krise sein, sondern vielleicht etwas ganz Alltägliches. Oder jemand, der auf eine unaufdringliche Art unterhaltsam ist, vielleicht sogar

Charme und Persönlichkeit besitzt, die auf die Fahrgäste ausstrahlt und ihnen etwas mitgibt. Und sie wollen sich ungezwungen fühlen und nicht steif hinten dasitzen und auf das Ende der Fahrt warten. Sie erwarten kein keimfreies Fahrzeug, in dem sie sich nicht getrauen, zwischenrein mal die Beine über einander zuschlagen.

Sicher gibt es auch leider Menschen, die einen Dienstmann hinter dem Steuer wollen, einen „James", dem gegenüber sie sich herrschaftlich geben können für die Dauer der Fahrt, die sie bezahlen, die erwarten, dass man dafür katzbuckelt, dienert, dass man dienstbeflissen hinten den Schlag aufreißt, sie servil umschwänzelt, „betrillert", wie Ameisen es bei Blattläusen tun, nur höflich antwortet, wenn man etwas gefragt wird und sich unter keinen Umständen in ein Gespräch einmischt. Aber das sind die wenigsten Menschen heutzutage.

Taxifahren kann doch so schön sein.

Erst gestern hat er eine Fahrt nach Höchenschwand gehabt, quer durch den, mit bunten Bäumen bestandenen, herbstlichen Schwarzwald, mit einer netten, unaufdringlichen Unterhaltung nebenher – was kann man mehr erwarten? Und hinterher noch ein schöner Spaziergang in einer Ecke dieser herrlichen Landschaft, in die man nicht wieder so schnell hinkommt.

Andere Jobs sind gewiss auch nicht immer einfach.

Sehr ungern denkt er an einen großen Warenmarkt zurück, in dem er mal gearbeitet hatte, bevor er dann zum Taxifahren kam. Gieriger Raubbau am Material Mensch, das war dort die Firmenphilosophie. Immer frische Leute einstellen, mit befristeten Verträgen, die blind im Karree herum sprangen und durch ihren Übereifer mehr Schaden als Nutzen brachten. So wie bei der Ölpest – den größten Schaden hinterlassen oft die freiwilligen Helfer hinterher.

Sein Ding war es auch dort, immer erst zu schauen und zu überlegen, bevor er überhaupt etwas in die Hand nahm. Auf diese Weise schaffte er letztendlich wesentlich mehr als die, die mit zitternden Händen wild Kartons aufrissen. Aber das ruhige Arbeiten war dort überhaupt nicht gerne gesehen, wodurch er sehr schnell auf die Abschussliste kam. Die Leute hatten ja überhaupt keinen Überblick wie viel einer gearbeitet hatte, also kuckten sie letztendlich immer nur wie schnell sich einer bewegte. Schwarze hatten sie da besonders gerne, in dem Laden, denn aus irgendwelchen dumpfen Eingebungen der deutschen Leitkultur heraus, ist ein Neger fügsamer als der Rest (das weiß man auch noch in Deutschland, denn schließlich hatten wir ja auch mal Kolonien).

Natürlich nur, wenn man ihn anschreit, denn es steckt ja noch in seinen Genen, dass er nur springt, wenn die Peitsche knallt. Denn ansonsten ist er ja von Natur aus faul, lacht, tanzt und singt sehr gerne und spannt dem Deutschen die Frauen aus. Weil der ja immer, im Gegensatz zum Neger, müde von der Arbeit ist. Geschätzt wurden Leute, die hektisch und nervös wirkten, denn daran konnten sie ersehen, dass sich einer anstrengt, geschätzt wurden Leute, die mit einer Hand im Verband eben einarmig arbeiteten, ob das nun Sinn macht oder nicht, ja, besonders geschätzt wurden Leute, die noch mit neununddreißig Grad Fieber auf der Matte standen.

„Das sind alles Beißer, im Handel", sagte ihm ein Chef. Klar, wenn sie dann ihren Biss verlieren, die Leute, weil sie nach einer Herzmuskelentzündung mit Komplikationen eine Transplantation brauchen, sind sie ja auch nicht mehr im Handel, sondern in der Frührente, aber das ist dann wieder das Problem eines anderen.

„Was wollen Sie eigentlich mit Ihrem Leben anfangen?", fragte ihn der Abteilungsleiter bei der Einstellung, weil er es nicht recht verstand, dass er, mit seinen beruflichen Qualifikationen, nun im Lager arbeiten wollte. „Ich meine, ich frage eigentlich nur deshalb, weil ich gerade sehe, dass wir denselben Jahrgang haben." Das war genau der, der dann später herumlief und die Leute zusammenschiss, wenn sie nicht spurten.

„Ich möchte bestimmt kein so arroganter Leuteschinder werden wie Sie!", wollte er am liebsten antworten, weil man ihm dies schon an der Nasenspitze ansah. Aber das hätte bedeutet, sich gleich wieder auf die Suche nach einem anderen Job machen zu müssen.

Er sollte dann „ins Bier", das hieß also, die ganze Zeit non stopp Bier, Sprudel und Limonadenkästen wuchten, bis es ihm nachts im Kreuz stach. Der menschliche Körper ist ein Wunderwerk der Schöpfung und unglaublich anpassungs- und leistungsfähig – aber nur, wenn man ihm Zeit lässt, sich einzustellen und wieder zu regenerieren. Er hätte eigentlich gerne weiter gemacht, weil es gutes Training war und er körperlich fit war, schon damals, aber sie gaben eben nichts auf Trainingslehre und schonenden Aufbau (der eben verlangt hätte, vielleicht zwischendrin eine Woche Urlaub zu bekommen oder mal vorübergehend etwas Leichteres zu machen), sondern nur auf Erfordernisse der Produktion. Und einer, der nicht kaputtgehen wollte, musste eben gehen. Das Ganze, mit dem Bier, war eigentlich auch mehr als Schikane gedacht, da die ihm vorgesetzte Hermaphroditen-Frau, die weder Mann noch Frau war, ihn auch noch auf dem Kieker hatte, weil sie nicht an ihn herankam.

Er weiß, dass er nicht gerade unattraktiv ist. Und es liebt das Gemeine, das unerreichbar Schöne in den Schmutz zu ziehen.

Es tickt an der Scheibe.

Ole lässt sie herunter, fixiert den Klopfenden. Es ist ein junger Typ, der ihm umgehend ein, mit einem gigantischen, gelben Schaumstoffpolster umhülltes, Mikrophon ins Gesicht streckt, als wär's ein Rasierer und er ein Barbier. „Big Shit" steht auf dem Schaumstoff, gut lesbar, „das Radio für junge Leute".

„Hallo, äh, hier, äh, ich bin, wie Sie sicherlich sehen, werter Herr Tachi... äh, Herr Taxifahrer, von Big Shit, dem Radio für junge Leute..." Der junge, zappelige Big-Shit-Reporter, pickend nach Worten, stochert hilflos mit dem Zeigefinger in der Luft, wie auch gleichzeitig sein armer Verstand in Silben und Syntax. „Wir machen, ja richtig, wir machen eine Umfrage und ich m-möchte Ihnen eine Phrase, äh, Frage stellen: *Macht Taxifahren sexy?"*

Ole mustert den manisch grinsenden Reporter, der sich die schweißige Stirn wischt, aber offensichtlich dennoch Total - Gut - Drauf ist. Er schaut ihm in die sofort ausweichenden Augen und spürt hinter einer dünnen Tünche aus Coolness Unsicherheit, Zweifel und mangelndes Selbstwertgefühl.

„Macht Taxifahren sexy?"

„Ja, ja. Äh, ja."

„Was ich jetzt sage, wird aufgezeichnet?"

„Ja, ja. Äh, ja. Wir schn-schneiden das natürlich noch, aber: ja, ja."

„Gut. Du hast mich gefragt, ob Taxifahren sexy macht und ich gebe dir jetzt eine Antwort." Er beugt sich noch ein Stück weiter aus dem Fenster, schaut ihm ins Gesicht.

„Du musst noch viel lernen."

13. Zwei Chaoten im Café.

Heinrich steht „Klinik vorne", am „Taxistand der klinischen Fälle". Es ist ein schöner warmer Herbsttag. Die ganze Zeit laufen junge Schwangere vorbei, die zur Frauenklinik wollen oder aus ihr kommen, sie bieten einen Kontrast zu den anderen, nabelfreien jungen Frauen.

Dann kommt eine *bauchfreie* Schwangere vorbei, Heinrich reibt sich die Augen. Sie muss kurz vor der Entbindung sein, der Bauch hat sich schon gesetzt und sie trägt ihn nabelfrei vor sich her, wie eine Lok den Kuhfänger. Ein winziges Top, vergleichbar einem Bikinioberteil, schwimmt noch obendrauf.

Ein würdiges Exponat in diesem Raritätenkabinett! Was an diesem Ort sich alles so lang bewegt? Heinrich hat hier schon eine ganze Menge gesehen. Menschen, in die verschiedene medizinische Apparate eingebaut waren, medizinische Apparate, in die verschiedene Menschen eingebaut waren...

Da... bauchfrei! Nicht schwanger, aber...

Sollte dringend geschwängert werden! Heinrich fängt an zu hecheln, wie ein betagter Schäferhund, der an einem warmen Sommernachmittag eine Stunde hat neben dem Fahrrad herlaufen müssen, hechelt bis die Scheiben beschlagen würden – wären sie nicht unten. Diese Frau trägt kein Schild vor sich her: „Besetzt!", sie trägt eins vor sich her: „Besetzt – und es hängen schon jede Menge Leute in der Warteschleife. Nu, hechel' mal schön!"

„Heinrich, du keuchender Köter, du hungriges Hundchen, soll ich dir einen Napf Nasses zum Ausschlabbern hinstellen?" Ekke grätscht sich grinsgesichtig so auf Heinrichs Türe, dass er dabei ein Bein durch das geöffnete Fenster streckt und tut nun so, als wäre die Türe für ihn nur ein Sattel von so einer Rodeo-Maschine. In der Hand hat er ein Buch und eine Zeitung.

„Was hast du da, du Spinner?" Ekke steigt bei ihm ein, es sieht aus, als hätten sie wieder viel Zeit zum Quatschen.

„Ein Buch, das davon handelt, wie Menschen in einer grausamen und lebensfeindlichen Welt überleben."

„Wer hat das geschrieben – ein Taxifahrer?"

„Nein, ein Arktisforscher, du Blödi."

„Ein Arktisforscher! *Die* haben's ja wichtig. Die sollten nur mal eine Woche in Freiburg Taxi fahren, da würden die aber sehen, was hier für ein eisiger Wind weht, schlimmer noch als an beiden Polen."

„Ach so, deswegen fahren jetzt hier nur noch *Polen*."

„Beleidige die Polen nicht, auch für die ist das ein mieser Job." Ekke blättert im Buch, antwortet beiläufig: „Jaja, lieber reich und gesund als arm und krank."

„Lieber reich und krank, als arm und krank. Letztlich ist das Leben eines zufriedenen Reichen immer noch besser, als das eines zufriedenen Armen, oder?"

„Ebenso sicher wie Hohlraumversiegelung von der Kofferraumklappe eines Golf zwo tropft", gibt Ekke geistesabwesend zurück. Vor sich aufgeschlagen hat er ein Bild eines

Packeisstapels, eines solchen, den Polarforscher laufend zu überwinden haben, mit ihren Schlitten. Heinrich lässt nicht locker: „Das Leben ist ein leckerer Braten, an dem wir mal riechen dürfen. Das Leben ist eine große Lostrommel, Ekke, und wir sind die Nieten darin."

„Hainrich, sach, bisse ma' wieda schlecht drauf? Schau ma' die Polarforscher, mit was die alles zu kämpfen haben, Packeis, Eisbären, Sponsoren…"

„Eisbären aber nur oben, unten hat's nämlich keine…"

„Von was ernähren sich Eisbären so? Von Robben und von Forschern! Aber was erzähle ich dir? Dir kann man ja erzählen, bis man Kopfschmerzen kriegt und du hörst nicht zu."

„Kopfschmerzen? Wie kannst du denn Kopfschmerzen haben nach deiner Gehirnamputation neulich? Mensch bin ich dumm, natürlich – *daher* der Name Phantomschmerzen!"

Der Funker schickt einen „Job-Tipp", Maßregelungen über Datcom im Stile von: „der Kunde ist König".

„Komm wir machen Pause, Heinrich, der Funker hat Langeweile!"

Heinrich grinst.

„Schick mir doch mal'n Job-Tipp, ich fühl' mich so schlapp", hat er mal am Funk gemeldet. Denn es kommt nicht besonders gut beim Fahrer an, wenn er das Gefühl hat, mehr Job-Tipps und Stau- und Radarmeldungen, als Aufträge auf dem Display zu haben. Wobei man ja nicht übertreiben darf. Wenn man die Fehlfahrten mit dazu rechnet, ergibt sich nämlich eine knappe, aber einwandfreie Mehrheit für die Aufträge. „Ich wollt' mich persönlich für den Job-Tipp bedanken, er gibt einem doch immer ein gutes Gefühl!", war die andere Variante, diesen Versuch der Zentrale, den Fahrer zu erziehen, ins Ironische zu wenden.

„Laß uns Kaffee trinken gehen. Wir buchen uns einfach mit der Sonderfunktion: ‚Taste 1+ 0 + Senden, Fahrer gehen Kaffee trinken – bitte Kunden vertrösten, Auftrag liegen lassen' ein."

„Stimmt, ganz praktisch übrigens, diese Sonderfunktionen ‚bitte Auftrag liegen lassen', siehe auch: ‚1 + 1 + Senden: ‚Fahrer verhandelt gerade mit Chef über höhere Prämie'"

„‚1 + 2 + Senden': ‚Fahrer gräbt Schnecke an, die gerade vorbeiläuft'."

Sie machen sich auf den Weg ins Café.

„Das ist doch sicherer als einen Kaffee zum Mitnehmen zu bestellen, heutzutage. Neulich habe ich mir einen ordentlichen

Schluck brühheißen Kaffee ins Auge gespritzt, als ich aus dem Pappbecher trinken wollte! Und ich weiß nicht, ob die Berufsgenossenschaft zahlt, in so einem Fall", bemerkt der Heinrich.

„Wieso, das ist doch ein klassischer Arbeitsunfall. Kaffee zu trinken ist eine typische, berufsspezifische Tätigkeit eines Taxifahrers und immer eine Gefahrengeneigte dazu. Genauso, wie wenn man sich die Nackenwirbel verrenkt, beim Schöne-Frauen-Anspannen. Also, muss die BG auch zahlen."

Sie setzen sie sich an einen Tisch und bestellen.

„Narri!", sagt Ekke dann und prostet ihm mit einem Becher Kaffee zu. Die fünfte Jahreszeit zählt bei ihm dreihundertvierundsechzig Tage.

Heinrich aber – zuckt nervös zusammen.

Narri weckt Assoziationen, Narri befreit Urinstinkte. Flucht und Aggression, fliehen oder beißen.

Cage aux folies – ein Käfig voller Narren?

Was ist ein Taxi voll besoffener Narren denn anderes als ein Käfig für den, der hochkonzentriert sein muss?

„He, bisch nit gut drüff? *Tröööööt!*" Heinrich will zur Faschingszeit durchaus schon immer nachts fahren, weil man dann besser verdient und die Leute tags eh nur schlafen oder fremdgehen, hat dann aber immer Schreckensvisionen von Hallen voll besoffener, lärmender, erbarmungslos gut drauf seiender Narren, die Schultern klopfen und Kinnhaken meinen.

„Die *Fasnet*, Ekke, man sollte es wie BAP machen und sie in Marokko abwarten. Die *Fasnet*, Ekke", er reibt sich die Nase und fängt an dogmatisch zu dozieren, womit er Ekke jagen kann. Aber vielleicht macht er es ja deshalb. „Die *Fasnet* war früher eine Sammlungsbewegung antiobrigkeitlichen Denkens. Heute ist sie eher Bewegung von Leuten, die obrigkeitliches Denken soweit verinnerlicht haben, dass sie das ganze Jahr über Klemmis sind und sich nur einmal im Jahr trauen, auf den Putz zu hauen."

„Du biss ein linker Langeweiler, Hainrich. Ich fände es traurig, wenn sie ganz verschwinden sollte und finde es schade, dass so viele Leute über sie schimpfen. Denn, wenn es auch wirklich nicht meine Sache ist, wenn da einer Narri schreit mit Narro zu antworten, ist es doch immer schön, wenn Menschen zusammen fröhlich sind, jeder halt auf seine Façon."

„Façon…"

Er äfft Ekke nach. „*Façon…*! Einen *geistigen* Façonschnitt, das ist was du hast. Links und rechts etwas zu viel Schläfenlappen weg geschnitten von deinem Gehirn, das ist was sie mit dir gemacht haben!"

„Hainrich, du Spaßbremse, weissu, du darf's nich' miessä Laune verbreiten, nur weil du ältä' wiers. Da können wir junge Leutä nix dafür, näch. Dafür sind doch die 68'er auf die Barrikaden gegangen...

„Ans Kreuz geschlagen worden sind wir, wie Jesus, stellvertretend büssend für alle Nachfolgenden, die nun meinen, nicht mehr politisch aktiv sein zu müssen..."

„...für mehr Spaß und Lebensfreude. Und nun ist das auch nicht recht."

„Ekke, du bist so nervend wie eine Arschfliege, so lästig wie die GEZ, die Gebühreneinzugszentrale..."

„*So* lästig bin ich für dich?", Ekke ist nicht gekränkt, nur beeindruckt.

Nun geht der Heinrich mal eben ein Geschäft verrichten.

„Wieder mal was weggeschafft", sagt er, als er wieder da ist.

Ekke liest derweil im „U-Boot im Bächle". Heinrich spickelt, betrachtet ein Foto. Eines dieser modischen Musikerfotos, wo sie alle so da stehen, als hätten sie Pippi gemacht und vergessen, vorher den kleinen Pullermann herauszuholen und nun mit nasser Hose furchtbar traurig vor sich hingucken. Er sieht sich ein Gesicht genauer an.

„Wer ist das? Dr. Goebbels, der verkrüppelte jüdisch aussehende Untermensch? Ach nein, der sieht ihm nur ähnlich."

„Hainrich, weißt du, warum die Bluesgitarristen immer mit so schmerzverzerrten Gesichtern spielen? Einmal wegen dem Feeling – und dann auch, weil die Griffe echt wehtun an den Fingern." Er keckert. „Hier schau mal, hab' ich grad gelesen, als du auf der Schüssel warst. Da gab's doch mal was im Spiegel, über den Everest, die ,Allee der gefrorenen Gipfelleichen'! Heute, so steht in dem Blatt hier, würden sie Geschichten wie den ,Hillarystep' nicht mehr nach seinem Entdecker benennen, sondern nach dem, der da tot und hart gefroren herumsitzt, als wäre er sein eigener Grabstein.

Oder hier, ,da Wurfsterne jetzt verboten sind, nehmen sie ,verbrannte' CDs, die sie anfräsen. Man braucht zwar eine Menge angefräster CDs, um einem Menschen ernsteren Schaden zuzufügen, aber das stört sie nicht!' Ist das nicht total witzig? Oder hier", er blättert beflissen, „ein Beitrag zu Freiburgs Kamikaze-Fahrradfahrern ohne Licht! ,Du hast mich umgefahren, du Sau! Ich bin jetzt tot und du schuld. Sieh zu, wie du Zeit deines Lebens damit fertig wirst.' Die kratzen ja lieber die Kurve, als mal nach ihrem Licht zu schauen!"

„Die Kurve kratzen… Ah, das hat mal einer zu mir gesagt, ein Fahrgast, irgend so ein christlicher Mensch vom Caritasverband."

„Na, das hört sich ja nicht gerade besonders christlich an!"

„‚Tun Sie mal nach links die Kurve kratzen!' – eben! Das habe ich dem auch gesagt, ‚Sie drücken sich aber auch nicht besonders katholisch aus. Das heißt', hab' ich dem gesagt, ‚biegen Sie bitte nach links ab, mein Sohn, wenn dies so der Wille des Herrn ist!'" Er lacht, sein linkes „Unter den Talaren, der Mief von tausend Jahren"-Lachen. „Der Gläubige bleibt wider der Sünde fest – erst wenn der Pfaffe seine Pfründe lässt!"

„Der spricht so hochdeutsch", Ekke kennt Heinrichs politische Meinung sattsam und mustert lieber jemanden am Nachbartisch, dessen Stimme weit trägt, „kommt wohl aus Hannover."

„Die Hannoveraner machen sich breit in Deutschland. Erst der Schröder…"

„Der Gerd soll nicht so traurig sein, wegen seiner schlechten Umfragen. Er kann immer noch als Elmar-Brandt-Stimmenimitator tierisch Knete verdienen."

Der Hannoveraner erzählt seinem Gegenüber etwas aus dem Fernsehen und nebenbei, dass er selber keinen Fernseher hat.

„Ich habe auch keinen Fernseher, damit ich den Leuten erzählen kann, dass ich keinen habe", kommentiert dies Heinrich halblaut.

„Ich will ins Fernsehen und endlich mit Kakerlaken überschüttet werden."

„Du bist Taxifahrer, Ekke. Wie willst du denn ins Fernsehen kommen? Etwa so: ‚Leben nach meiner Gehirnamputation!' Die neue Reihe von RTL! Heute: ‚Ich falle niemanden zur Last und übe einen Beruf aus – halt den, den ich kann!', oder was?"

Er seufzt. Er ist im Fahrwasser „keine Lust mehr auf den Job" angekommen, eine häufig frequentierte Schifffahrtsroute des Dampfers seines Lebens. „Ich bin's so leid, Ekke. Da warst de' dein ganzes Leben lang links und hast dich eingesetzt für andere Leute und warst politisch aktiv und was hast de' davon? Jetzt sitzte im Taxi und siehst diese ganze Generation ‚Abzock' um dich herum, Generation ‚Golf ist mir zu poplig, ich will gleich 'n Benz', diese ganze Scheißegal-Gesellschaft, diese ganzen Westerwellen und kriegst das Kotzen." Er reibt sich müde die Augen. „Abzocken, *das* Schulfach, nicht nur seit Pisa. Qualität hat seinen Preis, das war doch mal. Die Bastler und Tüftler, die das Land aufgebaut haben, die keinen Feierabend gekannt haben, kein ‚mach schnell, ich könnt ja was im Fernsehen verpassen', sind jetzt nicht mehr angesagt. Deutschland geht vor die Hunde, wenn diese ganzen MTV-Zapper ans Ruder kommen. ‚Schnell, schnell, quick, quick, mal 'n Quickie zwischenrein, hey, lass uns doch mal innen Donalds gehen hinterher'. Schon wie die erzogen worden sind, alle. Mensch, ich hab noch eins in die Fresse gekriegt, damals, wenn ich zu laut im Treppenhaus gewesen bin, nicht das ich diese Zeiten wieder haben will, aber…" Er schnieft. Ekke beschließt, nebenbei etwas im Untergrundblatt zu blättern, wenn der Heinrich in Fahrt ist, merkt der das nämlich gar nicht. Und jener, mit seinem manisch mäandernden Mund-Marathon, ist ein gewaltiger Redner.

„Leute, wisst ihr, was ich mir überlegt habe, wenn ich mal einen Sohn haben werde? Also, dass ist so phänomenal, dass ich jedem davon erzählen muss, na logo!" Heinrich wendet sich an ein imaginäres Publikum, das gewaltige Redner immer in der Tasche mitführen, nach Belieben aus- und einpacken können. Der Dampfer seines Lebens hat das vorherige Fahrwasser hinter sich gelassen und nimmt nun volle Fahrt auf, Richtung „Erziehung im Neoliberalismus" – eine Parodie! „Passt auf, ich werde ihm eines dieser bescheuerten modernen Namen geben, die auf -as enden und sich jeder merken kann, weil sie einfach so bescheuert sind, also Jonas, Niklas oder Lukas, und dann werde ich ihm sagen: Jonas oder Niklas oder Lukas, was ist die wichtigste Sache auf der Welt für dich und deine Zukunft? Richtig, dass du ein erfolgreicher Wirtschaftskapitän, Rockstar oder Wissenschaftler wirst. Und wie erreichst du das? Richtig, indem du lernst keinen Funken Rücksicht auf all die Loser um dich herum zu nehmen! Rücksichtnahme ist nur was für die Schwachen, werde ich ihm sagen, also merk dir das. Mach einfach ein Riesengebrüll um jeden Furz, der dir quer liegt, und du wirst merken, wie du in der Achtung der Menschen steigst. So, und um ihn dann in diese Richtung zu erziehen, in die ich ihn haben will, also das er es lernt nicht zimperlich zu sein und auf all die schwachen frustrierten Menschen um ihn herum unnötig Rücksicht zu nehmen, werde ich ein Sofortprogramm starten. Jonas oder Niklas oder Lukas, werde ich sagen, hier fangen wir jetzt an. Hier in diesem Treppenhaus. Lerne es fest aufzutreten, um dir Respekt zu verschaffen. Lerne es im Treppenhaus zu schreien und zu brüllen, ganz nach Herzenslust, denn es hallt sehr schön und du wirst sehr viele Menschen damit erreichen, und sie werden von dir Notiz nehmen, so wie es in deinem späteren Leben, wenn du erfolgreich sein wirst, auch passieren wird. Dann werde ich mir eine schön tierisch laute Dreiklangklingel installieren lassen, nicht so eine kaum hörbare Loser-Schnarre, wie *ich* sie jetzt noch habe, damit also mit jedem mal klingeln gleich drei laute markante Töne zu hören sein werden, wie es dir, der zukünftigen heiligen Dreifaltigkeit auch zusteht, und werde dich dann ermutigen nach Herzenslust auf die Klingel zu drücken. Denn du sollst alles tun und lassen können, wonach dir ist, merke dir das." Er hat wahrgenommen, dass Ekke ihm nicht zuhört, sondern im Blättchen blättert und nimmt es ihm einfach aus der Hand. Ein Klassenkämpfer versteht es, sich Respekt zu verschaffen.

„Heinrich, du §$%&/! Was ist das? Üben für den Fettnäpfchen-Dreisprung?", protestiert Ekke.

„Ekke, du warst schon mal witziger, oder besser gesagt, deine Pointen waren schon mal passender."

„Gleich gründe ich meinen eigenen Inselstaat und lebe vom Verkauf meiner Briefmarken an zwanghafte Sammler, wenn das hier so weiter geht mit dir, du Stadt-Guerillero, du grausamer! Hast du Tempos?"

„Nein."

Ekke nimmt eine Serviette, faltet sie fein säuberlich und manierlich auseinander – und schnäuzt sich dann hinein. Tempos hat er selber nie, dazu ist er immer viel zu chaotisch. Das war schon früher so, in der Schule, dass er sie sich von den Mädchen hat ausleihen müssen, die hatten immer welche, genauso wie Poesiealben und anderen Mädchen-Krimskrams.

Zwei Säufer laufen am Café vorbei, die Einkaufswagen voller Alk vor sich her schieben, sich daran festhaltend, wie Omis an ihren Rollatoren.

Das Gras, immer noch braun vom Super-Sommer, ist bedeckt mit bunten Blättern, Veronika, der Herbst ist da. Von hinten dröhnen diese überdimensionierten Föns, die sich die Gehwegreiniger vor ihre Bierbäuche halten, damit sie sich nicht mehr bücken müssen.

„Ekke, als die Laubbläser aufkamen wusste ich, dass es keine Hoffnung mehr für die Menschheit gibt. Die Gesellschaft wird an Bequemlichkeit, Dreck und Abgasen ersticken. Irgendein Schlaumeier kalkuliert, dass es so ein ganz klein wenig schneller geht, also kriegen jetzt alle Tinnitus, die auf den Gehwegen dran vorbeigehen, deswegen."„Hainrich, es ist Herbst, mach hier keine miessä Stimmung. Denk mal an die Geschäftslage. Wie soll das denn hier alles noch weitergehen?"

Es gibt verschiedene Herangehensweisen an ein Problem. Ein Richter setzt seine Autorität ein, ein Ingenieur tüftelt und macht solange bis es passt – und ein Taxifahrer stellt sich hin und wartet, irgendwann geht's schon mal weiter.

„Ach was", gibt der rote Heinrich zurück. „Wir werden einfach mal schauen, vertrauensselig bis zur Blödheit, wie wir nun mal sind."

14. „Anke, alle Männer starren dich an!"

Anke steht vor dem Spiegel, in ihrer ganzen nackten üppigen Schönheit, und bürstet sich die blonden Haare. Paul betrachtet sie durch ihre Augen.

„Ich habe erst kürzlich wieder in der Zeitung gelesen von diesem ‚Körper ohne Seele', so nennen sie ihn." Sie verbalisiert ihre Gedanken laut, während Paul rein gedanklich antwortet. Sie ziept mit der Bürste durch eine verklebte Stelle, ihr Busen wippt. „Vielleicht könnte uns das weiterhelfen."

„*Anke*", Paul schaut noch mal genau hin, „ *du musst mal wieder zum Frisör, deine Haare liegen nicht mehr richtig.*" Entsetzt schweigt er für einen Moment. „*Mein Gott, habe ich das eben gedacht? Ich muss hier raus, ich fange immer mehr an wie eine Frau zu denken!*"

„Stimmt, daran hast du früher nie gedacht. Besonders nicht, wenn du mich nackt gesehen hast."

„*‚Körper ohne Seele', das hört sich gut an! Besonders für eine ‚Seele ohne Körper'! Aber meiner kann es ja nicht sein, der ist ja immer noch schwer im Einsatz!*" Paul ist immer noch nicht darüber hinweg.

„Erzähl mir doch mal genau, wie es dazu kam, dass du deinen Körper verloren hast, du hast vorhin nur so ein paar Andeutungen gemacht."

Er räuspert sich gedanklich, sucht nach Worten.

„*Tja, ich weiß nur, ich bin in diesem Zenkloster in Nepal, das auch Westeuropäern offen steht. Obwohl sie da ja normalerweise nicht so erbaut davon sind, dass da Sinnsuchende von überall herkommen und sich dann im Kloster aufhängen, weil sie gemerkt haben, das ihnen das Meditieren auch nicht so ohne weiteres aus der Krise hilft. Ich bin also am in mich gehen und merke auf einmal, wie meine Seele doch tatsächlich den Körper verlässt. Wow, denke ich, das klappt ja prima, kaum angefangen mit meditieren bin ich schon der Oberguru, der allen was vormacht, schwebe da so herum, durch den Himalaya und weiter... und merke, wie mich etwas anzieht und das warst du. Und ehe ich mich's versehe, lande ich in deinem Körper. Es ist, als käme man dann dahin, wozu man eine besondere Affinität besitzt. Deshalb ist auch wohl mein Körper bei dir... bei uns aufgetaucht, wahrscheinlich hat er seinen Träger unbewusst hergesteuert.*" Das hört sich alles ziemlich abenteuerlich an für Anke, aber was war nicht abenteuerlich die letzten Stunden?

„Deshalb standest du... ich meine, dein Körper, auf einmal da... vor der Türe von diesem Psychologen..." eine ganze Menge schmerzhafter Erinnerungen werden in ihr wach, auch das sie manchmal... „weißt du Paul, ich habe manchmal den Eindruck, der ist mehr an mir selber, als an meinen Problemen interessiert."

„Ganz sicher ist er das. Er lächelt mental. Aber wer ist das nicht, Anke?" Er bemächtigt sich ihres Mundes – und küsst ihr Spiegelbild.

Der Kuss ist kalt.

„Laß uns nach diesem ,Körper ohne Seele' schauen, Anke, vielleicht bringt uns das weiter. Ich glaube, dass ich wirklich nicht mehr viel Zeit habe. Vielleicht gehe ich auch einfach in dir auf und es bleibt gar nichts mehr übrig von mir, vielleicht ist eben das das Ende, was mir vorherbestimmt ist, anstatt irgendwo im Weltraum zu verschwinden."

„Paul, was redest du!" Sie fängt an sich anzuziehen. Er kramt derweil in ihren Erinnerungen. Aus irgendwelchen Gründen hat er Zugriff zu Informationen, derer sich Anke selber gar nicht bewusst ist.

Ich wäre der ideale Therapeut, ich kann in ihrem Unterbewusstsein wühlen wie... Er versucht den Gedanken geheim zu halten, es misslingt, löst Diskussionen aus wie: *„Anke, du bist ein psychisches Wrack, aber ich liebe dich...*"

„Paul, vielleicht tust du doch besser bald aus meinem Kopf verschwinden!"

Jedenfalls hat er bald die genauesten Informationen.

„Im Schwarzwald soll er sein, in einer Privatklinik? Und hast du auch eine Vorstellung, wie wir zu ihm können? Ich glaube nicht, dass da Krethi und Plethi Zutritt hat. Vielleicht kannst du ja jemanden becircen." Anke zieht sich an.

„Dann darfst du mich aber nicht dabei stören, beim becircen."

Anke hat kein Auto. Sie läuft zum Bahnhof, nach einer Verbindung schauen.

„*Anke!*", meldet sich da Paul auf einmal.

„Ja?"

„*Alle Männer starren dich an!*" Sie kann sich ein Lächeln nicht verwehren. Ein Mann dreht sich hoffnungsvoll nach ihr um.

„Paul... das ist nichts wirklich Neues für mich." Der Mann läuft enttäuscht weiter. Eine Spinnerin. Eine von den vielen Spinnern Freiburgs. Aber eine wirklich hübsche Spinnerin. Er muss sich doch noch einmal nach ihr umdrehen. Paul bemächtigt sich ihrer Stimme: „Sie da, hören Sie auf mich anzustarren!"

„*Paul, nun lass ihn doch*", sendet sie ihm einen scharfen Gedanken. *Der war doch harmlos. Was meinst denn du, was ich schon so alles erlebt habe.*"

Zu der irgendwo sehr lieblich im Schwarzwald gelegenen, jedoch nicht allzu weit von Freiburg entfernten, exklusiven psychiatrischen Privatklinik fährt weder Bus noch Bahn. Sie nimmt ein Taxi.

Der Fahrer ist vielleicht Fünfzigjährig, schlank, gut aussehend und ausgesprochen sympathisch. Vor allem hat er eine unheimlich ruhige und warme Ausstrahlung, bei der sich Anke sofort geborgen fühlt. Wer weiß, wenn Paul nicht wiedergekommen wäre...? Sie erzählt ihm natürlich gleich, dass sie auch lange Taxi gefahren ist.

„Ja...", antwortet er bedächtig, hat dabei die Verkehrslage jederzeit unter Kontrolle, lässt den Satz aus sich herausströmen, wie ein behagliches Seufzen, „Taxifahren ist nicht leicht. Aber... es kann auch eine große Chance sein."

Als sie da sind, bietet er ihr an, kostenlos und unverbindlich, auf sie zu warten, in dem er, damit er wieder ein bisschen zu sich selber kommen könne, sich in der Umgebung ein wenig die Füße vertritt. Falls sie in den nächsten Stunden wieder zurück wollte, müsste sie ihn dann nur über Handy anrufen. Sie akzeptiert dankend.

Sie findet den Block vier auf Anhieb. Der Zugang zum ‚Körper ohne Seele' ist aber erst mal versperrt. Haus drei ist nämlich nicht zugänglich.

Es ist umlagert von einer Horde Journalisten.

15. Just like a young girl should!

„Geben Sie dem Fahrer Trinkgeld, bis er anfängt zu lächeln. Wenn er über beide Backen strahlt, haben Sie es übertrieben." Bukenkötter geht zum Kühlschrank. „Auch ein Bier, Mädel?" Er bringt ihr eins, ohne die Antwort abzuwarten, öffnet beide Flaschen routiniert mit dem Feuerzeug und lässt anschließend gurgelnd eine halbe Flasche in einem Zug in seiner immer durstigen Kehle verschwinden.

Sweetie und er haben einen sehr netten Nachmittag miteinander verbracht. Sie war sofort bereit gewesen, sich mit ihm zu treffen, als er sie angerufen hatte und hatte auf das Lieblichste gelächelt, als er irgendwann den Vorschlag machte, bei ihm daheim ein Bierchen zu trinken.

„Biste eigentlich auch schon mal wo anders Taxi gefahren, Carl? Ich meine im Ausland oder so? In New York wär' doch cool!"

„Hab ich mir schon überlegt." Seine Stimme nimmt den Tonfall „du stellst dir alles zu leicht vor" an. „Da geht es aber anders ab als hier. Hab mal was in einem Reiseführer darüber gelesen, die haben einen Bericht gebracht, über einen New Yorker Taxifahrer. ‚Kannst du nicht aufpassen, du Krüppel?', hat der jemandem nach geschrieen, als der sich nur fluchend mit einem Satz vor ihm auf den Gehsteig hat retten können – *vom Zebrastreifen aus!*"

„Also, ich find das ja *so* cool, den Job!" Bukenkötter lächelt nachsichtig. Ist sie nicht total süß, die Kleine? So hat er auch mal gedacht, vor dreißig Jahren. „Erzähl mir doch ein bisschen, Carl."

Sie sitzt bei ihm auf dem Sofa, ihre Knie berühren sich. Er erzählt ihr von gestern.

So am Spätnachmittag, da hatte er eine Frau, so um die Fünfzig, gefahren, die nach Obstler gerochen hat, so weit er das bei seinem eigenem chronischem Fuselatem beurteilen konnte. Zum Friedhof wollte sie, nach einem Grab schauen. Sie hatte den Arm im Gips und wehleidig gemacht, bis er ihr angeboten hatte, mit zu gehen und vielleicht zwei, drei Unkräutchen zu zupfen, falls erforderlich. Sie war darüber sehr dankbar, hatte ihn ein wenig mit dem gesunden Arm getätschelt und sich dann bei ihm eingehakt, als sie über den Friedhof gelaufen sind, natürlich nur weil sie so schlecht zu Fuß war. Das Grab war nicht weit weg und machte einen etwas ärmlichen Eindruck, nur wenige, kärgliche, vereinsamte Pflanzen waren darauf zu finden, also war auch nicht viel daran zu machen.

Die Frau stand vor dem Grab, mit ihrem Taxifahrer im Arm, und schaute eine Weile. Dann wandte sie sich wieder zum Gehen.

„,Wir können gehn, mehr ist er nicht wert gewesen', hat sie gesagt."

„Und wolltest du nichts von ihr, Carl? Ihr hättet doch sicher gut zueinander gepasst!" Er gibt ihr einen Klaps.

„Pass bloß auf, Luderchen!" Er prostet ihr zu, sie trinken. „Willst du noch eins?", er geht noch mal zum Kühlschrank, bringt erneut zwei Flaschen. „Ich füll' dich jetzt ab, dann bist du wehrlos."

„Du hast eine schmutzige Phantasie, Carl. Erzähl weiter."

„Was soll ich dir erzählen? Das kannst du alles in meinem Buch nachlesen: ,Dreck-Job!'" Sie schmollt, das macht sie unwiderstehlich. „Kennst du den Witz mit dem Metallzeitalter? Vor kurzem hab' ich 'ne alte Frau gefahren, die hat mir dann 'ne Büchse mit Geld entgegengestreckt, aus der ich mir was nehmen soll, die hat das nicht mehr geblickt. ,Wenn man schon zum Fallobst gehört!' hat sie gesagt. Und dann hat sie mir den Witz erzählt: Alte Leute sind im Metallzeitalter. Silber in den Haaren, Gold im Mund und Blei im Arsch!"

„Na, Arsch hat sie wohl nicht gesagt."

„Nein, aber ich sag das jetzt!", er versucht sie auf den Po zu klapsen, sie wehrt es ab.

„Laß mich, du... du Metallzeitaltertyp! Und erzähl weiter."

„Ich erzähl dir mal, wie es so läuft in diesem Job. Pass auf. Eben erst liest man noch in einer dieser Kladden, die da kursieren, immer regelmäßig aufs Neue aufgelegt, bezüglich positiver Einstellung dem Job gegenüber und wie wichtig dass doch für alle ist, blabla, und dann gerät man von einem Moment auf den anderen in die haarsträubendsten Situationen, die eben nur das Leben schreibt und nicht einer vom Taxiverband. Kapiert soweit?"

„Volle Scheckung."

„Ok. N' Besoffener, Typ aggressiv, steigt ein. ,Fährsch los oder nicht?', sagt er gleich als erstes, weil er merkt, dass ich ihn schräg an schau. Merk dir Süße..."

„Sweetie, nicht Süße."

„Ok, Mädel. Also, merk dir, wenn dir einer so kommt, kannst ihn gleich rausschmeißen, wenn de'n noch überhaupt alleine rauskriegst. Weil dann merkste gleich, dass ist einer von der aggressiven Sorte. Gut, er pennt dann ein, während dem man halt fährt und Sorgen hat wegen Kotzen und so. Zwischenrein murmelt er was von: ,He, bin halt jetzt b'soffe, ok, was soll's.' Dann fängt er an, Mädel, ich sag's dir, zirka dreißig Mal zu niesen. Hintereinander, ja! dreißig Mal! Das war vielleicht eklig. Und dann fragt er auf einmal: ‚Warum ist es 'n hier so hell?' Hey, da sag ich ihm: ‚wahrscheinlich liegt es daran, dass du jetzt schon am Nachmittag besoffen bist, nicht erst nachts wie sonst.' Aber er pennt weiter. Dann kommen wir in Bollschweil an und ich weck ihn. Aber der ist erstaunlich wach, als er geweckt wird! Da siehst du mal, was zehn Minuten Schlaf ausmachen. Zuckt hoch, sagt: ‚Bollschweil? Aaalles klar!', und dann, pass auf: ‚Jetzt gehen wir noch was trinken!' Weißte, dann machen sie immer noch einen auf weltmännisch, hier, der große Max, der den Taxifahrer einlädt und so weiter. Aber nur um ihn dann besoffen vollzulabern und gleichzeitig hintenrum dumm anzumachen. Denn er hat ja noch nicht gezahlt und du wart'st ja noch auf deine Kohle und kannst es dir nicht leisten, mit ihm Stress zu kriegen. Dann erzählt er dir von seinen tierischen Problemen und verrät damit, dass er sich einerseits genauso jämmerlich hängen lässt, wie er auf der anderen Seite den Zampano macht."

Bukenkötter nimmt einen tiefen Schluck und widmet seinen Blick gedankenverloren ihrem niedlichen kleinen rechten Busen. Dem er weiter erzählt: „Dann will er wieder zurück nach Freiburg. Und in Freiburg will er wieder zurück nach Bollschweil, die ganze Zeit hat er aber noch nicht bezahlt. Weißt du was, Süße, um was es dieser armen Sau wirklich nur geht? Es geht ihm nur um Macht, Macht, Macht, ja? Der Taxifahrer ist sein Besitz auf Zeit, ein Mensch, den er sich kaufen kann, damit er ihm für sein verpfuschtes Leben eine gewisse Weile zur Verfügung stehen kann. Nee, weißte, ich halt' ja nichts von Leuten, die immer zum Nervendoktor rennen, aber solche Leute, die sollten da wirklich mal *dringend* hin!"

Bukenkötter ist derweil näher gerückt und hat angefangen mit einem Finger auf ihrem nackten Arm zu spielen. Sie wehrt ihn spielerisch ab. Ein Mädchen muss lernen, Schwein zu sagen.

„Sag mal, du schluckst ja auch ganz schön was weg, Carl!" Bukenkötter ist schon bei der dritten Runde Bier.

Aber Sweetie hat mitgehalten, wenn sie auch schon einen ziemlichen Schwips hat.

„Ich kann das ab, Mädel."

„He, nenn mich nicht immer Mädel, ich sag doch auch nicht Opa zu dir!" Bukenkötter hat das erst mal zu schultern.

„Du gefällst mir, Mädel!"

„Bukenkötter", erwidert sie, um ihn zu kränken. „Das ist ein lustiger Name."

„Klar, das ist, weil ich immer Buken köttere, morgens auf dem Klo", er pupst, passend. „Ups."

„Iiih!"

„Sorry, Mädel, die Blähungen…", er wölbt seinen Wanst (konvex der Bauch, konkav der Nabel), in ihr Blickfeld, „aber das ist nur Pressluft, für meinen Hammer." Bukenkötter ist sich nie zu schade für Plattheiten.

„Und was hämmerst du denn so", fragt sie, liebreizend lächelnd, ein Bein dabei aufstellend, „hässliche alte Frauen in deinem Alter?" Sie sitzt so, dass sich nun bei ihr alles durch die enge Hose abzeichnet.

„Da ist schon mal ein junges Mädel wie du dabei." Bukenkötter bekommt Stielaugen. Das Verformen der Augäpfel macht ein leise quietschendes Geräusch.

„Hey, vergiss es", sie setzt sich schnell anders hin, „mit mir nicht, du alter Bock. Ich kann ja gehen und du kannst es dir dann auf deine Teenieheftchen-Sammlung machen!"

„Brauch ich nicht, ich hab' ja dich noch in frischer Erinnerung."

„Erzähl weiter und pups hier nicht rum."

Was findet sie an diesem alten Sack, denkt sie. Ist es seine herbe Männlichkeit, die ihn auf hässliche Weise schon wieder schön macht, die sie antörnt? Ist es diese Mischung von Gammligkeit und Schnoddrigkeit? Dass er irgendwo auf eine Art total cool ist? Dass er dreißig Jahre älter ist als sie? Oder genießt sie es, wie er sie immer wieder so anschaut, dass sie das Gefühl hat, er, der niemals einer Frau ganz verfallen würde, wäre nur eine Marionette an ihrem Faden?

„Abends hab' ich mal 'n Menschen, der aus dem Krankenhaus entlassen wurde, zu einer Adresse gefahren, die er mir genannt hat. Da er Gepäck dabei hatte, bin ich mit ihm hoch gegangen. Der wollte aufschließen, aber der Schlüssel passte nicht! ‚Hat die doch tatsächlich das Schloss auswechseln lassen!', hat er gemeint. Dann ging es noch in seine Stammpinte."

Er holt neues Bier.

„Ist das nicht total cool?", ruft sie ihm nach. „Das ist doch das, was richtig fetzt am Taxifahren! Du fährst da jemanden, den du nicht kennst und zack – erlebst du so eine endkrasse Sache in seinem Leben live mit. Überleg dir mal, da hat der Zoff mit seiner Alten gehabt und die schmeißt ihn raus! Coool!" Kranke Beziehungen, kaputte Menschen, wie kann sie das cool finden? Bukenkötter hat die Schnauze so voll von all dieser Kümmernis um ihn herum, es hat ihn selber kaputt gemacht und sie findet das cool mit ihren zwanzig Jahren. Er pupst noch mal.

„Mensch, ich *geh* jetzt!"

„Freifrau von Muschipups... kennst du das schon?"

„Ich kenne nicht deinen ganzen Schweinkram."

„Du musst mir nach sprechen, das ist ein Zungenbrecher. Also, Freifrau von Fotzenfurz... sprech' das mal nach."

„Freifrau von Fotzenfurz... du bist wirklich ein widerlicher alter...", sie lacht trotzdem.

„Furzt Fotzenfürze... Freifrau von Fotzenfurz furzt Fotzenfürze!"

„Schon gut, schon gut!"

„Hast du eigentlich einen festen Freund? Lebst du mit einem zusammen?"

„Ich habe viele feste Freunde." Wie soll sie mit einem Mann zusammenleben, wenn doch dann das Waschbecken nach seiner Rasur aussieht, wie ein mit Mohn bestreutes Brötchen. Wenn er die Zahnpastatube liegen lässt, als hätte er gedankenlos eine gekochte Kartoffel in seiner Faust zerquetscht und dann versehentlich auf dem Badezimmer-Bördchen abgelegt, anstatt sie in den Kochtopf zu tun.

„Und scharfe Freundinnen hast du auch."

„Was soll *das* denn jetzt?"

„Na ja, ich hab' euch zwei ja gesehen auf der Tanzfläche, euch zwei Turteltäubchen..."

„Ach, das meinst du." Sie lacht glockenhell. „Du warst auch da, an dem Abend? Ach, das war doch nur so."

„Nur so."

„Ach, weißt du, wir Mädels..."

„Jetzt sagst du selber Mädel!"

„Ja, aber ich darf das, bei mir klingt das auch ganz anders." Sie boxt ihn, er fängt ihre Hand, spielt mit ihr. „Weißt du, wir Mädels sehen das nicht so eng mit der Zärtlichkeit. Ich meine, wir sind doch nicht verklemmt oder so, manchmal da ergibt sich so etwas halt."

„Und mehr..."

„Und... mehr. Manchmal schon, warum nicht? Aber ich steh schon auf Jungs."

„Auf Jungs? Oder auf... Männer?"

„Na ja, jedenfalls nicht auf Opas wie dich." Bukenkötter hält immer noch ihren Arm, sie ringen ein bisschen.

„Ich will dir mal was von einer Oma erzählen, von einer wirklichen Oma. Die hat immer ‚hmhmhm' gemacht, die ganze Fahrt."

„Hmhmhm?"

„Genau, die ganze Zeit. Und dann hat sie auf einmal gesagt: ‚O Gott! Jetzt muss i uff's Klo!' Und dann wieder hmhmhm, aber mehr als doppelt so schnell!"

„Hast du es noch rechtzeitig mit ihr zu einem Klo geschafft?"

„Doch hab ich. *Das* hat auch noch nie jemand bei mir in den dreißig Jahren gemacht, die ich jetzt fahre. Nur gekotzt halt, zur Genüge."

„Ouh ja, erzähl mal ein paar Kotz-Stories!" Sweetie ist schon ziemlich betrunken.

„Wo soll ich anfangen? Kriegs'te noch genug selber mit. Meinste, ich kann mir die ganzen Kotz-Stories von dreißig Jahren merken? Vor eine Woche erst, zum Beispiel, fahr ich vor die Wirtschaft, da seh ich schon, wie da einer aus dem Fenster kotzt. Aha, denk ich, wie praktisch, da weiß ich gleich, wer mein Fahrgast ist, brauch' ich doch gar nicht erst zu fragen. Aber gut, man weiß ja nie, ist besser noch mal zu fragen – tu ich das. Da machen die alle nur so und deuten mit dem Finger in seine Richtung. Dann sag ich natürlich: ‚Leckt mich doch' und bin ab. Der Wirt ist dann hinter mir her gerannt und hat noch blöd gemacht, wegen Beleidigung und so. Hinterher ist mir eingefallen, die haben das vielleicht gar nicht mitgekriegt, wie der da hinten rausreihert." Bukenkötter trinkt noch einen Schluck. Er trinkt zwar selber eine Menge, er verträgt das aber auch. „Oder neulich erst: ‚Wo kann man jetzt noch hin?' hat der mich gefragt, mit glasigem Blick und Kotze-Atem. ‚Na, heim ins Heia-Bettchen würde ich sagen!', hab ich geantwortet. He, da hat der sich auf den Pullover gekotzt und alles – und wollt' noch irgendwo hinziehen. Der ganze Pulli war flächig bedeckt mit einer Schicht angetrockneter Kotze. Ich hab nur Angst gehabt, dass der sich zu hastig bewegt und dass die Kotze abplatzt."

„Iiiih."

Er legt Musik von den Stones auf, dreht sie auf Hintergrundlautstärke.

Brown sugar, how come you taste so good...

„He, was hörst du da für Opamusik!"

„Ich war schon *dreimal* bei den Stones."

„Hast du beim letzten Mal deinen Enkel mitgenommen?"

„Das nächste Mal nehm ich *dich* mit, ich versprech's dir!"

„Carl...", sie lächelt ihn lieb und betrunken an, „vielleicht kriegst du ja heute noch, was du so willst... aber was Längeres mit dir? Nee. Ich werd' sowieso mal 'n reichen Mann heiraten und mein Geliebter, der ist dann Anwalt –Scheidungsanwalt." Sie nimmt einen Schluck. „Erzähl lieber weiter." Sie steht auf bei den Worten, er folgt ihr, fasst ihr neckisch an die gepiercte Nase.

„Piercing, dass ist das Allereinzigste, was eure Generation wirklich Neues bringt. Sonst habt ihr nichts drauf, was euch nicht schon mal irgendwie vorgelebt worden ist. Vor kurzem hab' ich so'n Maidli wie dich gefahren, in den Heuboden, wo der Geist schwach und das Fleisch willig ist. Die steigt ein, mit 'ner Pulle Bier in der Hand! Und lässt sich von mir die Flasche mit dem Feuerzeug aufmachen, da kann man als Mann ja nicht nein sagen. Sie erzählt, während sie trinkt, dass sie mal im Vollsuff jemandem das Taxi voll gekotzt hat! Da hat sie nicht einmal mehr herausbringen können, wo sie nun eigentlich wohnt. Der Fahrer fuhr sie zur Polizei und die erzählten ihr dort, dass da sicher noch mal was nachkommen würde von ihm. Aber der Typ war wohl so ein stiller Dulder. Jetzt hat sie immer Angst, dass der sich noch mal meldet. Eigentlich könnte *sie* das ja auch mal tun?"

„He, nachher war ich das noch? Ne, war nur Spaß."

„Und 'n anderer hat mal die Tür aufgemacht, um rauszukotzen – und ohne, dass er es gemerkt hat, ging alles in die Ablage! Als der die Tür dann wieder zugezogen hat, ist dem Fahrer die ganze Soße ins Gesicht geflogen!"

„Iiih!"

„Bist de' immer noch scharf auf den Job?" Er fasst nach ihr. „Nicht so scharf, wie ich auf dich!" Bukenkötter hat es immer drauf, Frauen mit Anzüglichkeiten auszuziehen.

„Lass mich!" Aber sie lässt es sich dann doch gefallen, dass er sie überall begrapscht.

„Weißt du was, die Leute fragen immer: ‚Ja?', wenn man klingelt, auch wenn man exakt zum Termin klingelt. Als ob ständig unangemeldeter Besuch käme oder so. Einmal hat eine zur Abwechslung gesagt, sie würde gleich runter kommen.

Das fand ich so gut, dass ich es der noch mal extra gesagt habe. Und weißt du, was eine mal gebracht hat, an der Sprechanlage? ‚Ich komme', hat sie gesagt und gleich darauf noch einmal ‚ich komme!'"

Er grinst lüstern. „Lustig, als wäre sie kurz vor dem Höhepunkt!"
Bukenkötter reibt sich an ihr.

„Lass mich, du geiler alter Bock!"

„Stehst nicht auf Männer, Fotzenleckerin?"

„Ts, selber Fotzenlecker. Hey, das war einfach nur Spaß mit dem
Mädel, einfach nur mal so..."

„Ich hab auch schon mehr Fotzen geleckt als du."

„Kannst du das denn auch?"

„Ich kann das sehr gut."

„Eine Frau kann das besser. Sie weiß einfach Bescheid, sie hat
einfach mehr Gefühl."

„Ich zeig dir das gerne, wenn du das nicht glaubst." Er küsst sie,
drängt ihr seine, mit Alkohol und Nikotin gegerbte, Zunge in den
Mund. Sie ist zu betrunken, um sich zu ekeln. Er fährt fort, ihr etwas
zu erzählen, wird dabei nur atemloser, küsst sie und fummelt an ihr
herum.

„Ich hab mal welche vom Hotel abgeholt, n' Mann und 'ne Frau,
,du das war toll, das machen wir bald mal wieder', sagt die zu ihm,
als er zuerst irgendwo ausgestiegen ist. ,Gruß an deine Familie!',
,Gruß an deine!', antwortet der!' Was meinst du wohl, haben die
zwei da gemacht, im Hotel, die ganze Nacht? Also, Familienfotos
werden sie sich wohl nicht gezeigt haben." Er greift ihr zwischen die
Beine, streichelt sie durch die Hose. „Bestimmt werden die zwei die
ganze Nacht *gevögelt haben*... Und genau das machen wir jetzt
auch." Sie entwindet sich ihm, geht auf die Toilette im Bad, lässt
aber die Türe offen. Bukenkötter folgt ihr, sie lässt sich nicht stören.
Ihr Blick fällt auf sein Bidet. Sie lacht albern und ziemlich
betrunken: „W-Was hast de denn da für'n kleinen
Zimmerspringbrunnen? Oder hätte ich *da* r-rein pinkeln sollen?" Sie
spült und dreht dann das Bidet auf, ihr Höschen hat sie gar nicht
mehr erst hochgezogen. Bukenkötter hat dringliche Platzprobleme in
seiner Jeans.

Die Stones spielen honky-tonk-woman, im Hintergrund.

I met a gin-soaked barroom-queen in Memphis...

„Das ist ein Muschiduschi, Mädel. Das ist das, was die Frauen
immer machen sollten, bevor sie ins Schwimmbad gehen, aber keine
macht. Wenn sie noch nicht mal duschen."

Er zieht endlich seinen Hosenladen auf, entblößt sich vor ihr, geht
ganz nah an sie ran.

100

„Weißt du, was ich die Frauen immer frage, wenn sie bei mir einsteigen wollen? Wo ist es Ihnen denn lieber, vorne oder hinten?"

She tried to take me upstairs for a ride...

„Sag mal, was machst du eigentlich, wenn du keine jungen Mädchen zum Anmachen da hast, so wie heute? Sitzt du dann auf der Parkbank und lockst kleine Mädchen mit 'nem Lutscher an?"

She had to heave me right across her shoulders...

„Kleine Mädchen haben doch immer gerne was zum Lutschen, oder? Komm ans Rohr, Mädel. Kein Schwanz ist so hart wie das Leben."

„Außer deinem, willst du doch damit sagen, hm?" Sie nimmt sein Ding in den Mund. Das ist wirklich der Höhepunkt des Tages für ihn.

Nicht nur des Tages, denkt Bukenkötter und entlädt sich zwischen ihre feuchten Lippen.

She blew my nose and later on she blew my mind.

16. Taxifahrer lesen keine Badische.

» Sie schaut in den Spiegel, in die Ruine ihrer Schönheit.

„Zerstört", murmelt sie. „Verdorrt ist die Blüte meiner Jugend." Sie bearbeitet ihr Gesicht, als wär's ein verfallener Garten, jätet hier, gräbt und wühlt dort – keine wesentliche Besserung. „Kein Mann wird mich je mehr anschauen wollen." Sie düngt, düsteren Blickes, mit einer Spezialcreme. „Ich werde wieder zu meiner Mutter ziehen müssen." Sie wässert, ohne jede Hoffnung, eine Trockenzone. „Ein Gesicht, das nur eine Mutter lieben kann."

Sie hat nicht mehr diese unkontrollierte Fressphase, oh nein. Es ist durchaus jetzt eine gewisse Phase der Konsolidierung ihrer Abnehmbemühungen vorhanden, durchaus erfolgreich, verbucht und versteuert und von dieser Warte aus kann sie doch, nun, vielleicht... bereits schon ein wenig sündigen. Ja, *sündigen,* so wird sie es nennen, so beschließt sie es zu nennen. Es beinhaltet durchaus einen richtig großen Schritt nach vorne getan zu haben, so dass man sich also fürs erste einmal getrost zurücklehnen und etwas verschnaufen kann. Sich etwas gönnen kann. Sich eine Kleinigkeit gönnen, als Belohnung sozusagen, für die *Großen Heldischen Bemühungen Der Vergangenheit.* Ihr Blick fällt auf einen Schokoriegel, der da irgendwie rum liegt.

Der Schokoriegel und seine Bedeutung für die Völker in Nahost. Der Schokoriegel und seine Bedeutung für die Menschheit als Ganzes.

Besser gesagt, im Speziellen, für *den* Teil der Menschheit, der hungrig ist. Also, der größte Teil. Sie zu mindestens. Meistens.

Der Schokoriegel als Sinnbild für unsere Gesellschaft. Ran an den Riegel. Nogger dir einen. Steck ihn dir rein. Steck ihn dir dann noch mal rein und zwar deinen Finger, ganz *tief* rein. Wenn dein Magen nicht allzu sauer ist und die Riegelreste noch nicht lange angedaut sind, dann umschmeicheln sie deinen Gaumen doch noch einmal. Oder du kannst es dir wenigstens so vorstellen. Sei doch nicht so phantasielos.

Der Schokoriegel liegt da. Irgendwie.

Irgendwie in ihrem Blickfeld. Ihr Blick fällt auf ihn, wie es in diesen Filmen moderner Regisseure immer so witzig dargestellt wird, er zoomt sich blitzschnell darauf und dann gibt es so ein lustiges kleines „Doing" oder „Sproing", so wie es eine Sprungfeder macht. Oder die Regisseure entscheiden sich, der noch größeren Plastizität in der Darstellung wegen, mehrere Zooms hintereinander zu schalten, so dass das Objekt ein paar Mal für einen Moment klein abgebildet ist und dann wieder, riesengroß, beinah an der Kameralinse anstößt. Auch hier gibt es immer lustige Pfeif- oder Sausegeräusche. Die Wirkung auf den Zuschauer ist enorm, so wie auch die Wirkung auf *sie* enorm ist.

„Sproing", macht der Schokoriegel und prallt von ihrer Netzhaut ab. Dann liegt er wieder bloß da, scheint aber auf eine ganz merkwürdige Art zu pulsieren. Oder erscheint, vielleicht auf eine verwunderliche Art von Lichtbeugung beruhend, größer als in Wirklichkeit? Ist es, weil er – eigentlich… leuchtet? Man meint gar, vielmehr sie meint, wenn das Licht ausginge würde er – fluoreszieren. Ruhig daliegen, auf seine eigentümliche Art größer erscheinen, und fluoreszieren.

„Iss mich", sagt er dann noch auf einmal, zu allem Überfluss, wie er so daliegt, unnatürlich groß und fluoreszierend. Ganz ruhig und sachlich und – irgendwie aber frech, als wäre es doch eine Selbstverständlichkeit, was er da vorschlägt. „Iss mich!"

„H-Hör mal, wie kannst du denn sprechen, du… bist doch nur ein Schokoriegel?"

„Laß das eben", sagt der fluoreszierende Schokoriegel betulich, „unser kleines Geheimnis sein, einfach so zwischen uns. Wir werden das niemandem sagen. Und jetzt", sein Tonfall wechselt eine Nuance, wird ein wenig strenger, „iss mich. Tu es. *Tu es einfach."*

„Aber…"

„Du, schau mal. Was kann es denn schaden? Oder anders ausgedrückt, du hast doch sowieso keine Chance bei den Männern, ob du mich jetzt isst oder nicht. Also tu es. Stell dir einfach vor", seine Stimme wird sanft und einlullend und verführerisch, „ich sei ein männliches Organ und du kannst an mir lutschen. Du kannst mich ganz tief reinschieben und an mir lutschen, einfach ganz so, wie du es gerne haben willst und es bleibt unser kleines Geheimnis. Niemand wird es je erfahren. Denn es wissen nur du und ich. Und mich isst du ja jetzt. *Jetzt.* Reiß mich auf. Zieh mich aus. Gönn dich mir. Sei kein Frosch."

Ihr Magen knurrt.

Wölfisch.

Der Mensch und der Wolf sind nicht weit auseinander. Der Mensch ist des Menschen Wolf. Nackt unter Wölfen.

Der Hunger frisst in ihren Eingeweiden.

Der Zweifel frisst an ihren Eingeweiden.

„Wenn ich esse, so hört wenigstens *ein* Teil auf an meinen Eingeweiden zu fressen. Das wäre doch immerhin schon mal ein Fortschritt." Sie stellt sich vor, wie sie die Spitze des Riegels mit der Zunge liebkost. Wie sie mit den Schneidezähnen ein winzig kleines Stück abbeißt. Wie es im Mund schmilzt. Wie der Schokoladengeschmack ihren Gaumen liebkost. Wie der Speichel zu strömen zu beginnt, in Bächen in ihrem Mund zusammenfließt und den Bissen Schokoriegel förmlich überschwemmt – *von dem sie sich jetzt doch tatsächlich einen ordentlichen Happen genommen hat.*

Sie kaut lustvoll daran, die zähe, schwere Schokolade mit Karamellfüllung klebt an den Zähnen, klebt an der Zunge, aber es tut so gut.

Es tut einfach *so* gut.

Ihre Kiefer malmen jetzt, kauen. Die Augen in ekstatischer Gier geschlossen, die gleichen Gehirnzellen stimuliert, die auch bei einem Orgasmus aufgeputscht werden, der Mund bereit zu schlucken, bereit noch mehr zu kauen, noch mehr zu schlucken, zu schlingen, zu mampfen und sich wieder zu öffnen, erneut zu beißen, zu reißen, zu zerfleischen –und wenn das alles getan ist, sich wiederum zu öffnen und einen lauten Schrei zu artikulieren: „Ich will mehr! Ich will mehr Schokoriegel! Ich will alle, alle verdammten Schokoriegel dieser Welt und ich – will – sie – jetzt!!" «

Alle applaudieren.

„Das ist aber mutig von dir, so über dich zu schreiben.", sagt einer. Ute lächelt verlegen. Aber über seine Probleme zu sprechen oder zu schreiben kann doch nur helfen.

„Vor allem die Stelle, mit dem: ‚Du kannst an mir lutschen!'" Bukenkötter wechselt einen Blick mit Sweetie, sie kichert. Er sitzt, nein, hängt grinsend und breitbeinig-zurückgelehnt im Sessel, wie Jack Nicholson in dem Alter, als er schon wirklich, wirklich alles erreicht hatte. Neben ihm hat er ein niedliches, vielleicht zwanzigjähriges Mädchen, das mit ihm Händchen hält.

Ute kann es nicht recht glauben, was sie da sieht.

Dieses süße, unschuldige Kind, sie hat es *getan*.

Diesem widerlichen alten Faun von einem Mann, diesem ewig lüsternen Satyr, sie hat ihm einen…

Sie schlägt einen unauffällig gehässigen Ton an: „Deine Tochter hast du auch mitgebracht, Carl?" Sweetie wird prompt leicht rot und lässt seine Hand los.

Die Taxifahrerzeitung hat sich etabliert, konnte sich sogar einen schönen Redaktionsraum mieten. Nachdem noch eine ganze Reihe von Namen heiß diskutiert wurden, wie „Gettitour", „Wartezeit", „Taxi nach Paris", „heißer Reifen", „mach keine Faxen, nimm halt ä Taxen!", heißt sie jetzt endgültig „Taxi ist Kult!" Ute und Martin sind fest dabei, sie planen „vielleicht noch mal was Richtiges" daraus zu machen. Die heutige Redaktionssitzung ist auch etwas Besonderes, denn auch die „Anonymen Taxifahrer" sind da und nehmen am Meeting teil.

Ute beherrscht sich wieder, mustert kurz die anderen Anwesenden. Neben ihr und Martin, dem kleinen Häuflein bekennender „Taxoholiker", Bukenkötter und der neuen Fahrerin namens Sweetie, sind Ekke und Heinrich da, Ole, ganz entspannt im Hier und Jetzt, wie immer und Zweiundvierzig x^2, wie ihn alle nur nennen, der Typ mit dem Mathetick (neben anderen Dingen, über die keiner so recht reden will).

„Wer will als nächster, Carl, du vielleicht?!"

Carl Bukenkötter fühlt sich wohl. Ein hübsches junges Mädel neben ihm und genügend Aufmerksamkeit. Jack Nicholson sackt noch etwas tiefer in den Sessel, grinst, wie in „the shining", grinst, wie bei der Oscarpreisverleihung und fängt an unnachahmlich cool und schnoddrig daherzureden.

„Leute, ihr habt ja alle mein Buch gelesen, ja, „Dreck-Job" und deswegen habe ich mich kurz gefasst, na ja, hab ja auch nicht immer so viel Zeit", er wechselt einen Blick mit seiner liebreizenden Nachbarin und allen ist klar, was er meint. „Ich habe hier: Billy, das Polizeikänguru!" Alle schauen erwartungsvoll, eingestellt auf Bukenkötters ätzend sarkastische Ergüsse.

„Todsicher hieß es ursprünglich mal ‚Bully', solange bis sich die humorlose Fraktion unter den Polizisten durchgesetzt hat, ist ein Aufkleber auf Polizeifahrzeugen und dient der Nachwuchswerbung." Er schaut sich spöttisch lächelnd um. „Ich habe mir gedacht: Warum machen wir nicht auch einmal so etwas? Schließlich", noch mal ein Seitenblick auf Sweetie, „geht uns ja auch der Nachwuchs aus. Fahrer und Fahrerinnen unter Vierzig, die auch in unserem schönen Lande geboren sind, gibt es ja so gut wie keine mehr. Denen ist allen der Job zu mies. Also machen wir auch einen Aufkleber. So wie Billy."

Er liest vor: „Billy – das Polizeikänguru. Warst du in der Klasse schon immer der Stärkste? Hast du hinterher immer die verprügelt, wegen derer die Klasse nachsitzen musste? Polizei – prügeln für eine gute Sache!" Er grient, fährt fort: „Häckserle, das Metzgerschwein. Warst du im Biologieunterricht schon immer fasziniert, wenn es ums Sezieren ging? Hat dir Nasenbluten *Spaß* gemacht? Metzger, dein Beruf – dein Hobby! Und jetzt kommt's: Depperle, das Taxiäffchen! Warst du schon immer damit zufrieden, der letzte Idiot zu sein? Hat es dir nie etwas ausgemacht, wenn um dich herum das Leben tobt – solange du nur sitzen, zuschauen, Madhefte lesen und Schokolinsen futtern kannst? Jetzt kannst du beides mit einander verbinden – fahr doch Taxi!"

Bukenkötter hat seinen Spaß, aber erwartungsgemäß wird sein Beitrag glatt abgebügelt. Martin hält, aufgebracht, eine kleine Rede und appelliert daran, bei allem Spaß und Humor doch auch daran zu denken, es sich nicht mit der Öffentlichkeit zu verderben, man wolle doch schließlich für alle schreiben und nicht nur für einen kleinen Haufen ausgeflippter Taxi-Chaoten. Er sieht auch Ekke streng dabei an und erlaubt ihm nur widerwillig, seinen Beitrag vorzulesen.

Ekke liest:

» Amerikanische Rekrutinnen – warum ungeschickte, hilflose süß lächelnde Häschen bevorzugt eingestellt werden – das Geheimnis wird gelüftet!

Das Drehbuch der amerikanischen Kriegsmaschinerie im Irak schreibt vor, dass ein Kontingent von hundert ausgewählten weißen, blonden, höchstens zwanzigjährigen amerikanischen Soldatinnen so über Brennpunkte des Einsatzgebietes verteilt wird, dass ihre Gefangennahme sehr wahrscheinlich ist. Sobald diese auch tatsächlich stattgefunden hat und eine Gefangene lokalisiert ist, wird sie von einer kernigen Elitetruppe befreit, die von einem Kamerateam begleitetet wird.

Sind die Aufnahmen nichts geworden, wird das Ganze eben nachgestellt.

Gelegentlich kommt bei diesen Befreiungen zu Pannen.

„Sir, sie haben die Rekrutin soundso gefangen. Sie ist so jung! Sie ist so blond! Sie ist so hübsch!"

„Und sie ist in den Händen dreckiger, stinkiger Iraker-Kanaken. Aber wir werden sie herausholen. Und wenn dabei das Blut so manch eines tapferen amerikanischen Helden die Erde dieses gottverlassenen, stinkigen Landes dieses Hurensohns Husseins tränken sollte!"

„Sir! Wir sind fertig zum Angriff."

„Was machen die Kameras, alles klar?"

„Alles klar, *Sir!!*"

„Bestens, und jetzt werden wir den dreckigen, stinkigen Iraker-Kanaken mal ordentlich Feuer unter dem Arsch machen. *Männer!*"

„Jawoll, Sir!"

„Feuer aus allen Rohren! Schießt die Scheiße aus ihnen heraus!"

Und so feuern die tumben, schafsköpfigen, kriegsfreiwilligen Ledernacken aus den Slums amerikanischer Großstädte sich die Rohre heiß, während gleichzeitig die sensiblen, ausnahmslos gegen ihren Willen zum Dienst gepressten, Iraker mit Hochschulabschlüssen vergebens versuchen, die Gefangene loszuwerden, denn sie wissen ja genau, was hier gespielt wird, es aber nicht schaffen, weil das Feuer zu stark ist. Verzweifelt warten sie auf die Gelegenheit, die Gefangene, die ihnen allen ans Herz gewachsen ist, die sie zärtlich lieben wie eine Tochter, unversehrt zu übergeben, aber die Gefahr für das Leben der Kleinen ist zu groß. Schließlich nutzen sie eine Feuerpause und fliehen, während sie sich noch warm und herzlich unter Tränen von der Gefangenen verabschieden und ihr alles Gute wünschen.

„Sir! Die dreckigen, stinkigen Iraker-Kanaken fliehen!"

„Das ist eine Falle. Aber wir werden trotzdem gleich stürmen, obwohl sie auf uns lauern, denn die andere Hälfte wird bestimmt gerade die Gefangene rudelvergewaltigen. Wir feuern noch eine Stunde lang und dann stürmen wir."

Und noch eine Stunde lang werden amerikanische High-Tech-Waffen im Wert von einer halben Milliarde US-Dollars abgefeuert, die Wüstensand aus der äußeren Befestigung der irakischen Stellung machen, dann stürmen die tapferen US-Boys, bis an die Zähne bewaffnet mit amerikanischer High-Tech-Infanteriesturmausrüstung – und zwischen den Zähnen Wrigley-Spearmint-Gum.

Die Gefangene ist natürlich tot.

„Sir! Die dreckigen, stinkigen Iraker-Kanaken haben sie umgebracht!"

„Filmt alles, Jungs – und dann ab damit zu George W." «

Applaus, Gelächter und harsche Kritik, natürlich von Martin, der sich letztendlich wieder durchsetzt. Auch dieser Beitrag wird nicht genommen. Ekke schmollt, zieht heimlich eine Spielzeugmaus auf – und lässt sie laufen. Es klopft. Der junge, zappelige Big-Shit-Reporter betritt die Szene!

Für einen Moment herrscht heilloses Durcheinander.

Der junge, zappelige Big-Shit-Reporter freut sich, dass hier so viele Taxifahrer aufs Mal versammelt sind, und hat seinen Auftritt.

Hochzufrieden verlässt er dann den Raum, diesmal hat er eine ganze Menge im Kasten, ohne dass einer blöd gemacht hat. Er kriegt nur später dann einen kleinen Schock, als er merkt, dass er vor lauter Zerstreutheit vergessen hat, ein Band in den Rekorder einzulegen.

Ute übernimmt nun wieder die Regie.

„Wir begrüßen heute herzlich die AT, die „Anonymen Taxifahrer", die eine öffentliche Sitzung hier bei uns abhalten möchten. Als erstes möchte ich den Dieter fragen, ob er uns noch seinen möglichen Beitrag für die Taxifahrerzeitung vorstellen möchte. Du hast uns ja deswegen gefragt, Dieter." Sie wendet sich an einen schmächtigen, unscheinbaren Mann, der ziemlich verlegen wirkt, aber sich offensichtlich auch sehr darüber freut, nun vorlesen zu dürfen. Er wird etwas rot, als er ankündigt, dass in seinem Beitrag ein klein wenig von ihm selber drin stecken würde. Aber dafür sei seine Gruppe, die AT; ja da, dass man sich auch über Dinge austauschen könne, die einem nahe gehen.

Er liest.

» *Auf dass dir eigene Kräfte wachsen.*

Ein kleiner Bub hatte lauter kleine Bubensorgen, mit denen er zu seinem Vater ging. Doch der wollte nicht mit ihm reden. Er hatte immer viel zu tun und keine Zeit für ihn.

„Es ist alles zu deinem Besten", sagte er ihm noch. „Glaub mir, du musst lernen mit allem alleine zurechtzukommen – auf dass dir eigene Kräfte wachsen."

Der kleine Bub lernte nun immer ganz viel für sich zu behalten und den Vater nicht mit seinen Problemen zu belasten.

Jahre später ging es ihm jedoch nicht so besonders. Er hatte das Gefühl die anderen Kinder wären viel fröhlicher und würden mit vielen Dingen viel besser zurechtkommen als er und würden auch viel mehr Liebe von ihren Eltern bekommen. Also ging er wieder zu seinem Vater und sprach mit ihm, dass er ihm nicht genug Liebe geben würde. Doch der Vater war wie immer sehr mit sich selber beschäftigt und hatte einfach keine Zeit für ihn.

„Du bist doch kein Mädchen. Wenn ich dich zu sehr mit Liebe verwöhne, wirst du richtig weichlich und weinerlich und wirst dich immer nur selbst bemitleiden. Du musst lernen stark zu sein und erst gar keine Liebe zu brauchen. Glaub mir, das ist alles zu deinem Besten – auf dass dir eigene Kräfte wachsen." So schluckte der Bub wieder alles herunter und beschloss nie mehr irgendjemanden irgendetwas über sich anzuvertrauen, weder seinem Vater, noch überhaupt einem Menschen auf der Welt, denn er wollte nun immer ganz stark sein.

Viele Jahre später wuchs er heran und wurde äußerlich erwachsen, blieb aber innerlich immer noch wie ein kleines, verstörtes Kind. Und er kam mit allem nicht so recht voran und litt so sehr darunter, dass er beschloss sich doch vorsichtig mit anderen Menschen auszutauschen. Er erfuhr nun, dass niemand es wirklich gut fand, wie sein Vater sich all die Zeit immer verhalten hatte und so wurde er zu einem zornigen jungen Mann, der beschloss seinen Vater endlich zur Rede zu stellen.

Doch der war schon alt und grau geworden und hatte nur noch wenig Lust über solche Dinge zu sprechen, die ihm nur kostbare Zeit rauben würden. Er sprach zu ihm, ganz ruhig und leise, denn er war ein Mann, der nie laut zu werden brauchte, weil er immer Recht hatte: „Glaub mir, Sohn, hör doch nicht auf das Geschwätz anderer. Die wollen alle nur ständig Probleme wälzen, anstatt wichtigere

Dinge zu tun. Du musst lernen stark zu sein und auf dich selbst zu vertrauen und nicht darauf, was andere dir sagen. Glaub mir, das ist alles zu deinem Besten – auf dass dir eigene Kräfte wachsen."

Und so nahm sich der junge Mann einen Strick und ging damit in den Wald. Er hat es nicht gelernt stark zu sein. Wie denn auch? Wie soll ein Motor denn Leistung bringen, wenn er noch nicht einmal läuft – weil der Anlasser gestreikt hat?

So sind ihm also doch nie eigene Kräfte gewachsen.

Aber – braucht man denn große Kräfte, um einen Knoten zu binden? «

Alle schweigen für einen Augenblick und sind offensichtlich berührt. Ute muss sich sogar ein wenig die Augen wischen. Dies ist der richtige besinnliche Rahmen für die anderen „Anonymen", um aufzutauen. Thema der heutigen Diskussion ist Suchtverhalten. Jeder soll bei sich erforschen, was ihn denn in die extreme Abhängigkeit vom Taxifahren gebracht hatte. Jeder stellt sich nun ein wenig vor. Wie den einzelnen Wortbeiträgen zu entnehmen ist, sind ganz schwere Fälle unter ihnen. Leute, die jahrelang zweiundsiebzig Stunden in der Woche und mehr auf dem Bock verbracht haben. Die gar kein Leben mehr, außer dem im Taxi, gehabt haben. Die meisten von ihnen sind selbständig, aber es sind auch Fahrer dabei.

„Wenn es regnete, konnte ich nicht mehr schlafen", gesteht einer, „sobald der Regen richtig runter prasselte, musste ich ins Taxi, egal ob Tags oder nachts."

„Ich rief zwischenrein immer wieder auf der Zentrale an, wie die Geschäftslage war. Lief gerade viel, habe ich es zu Hause nicht ausgehalten, egal ob ich schon zwölf Stunden an dem Tag gefahren bin oder nicht." Der das sagt, entschuldigt sich anschließend, seine Frau würde auf ihn warten.

„Bin ich mit dem Privatpkw gefahren, habe ich trotzdem immer nach den Ständen geschaut. Stand da kein Taxi oder haben vielleicht sogar Fahrgäste dort gewartet, ist mein Puls sofort auf hundertachtzig geschnellt."

„Ich konnte einfach generell nicht mehr schlafen, konnte einfach nicht mehr abschalten. So verbrachte ich all meine Zeit im Taxi, saß total zusammengekrümmt da und verlor jedes Gefühl für Zeit und Raum, jeden Bezug zu mir selber und zu irgendetwas auf der Welt, außer der nächsten Fahrt. Und wenn die nicht weit ging, brach für mich regelmäßig eine Welt zusammen. Denn das hieß, ich musste wieder anstellen und wieder warten."

Die Diskussion verlagert sich nun auf die Sucht als solches. Einer steht auf und entschuldigt sich, er wohne auswärts und müsse dringend auf den Bus. Im Türrahmen steuert er noch bei: „Um abzunehmen habe ich mir das Rauchen angewöhnt, um das Rauchen abzugewöhnen das Trinken, um das Trinken abzugewöhnen – das Arbeiten. Ich fand heraus, dass man in unserer Gesellschaft immer respektiert wird, wenn man viel arbeitet. Je mehr man arbeitet, desto mehr wird man respektiert, egal ob das, was man tut irgendeinen Sinn macht. Das Geld war gar nicht so wichtig für mich. Hauptsache, ich verbrachte viel Zeit im Taxi. Dann kam ich mir akzeptiert vor und hatte nicht mehr das Bedürfnis zur Flasche zu greifen. Doch ich weiß ja nun, wie hohl das ist. Es hat mich kaputtgemacht – aber noch ist es ja nicht zu spät." Er geht, sich nochmals höflich entschuldigend.

„Ich kam mir immer wichtig vor, in dem Job, immer im Mittelpunkt. So wie sich vielleicht der Chauffeur vom Bundeskanzler vorkommt, der meint, er sei der zweitmächtigste Mann im Staat. Dabei ist er noch nicht einmal so wichtig wie der kleinste Dorfvorsteher. Denn er ist beliebig austauschbar. Na ja, fast, man braucht ja schon zwei Jahre intensives Studium, um eine Mercedes Betriebsanleitung zu kapieren." Gelächter. „Aber alles, was er kann ist Autofahren. Wenn er mal keinen Führerschein mehr hat, fährt ein anderer. Das bringt doch keinen müden Hahn zum Krähen!" Er schaut auf die Uhr. „Oh, ich habe einen dringenden Termin, ich muss gehen!"

Alle Anonymen Taxifahrer hauen so nach und nach ab.

„Wo sind sie denn alle hin?", fragt Ute die Verbleibenden.

„Wohin wohl?", bemerkt Bukenkötter lässig. „Wohin denn wohl, wie bescheuert kann man denn sein, Ute?" Er tätschelt Sweeties Hand und grient. „Sie sind *Taxifahren.*"

Er gähnt. „Mir reicht's auch für heute. Komm wir gehen, Sweetie, ich hab da noch 'ne Stonesplatte, die wird dir sicher gefallen." Er zieht die kichernde Sweetie mit sich.

Zum Schluss sind alle weg, außer Ute und – Ole.

Ute sieht Ole an, einen ausgesprochen attraktiven, sympathischen Mann. Augenblicklich fühlt sie sich wie Dreck, wie eine hässliche, fette, aufgedunsene Schlampe.

Ole sieht Ute an. Er sieht eine Frau mit sehr weiblichen Formen, die mit sich überkritisch ist und gewöhnt ist, ihr Licht unter den Scheffel zu stellen. Er sieht ein großes verwaistes Herz mit viel Wärme und viel Platz darin.

110

Er sagt ihr das.
Sie antwortet ihm mit einem Kuss.

Kapitel 4

17. Rums –
Das Satiremagazin Titanic läuft auf einen Eisberg.

„Oh, gekotzt muss ich auch haben!" Heinrich kuckt an seinem Trainingsanzug herunter und dann auf seinen Besuch.

Ekke lacht. Der Heinrich sieht gar nicht fit aus, obwohl er einen Trainingsanzug an hat.

Der rote Heinrich hat immer so bestimmte Phasen. Mal frisst er wie ein Scheunendrescher und raucht und trinkt, als wäre ihm alles total egal, was über die nächsten fünf Minuten hinausgeht und dann stürzt er sich wieder genauso exzessiv in eine Gesundheitsphase, macht Sport bis zum Rausch, trinkt kannenweise Kräutertee und isst nur noch Salat.

Sein Verhalten erinnert ein bisschen an die Kampagnen im maoistischen China: „Lasst hundert Blumen blühen", zum Beispiel, oder „lasst hundert Drachen steigen", die sie da immer vom Zaun gebrochen haben. Ekke spottet dann immer gutmütig: „Lasst hundert Kräutertees brühen... Esst hundert krachend frische Feigen!", oder irgendetwas in der Art, denn alles, was der Heinrich da so strohfeuerartig für seine Fitness macht, verpufft letztendlich genauso wirkungslos, wie Maos Kampagnen es taten.

„Puh!", sagt der Heinrich und erzählt von gestern.

Da wollte er joggen gehen, aber kaum hatte er den ersten Schritt aus dem Haus gemacht, haben ihn ein paar Kumpels gegriffen und in die Kneipe gezerrt.

Ja, und dann haben sie ihn abgefüllt, Trainingsanzug oder nicht. Für die ist der Heinrich eben ein Kumpel, mit dem man gemütlich trinkt und mit dem man Spaß hat und da stört doch so ein Trainingsanzug gar nicht dabei. Seine Fitnessphasen nimmt sowieso keiner ernst.

Und Heinrichs letzte Erinnerung an den netten Abend gestern war, dass er dann um die Kloschüssel herum gewickelt sanft eingeschlummert ist.

„Jaja, jetzt freut sich der Heinrich erst mal auf sein Tässchen warmen Eiter." Heinrich hat eine große Kanne Kräutertee aufgesetzt, gießt Ekke ein und schlürft dann aus seiner eigenen Tasse.

Ekke denkt an ihre gemeinsamen Kneipentouren. Der Heinrich hat eine große Blase, da ist er schon mal in einem Vorteil. Als sie mal abends nach Hause gewankt sind, hat der sich noch an einen Baum gestellt. Das ging fünf Minuten, aber ungelogen! Heinrich bringt auch immer die verschärften Sachen. Neulich, nach Feierabend: „So, jetzt werd ich wohl nach Hause gehen!", hat er gesagt, doch dann sah er eine Flasche vor sich stehen. „Ach nein, ich hab mir ja grad ein Bier geholt." Mit seinem Bier hat er es, da ist er eigen, wahrscheinlich noch alte Ruhrgebietskultur. „Du klaust mir noch mal mein Bier!", mit diesen Worten ist er mal blitzartig aufgestanden, hat den Tisch umrundet, an dem alle saßen, seinen Gegenüber gepackt und an die Wand geworfen. So eine Behändigkeit traut ihm keiner zu, wenn er da so sitzt und gemütlich am Trinken ist, mit halbgeschlossenen Lidern. Aber wenn ihm einer sein Bier wegnimmt wird er zum Tier.

„Jaja, Ekke, erzähl mal einen Schwank aus deinem Leben." Heinrich sitzt da mit seinem befleckten Trainingsanzug und trinkt seinen Kräutertee, wie als hätte das alles so seine Richtigkeit.

„Was soll ich erzählen? Ist doch alles toll."

„Toll. Toll, toll."

„Toll-collect." Da macht es Klick beim roten Heinrich.

„Toll-collect, *das* sind die Ganoven, von denen wir alle lernen können! Abzocken im Großen, das musste machen, nicht so wie die kleinen Blöden, die 'nen Juwelierladen ausrauben und gleich 'ne Hundertschaft Bullen am Arsch kleben haben! Das Dumme ist, dass man denen so etwas nie nachweisen kann. Da hocken 'n paar Gangster in der Chefetage und denken, wenn wir den Auftrag so durchziehen, wie wir ihn bekommen haben, ist das'n Riesending. Aber der Staat kassiert ja doch wieder alles. Wenn wir uns aber dumm stellen, schaden wir zwar dem Image der Firma, kassieren aber richtig heftig Bestechungsgeld von der Transportgewerbemafia. Solange wir den Maut verhindern, kriegen wir fett Kohle, aber richtig fett. Und das Schlimme ist, jeder in diesem Land weiß doch, was für ein Wirtschaftskrimi da wieder gedreht wird, aber keinen regt das mehr groß auf. Wie in Italien, da sind wir langsam auch schon. BRD – ‚Berlusconi Republik Deutschland'!"

„Mit dem Berlusconi hast du's aber, Heinrich, ist der das denn überhaupt wert?"

Der Heinrich winkt abwehrend, steht auf und verschwindet für einen Moment. Als er wieder zurückkommt, hat er ein frisches Sweatshirt an und zwei Blatt Papier in der Hand.

„Was ist das?"

„Das ist mein Leserbrief an die ‚Titanic' von vor eineinhalb Jahren. Hab' ich grad herausgekramt."

„Liest du das Blatt auch, ich hab das abonniert!"

„Ich hab' das auch mal abonniert, Ekke, in den Achtzigern, als man es noch lesen konnte. Heute ist das nur noch dünne Suppe." Er reicht Ekke den Brief. „Hier, habe ich alles in ihrem fiesen Stil geschrieben, den die immer für ihre ‚Briefe an die Leser' verwenden. Damit machen sie ja immer irgendwelche Leute fertig, die gerade in der Presse waren. Ist ja ganz nett, aber das eine sag ich dir gleich. Die am meisten kritisieren, können am wenigsten einstecken!"

Ekke liest:

» *Danger comes quick, Titanic!* «

„CQD, Come Quick Danger, der alte Morsenotruf, vor Einführung des SOS! Ich hab das Ganze auf bildhaften Vergleich, zwischen dem Blatt und seinem Namensgeber, gemacht."

» *Diese Nacht wird es ungewöhnlich still im Nordatlantik – treibende Eisberge werden also besonders schwer zu erkennen sein!*
Als ehemaliger Abo-Leser (vor zwanzig Jahren) bin ich nicht gerade begeistert, was sich heute so bei euch tut. Inspiriert von den im Spiegel nachgedruckten Fußballerbildern (begnadet guter Einfall)... «

„Die hatten Fotos zusammengestellt, zum Sammeln, von allen deutschen Nationalspielern in Looserpose! Die Hände vorm Gesicht zusammengeschlagen oder anklagend in den Himmel gereckt oder auf Knien liegend in den Rasen beißend – zum Ablachen auf jeden Fall."

» *...und angelockt vom wirklich witzigem Titelbild des Maiheftes...* «

„Ein Gemälde von Sharon und Arafat, wie sie gemeinsam eine Tüte rauchen und drunter steht: ‚Titanic Friedensplan greift: endlich Ruhe im Karton!'"

*» ...ganz in der guten alten Tradition von: „Der Papst kommt"
und „Engholm-Badewanne-Barschel", erstand ich mal das Heft. «*

„Als der Engholm noch politisch aktiv gewesen ist, haben die mal
eine Fotomontage gemacht, mit ihm in der Badewanne liegend, und
zwar genau auf das Foto, das der Stern vom toten Barschel
aufgenommen hatte. Und ‚Der Papst kommt!' Das war doch mal das
Hammertitelbild, anlässlich des Papstbesuchs in Deutschland in den
Achtzigern, das sie gleich wieder einstampfen haben müssen. Der
Papst steht hinter 'nem Schaf, hat die Kutte hoch gerafft und das
Schaf mäht: ‚Der Papst kommt!' und der Papst ruft: ..."
„‚Ich komme!' Genau, genau, ich hab davon gehört!"

*» Nachdem ich über den Schock der Euroabzocke hinweg
gekommen bin (3.55 € - so viel kostete früher der Playboy und über
den konnte man länger lachen), suchte ich nun Niveau – und fand es
nicht.*
*Angetreten im Rennen der Großen wie „Simplizissimus" und
„Pardon" das Blaue Band zu erringen sinkt das Blatt nun schnell
über Bug und ist offensichtlich zu einem „Madheft" (lechz, gacker,
hechel) für in der Pubertät fortgeschrittene geworden. Man merkt,
wer für die im Rahmen der „Hinrichtungen und ethnischen
Säuberungen" (Zitat: der Chefredakteur im Editorial) der letzten
fünfzehn Jahren verlustig gegangenen Redakteure nachgerückt ist.
Die Handschrift der heute dreißig- bis vierzigjährigen
zappverwirrten MTV-Generation ist nicht zu überlesen. Zugegeben,
der Rückzug Birnes aus der aktiven Politik kann schon mal ein
Satireblatt ruinieren, aber es gibt doch noch Möllemann und, mein
Gott! Scharping! „Verarsch-mich-Rudi", die Lichtgestalt unter den
deutschen Satireopfern! Aber nein, die Verraabisierung der
Gesellschaft macht auch vor eurem Blatt nicht halt. Wie wär's denn
mit diesem Einfall: Auf der Titelseite von „Berlusconi-TV"... «*

„Da haben sie, und das fand ich den Hammer, einfach ein Foto
aus einem Porno genommen, einen ‚Comeshot', bei dem eine Dame
von zwei Herren, links und rechts, beglückt wurde. Über die Dinger
von den Typen haben sie Fotos von Mikrophonen montiert, aber die
Soße, die ihr in den Mundwinkeln hing, haben sie belassen!"
„Jaja, ich kenn das Heft, ich erinner' mich, fand ich auch
hammerhart!"

114

» ...echtes Sperma verwenden, dann kleben die Seiten so lustig zusammen!? Bei einer Auflage von hunderttausend schwer zu realisieren? Ach, kommt Jungs, legt euch doch ein wenig ins Zeug! «

Ekke lacht sich einen ab.

» Was kann und darf Satire? Sie kann eine Menge, sie darf aber eines nicht, nämlich langweilen. Bei all dieser Metzgersatire tut doch ein sachlicher Beitrag gut, wie der über den Spaßpiloten, Lebemann und Generalluftzeugmeister des Dritten Reiches, Ernst Udet.
Und auch Clodwig Poth fällt außer (geistiger) Onanie nichts mehr ein. «

„Ja, der brachte doch den Cartoon: ‚Im Knast war's gut, da hat wichsen Spaß gemacht, es ging nich' anders, aber draußen denkt man immer dabei, warum haste eigentlich keine Frau.'"

» Unterzeichnet doch eure Briefe an die Leser künftig mit: Endgültig im Meer versunken – die Titanicredaktion!
Man darf sich doch fragen, wie denn dann wohl das nächste Satiremagazin heißen wird. Wenn sich ein Teil der Redaktion dorthin zu retten vermag, kann der Titel doch wohl nur „Carpathia" sein. «

„Carpathia, das Schiff, das die Leute von Rettungsboote aufgenommen hat... ‚Vom Eisberg hämisch winkend' hast du unterzeichnet. Das ist gut! Wie war so die Reaktion?"
„Wie wohl, von einem Satiremagazin, das selber Opfer von Satire wird? Humorlos halt, ich habe zu mindestens nichts von denen gehört. Jaja, die Herrschenden lieben doch einen Clown, der ihnen einen Spiegel vor die Nase hebt, er muss nur wissen, wo sein Platz ist. Und herrschen kann auch ein Satiremagazin, wenn es Marktführer ist. Ich hatte auch einen kleinen Beitrag für die mit dabei, hatte da auch gehofft, das die die bringen, aber..." Er zieht den zweiten Zettel hervor. „Hier, ich les mal einen kleinen Ausschnitt."

» Er lebt sehr billig. Denn er kauft immer die aktuell mit Skandalen behafteten Lebensmittel, Pute, Eier, Nudeln,

Schweinefleisch, Truthahn, Fisch, genau wissend, dass diese kein bisschen besser oder schlimmer, als vor und nach dem Skandal sind – nur eben deutlich billiger. Es hatte schon damals angefangen, nach Tschernobyl. Da hat er sich extra eine Tiefkühltruhe angeschafft, für das ganze Zeug. Hirsch, Wildschwein – billig wie Dreck! Später dann Pilze. Was hat er nicht geschlemmt! Hirschgulasch mit Pfifferlingen und Cäsium! Leckere Becquerellinge. Mhhh! Und runter das Ganze, mit kistenweise Bier einer Brauerei, die gerade in den Schlagzeilen damit war, dass sie ihre Flaschen nicht richtig spült. Weil mal jemand gerade mal eine tote Maus in Bier eingelegt gefunden hatte. Und als dann BSE Mode wurde, tonnenweise Beefsteak! Beefsteak, bis das ich abwinke. Mein Gott, wozu sich aufregen? BSE gab es schon bevor die Presse ein Thema daraus gemacht hat und auch hinterher. Aber so sind die Leute halt, dumm wie Brot. Kaufen ein Shampoo, nur weil ein Promi dafür Werbung gemacht hat...«

„Genau, dumm wie Brot. Selig sind die geistig Armen, denn sie glauben an das Himmelreich."

„Dumm wird nie aussterben, denn es fickt gut."

„Wolltest du das nicht für die Zeitung vorschlagen?"

„Ach, das bringt der Martin doch sowieso nicht. Blümlein auf der Wiese, mit was anderem kannste dem doch gar nicht kommen."

„Für *dich* ist das gar nicht schlecht, Heinrich, was du da geschrieben hast", sagt Ekke abschließend. „Aber etwas von mir hätten die garantiert gebracht! Hier, ich improvisiere mal was dazu." Er überlegt kurz, bringt einfach das erste, was ihm einfällt. „Wir brauchen Rituale... genau, Hainrich, wir brauchen Rituale. Unsere Gesellschaft ist viel zu belanglos geworden, zu oberflächlich..."

„Jeder witzelt und blödelt nur noch vor sich hin..."

„Genau. Danke. Und die ernsten Dinge, die großen Gefühle, die der Mensch eben auch braucht, die ihm Halt und Würde geben, die fallen unter den Tisch. Also! *Wir brauchen Rituale.*" Er überlegt nicht lang, höherer Blödsinn strömt einfach immer irgendwie aus ihm heraus. „Zum bewussten Verzehr von Fleisch gehört einfach auch eine kleine Zeremonie, wie sie ebenso Naturvölker praktizieren. Jeder Konsument bekommt ein Video vom Biometzger, mit einem Clip von seinem Schwein, seinem Huhn, seinem Rind...", er fängt an zu lachen, kann nur mit Mühe weiter sprechen, „mit gefühlvoller Musik unterlegt kann er nun das Tier in seiner Ganzheit aufnehmen und würdigen. Dann hat er eine Vorstellung, wie es war, als es noch gelebt hat und kann ihm so Respekt erweisen und von ihm Abschied nehmen. Seine Lebenskraft lebt nun in ihm weiter. Vielleicht erwählt er sich auch sein persönliches Totemtier, zweckmäßigerweise das, welches ihm am besten schmeckt…"

„Aufhören, Gnade!"

„Oder wie wär's mit einer Glosse über…", er mustert Heinrich spöttisch, „genau, du gehst doch langsam auf die Fünfzig zu, eine Glosse über Männer jenseits der Fünfzig! Männer, wenn sie über Fünfzig sind, mit nachlassender Potenz, und zu schwach werdend für das Leinezerren ihrer Kampfhunde… kaufen sich Jeeps! Mit so genannten Kuhfängern, die in Wirklichkeit raffinierterweise nur den Zweck haben, möglichen Nebenbuhlern hochgradig schwere Verletzungen zu zufügen, ideal geeignet beispielsweise zum Aufgabeln von Motorradfahrern. Aber – fahren zwei Jeeps mit Kuhfängern gegeneinander, ist das Ergebnis nicht schade für die Menschheit, denn durch den Panzereffekt, durch die fehlende Knautschzone…"

„Verworrener Blödsinn, der nicht eine Spur von Sinn macht! Was ist das, ein Roman von Douglas Adams?"

„Gegenfrage. *Wer* ist das? Verkauft nur kruden Mist und lebt trotzdem ganz gut?"

„Hm. Eine Esoterik-Buchhandlung?"

„Nein, das wärst du, wenn du deine Memoiren herausbringen würdest…"

„Ekke. Douglas Adams wäre stolz auf dich. Und was ist der Abschaum der Menschheit?"

„Haha, ich natürlich, *wahnsinnig* witzig. Per Anhalter durch die Welt des Humors, es führt Sie der rote Heinrich, oder was?"

„Nein, Werbesprecher." Ekke macht „bekloppt", schlägt sich mit der flachen Hand an die Stirn. „Oder wart mal, Verkaufskanonen, die jetzt auch noch die Menschheit mit ihren fragwürdigen Fähigkeiten beglücken wollen, in dem sie Bücher geschrieben haben, wie ‚Piranha Selling, mit Biss in eine neue Dimension des Verkaufens!' Gibt's als Taschenbuch mit zweihundert Seiten für fünfundzwanzig Euro, wobei hier ja schon die gusseiserne Ablinke losgeht! Piranhas, das sind doch diese kleinen Mistviecher, die sich im Schwarm auf dich stürzen und dich bis auf die blanken Knochen abnagen – genauso, wie es auch die ganzen Telefonverkäufer und Direktmarketing-Todesschwadrone machen. ‚Menschen ohne Moral' – wär das nicht ein besserer Titel?

Aber verkauft sich nicht so gut. Ach, Ekke", er haut ihm kumpelhaft auf die Schulter. „Du alter Hans Dampf in allen Gassen.

Was ist los mit dir, kein Dampf mehr im Kessel? Oder... keine Tinte mehr auf dem Füller?"

„Beleidige mich nicht, du, du... ‚Schwanz Dampf in allen Muschis'!"

„Aach... damit ist es auch nicht mehr so weit her wie früher. Als ich noch in deinem Alter war...! Aber jetzt... vielleicht sollte ich es mal mit einer Anzeige probieren: ‚Fickfähiger sucht bumsbare'."

„Ich würde eher sagen: Hänger sucht Zugmaschine! Nee, musst halt Promi werden, Heinrich, aber da musst du auch was dafür tun, kannst nicht nur im Taxi hocken und von früher träumen. Der Bohlen lässt ja sogar bei sich einbrechen, um in den Schlagzeilen zu bleiben."

„Hinterher teilt er dann mit dem Einbrecher, genau. Nein, ich werde einfach plastischer Chirurg und erfinde die ‚Titte zum Aufblasen'. Das Ventil sitzt im Nippel. ‚Stellen Sie sich ihre Busengröße selber ein!', werde ich sagen. Gehen Sie auf die Piste, blasen Sie ihn richtig groß auf. Wollen Sie mal endlich Ihre Ruhe und nicht immer unverschämt angegafft werden, lassen Sie soweit Luft ab, bis Sie flach wie eine Zehnjährige sind..."

„Hast du dir das eigentlich schon mal überlegt, wie das eigentlich mit der Liebe funktionieren soll?" Ekke nimmt nachdenklich einen Schluck Kräutertee. „Wenn die Biologie doch so ist: Der Mann versucht möglichst viele Weibchen zu befruchten und die Frau will immer nur den stärksten Bock an sich ranlassen..."

„Ich mach um schöne Frauen grundsätzlich einen Bogen – *nachdem* sie mir einen Korb gegeben haben."

„Ich flirte eigentlich ganz gerne, aber am liebsten mit Frauen, wo ich von vornherein weiß, dass ich nichts von ihnen will. Wenn man da so einer Wahnsinnsbraut gegenübersitzt, von der man vor lauter Herzrasen Kammerflimmern bekommt..."

„Musst halt immer wissen, wo dein Nitrospray ist. Quatsch, deinen ‚Defi', mein' ich, deinen tragbarer Defibrillator, den du immer zu spannenden Dates mitnimmst." Heinrich hat noch Kenntnisse aus dem Zivildienst. „Nein, den Sensiblen darfst du nicht machen, sonst wirst du als nützlicher Idiot eingestuft und nur ausgenutzt. Am besten du säufst, behandelst die Frauen wie Dreck und prügelst sie jeden Tag grün und blau, dann fressen sie dir aus der Hand. Das sieht man ja bei den Frauenhäusern. Ein Drittel der Frauen kehrt wieder zu ihrem Macker zurück. Wobei der ihr dann erstmal mit einer herzlichen Tracht Prügel ein warmes Willkommen bereitet."

„Weißt du, Heinrich, wenn das weiter so schlecht läuft mit dem Job, dann krieg ich keine neue Freundin mehr, weil ich keine Frau zum Essen einladen kann."

„Tja, so ist schon so mancher Mann aus Not schwul geworden, nicht aus Überzeugung."

Ekke trinkt Kräutertee. Der Heinrich hat Recht.

Wo er Recht hat, hat er Recht.

„Lädst du mich mal zum Essen ein, Heinrich?"

Er klimpert verführerisch mit den Wimpern.

18. Freiburgs neuer Rotlichtbezirk.

Heinrich beschließt etwas spazieren zu gehen, am Nachmittag, das tut seinem Kater sicher ganz gut und der Fitness natürlich auch.

Sein Blick fällt auf Freiburgs neuen Rotlichtbezirk (vorausgesetzt, man schaut bei Nacht), die Windkraftanlagen auf dem Berg. Er lächelt weise, ja, fast schon salomonisch. Jaja, so setzt sich eben jeder Bürgermeister ein Denkmal. Am Ende seiner Amtszeit kriegt der jetzige Bürgermeister seine Gedächtnisstele halt nicht in der KTS, sondern auf dem Rosskopf aufgestellt.

Seine Schritte lenken ihn irgendwie dorthin. Es geht steil den Berg hinauf. Heinrich hat zu pusten, denkt: *Was ist eigentlich der Sinn des Lebens, wenn die Kerzen auf der Geburtstagstorte immer mehr werden und die Puste, um sie auszublasen, immer weniger?*

Da sind da zwei Kiddies, mit Fahrrädern und einer Fußballtröte daran, an denen er vorbei läuft. Sie tröten ein paar Mal damit. Na ja, es sind ja Kiddies, sie müssen sich ja irgendwie ausdrücken in unserer repressiven, von Erwachsenen bestimmten Gesellschaft. Er läuft weiter, der Weg macht ein paar Biegungen, dann kann er sie erkennen, die Windräder, von nahem.

Betrachtet man sie von der Stadt aus, ähneln sie putzigen kleinen Windrädchen, die man in den Sandkasten steckt oder in Blumentöpfe. Man kann nicht erkennen, wie furchtbar gigantisch groß sie in Wirklichkeit sind. Im Englischen gibt es das Wort „to dwarf". Dwarf selber heißt Zwerg. Es gibt kein direkt passendes deutsches Wort für das Verb, man muss es umschreiben. Als: „Etwas anderes, im Verhältnis zu sich selber, wie ein Zwerg erscheinen lassen", also „zwergen". Die Windräder sind so gigantisch groß, dass sie alles andere um sich herum „zwergen".

Ziemlich kultige Atmosphäre hat das hier so alles, so von wegen Stonehenge ist'n Dreck dagegen. Heinrich ist jetzt ganz oben, besteigt den Turm. Die hohen Säulen *zwergen* ihn, die Rotoren durchschneiden die Luft, drehen sich, gespenstisch leise, sausend. Wäre doch der ideale Rahmen für einen Regio-Krimi? Blutige Riten, kultische Morde, unter den *Rädern des Windes?*

Er kann sich gut an die ganze Montagegeschichte erinnern, konnte von seinem Fenster aus beobachten, wie die Spezialhubschrauber russischer Fertigung mit den Doppelrotoren, übereinander gesetzt auf einer Achse, die einzelnen „Flügel" durch die Luft befördert haben. Zwölf Starts waren dafür nötig. Heinrich hatte sogar mal einen Start beobachtet, ist zu der Wiese in Wildtal hingefahren, auf der sie, umzäunt, bewacht, vor Sprayern geschützt, zwischengelagert waren. Die Hubschrauber mussten vor jedem Start neu betankt werden. Dann brauchten sie ewig lange, um auf Drehzahl zu kommen, so schien es. Oder war es, weil immer einer davor stand und erst so lange schauen musste, ob es nicht irgendwo herausraucht?

Dann wurden oben die Flügel auf die Naben montiert, währendem sie, in der Horizontalebene an einem Kran hängend, frei in der Luft schwebten. Anschließend wurden sie mit einem Spezialkran hochgezogen und oben, in rund hundert Metern Höhe, festgeschraubt. Es gab extra eine klug ausgetüftelte Vorrichtung an der Nabe, die es ermöglichte, das Ganze während des Hochziehens sanft in die Vertikalebene kippen zu lassen.

„Aber gell, dass du aber nicht runter springst, du warst in letzter Zeit so komisch."

„Das sehen wir dann oben, so etwas beschließe ich immer ziemlich spontan." Ein Pärchen scherzt etwas makaber miteinander, während es den Turm hinaufsteigt. Heinrich weicht ihnen aus, er steigt hinunter.

Unten sitzt eine einzelne Mountainbikerin.

„Guten Tag, schöne Frau, wie geht's?"

Er fragt sie, wohin sie unterwegs ist, sie unterhalten sich ein wenig. Er wendet sich zum Gehen, fragt aber noch: „Und – lohnt es sich, demnächst in die Zypresse zu schauen?"

„Hm?"

„Ja, so von wegen Mitteilungen und so… ,

Du, gut aussehend hast mich mit *Guten Tag, schöne Frau, wie geht's?* begrüßt, habe mich sofort unsterblich verliebt, aber nicht getraut, dich um Telefonnummer zu fragen, war echt dumm von mir!'

Nein?" Sie lächelt lieblich, aber verneint, so etwas vorzuhaben. Heinrich wird trotzdem mal schauen.

Er läuft bergab, in Gedanken. Ein Mountainbiker kommt ihm entgegengestrampelt, er achtet nicht auf ihn.

„He, bist du vielleicht ein Arschloch!" Heinrich steht erstmal da, wie angewurzelt, kann es nicht so ganz fassen.

„Das ist mir noch nie passiert, von einem Mountainbiker als Arschloch beschimpft zu werden, umgefahren bin ich zwar schon fast worden, aber beschimpft?"

„Du hättest ja ausweichen können, hier ist nicht nur für Fußgänger!" Da flippt der doch aus, weil er ihm in der Ideallinie steht und nicht gleich zur Seite springt! Dabei ist hier sicher nicht für Fahrräder frei, sondern nur weiter unten, auf dem breiteren Weg. Heinrich verdeutlicht ihm freundlich, dass es schon seit eh und je so ist, dass der Fahrradfahrer um den Fußgänger herumfährt, wenn er irgendwo läuft, das sei das gleiche, wie wenn ein Jogger um einen Fußgänger herumlaufen würde oder ein Spaziergänger einem ausweicht, der da auf dem Weg steht und seinen Schuh bindet, anstatt ihn geradewegs umzulaufen, und er solle sich doch mal überlegen, ob in seinem Weltbild vielleicht fälschlicherweise die Sonne um die Erde kreisen würde.

Weiter unten trifft er einen Bekannten, der gerade die Schnauze gestrichen voll hat von Deutschland und am liebsten auswandern würde. Er erzählt ihm gleich vom miesen Mountainbiker, was dem gerade Recht kommt. Das seien doch genau die gleichen, die auch auf der Autobahn drängeln oder auf der Kajo die Leute mit dem Fahrrad umfahren würden oder einem im Westbad beim Rückwärtskraulen die Flosse über den Schädel ziehen. Und darauf angesprochen nur meinen, im Hinterkopf keine Augen zu haben.

Das sei das Deutschland von heute und darauf hat er keinen Bock mehr.

Bei St. Ottilien läuft ihm eine Ordensfrau über den Weg, die nicht grüßt, ihn nicht einmal beachtet, wie es sich Nonnen sonst nicht nehmen lassen, sondern läuft und läuft, als wäre ihr Zerberus, der Höllenhund oder die „letzte Versuchung Christi" auf den Fersen. Dann kommt er auf die Lichtung vor der Gaststätte und sieht zwei Steppkes auf einem Baumstapel hocken, die Bälle aus Dreck geformt haben.

„Bist du böse?", schreit der eine.

Er achtet nicht auf ihn. „Bist du böse?", schreit er darauf noch mal.

„Du kannst auch ‚Sie' sagen! Da siehst du – ich bin böse." Der kleine Junge holt aus mit der Dreckkugel, um nach ihm zu werfen.

„Komm werf', kommst ja eh nicht so weit!" Er macht es nicht. Er läuft den Kreuzweg hinunter, sieht sich die, mittels kunstvollen Schnitzereien dargestellten, abscheulichsten Horrordarstellungen an. Für so etwas ist Geld da. *Wie kann eine Religion etwas taugen, die dermaßen scharf auf Blut und Leiden ist?* Gewaltdarsteller Mel Gibson hat ja einen blutigen Horrorfilm über die Kreuzigung gedreht, der in Amerika ein Riesenerfolg zu werden scheint. Das lässt ja wirklich tief blicken.

Er setzt sich an einen Teich, in dem im Frühjahr immer die Kröten quarren. Hier hat er mal ein Mädchen geküsst, eine noch ganz junge, süße, mit der er hier mal spazieren war.

„Ich würde dir jetzt ganz gerne einen Kuss geben", hat er gesagt und sie hat darauf geantwortet: „Dann tu's doch!"

Tja, und dann hat er's getan. Ihre Unterlippe hat gezittert, so jung und unerfahren war sie noch und er hat sie ganz fest im Arm gehoben. Die Sonne hat geschienen, die Kröten haben leise gequarrt und das Leben war so schön.

Er schaut sich um. Am liebsten würde er jetzt hier eine ganze Weile sitzen und vor sich hin träumen.

Gegenüber kackt ein Hund, sein Herrchen setzt sich neben ihn, will ihm ein Gespräch aufdrücken. Heinrich steht auf und läuft weiter. Über was soll er mit ihm sprechen?

Über die Erhöhung der Hundesteuer?

Er geht nach Hause und schreibt einen Leserbrief.

Bezüglich eines Herrn, der zum Miteinander von Wanderern und Mountainbikern „sieben Regeln des Miteinanders" formulierte. Er fasst seine eigenen Erfahrungen zusammen.

„Auch ich fahre bisweilen im Wald herum und verhalte mich so zart und rücksichtsvoll, dass Wanderer, begegnen sie mir, fast schon Tränen der Rührung vergießen. Aber! Wanderer, gehst du rund um den Rosskopf einher, suchst Frieden und erquickest dich an der lieblichen Natur, sei gewarnt! Hier spricht man nicht von den „Sieben Regeln des Miteinanders", sondern besser von den „Sieben Samurai". Mit Intergralhelmen auf, den düster-blutdürstigen Blick darunter verborgen, fetzen sie, auf den schmalsten Wegen, im Kamikazestil mit fünfzig Sachen an einem vorbei, dass es einem ordentlich die Frisur derangiert. Läuft man friedvoll vor sich her, froh die Gedanken einmal nicht auf den Straßenverkehr richten zu müssen wie sonst immer, schallt es einem sogleich entgegen: „Kannst du nicht zur Seite gehen, du Arschloch!" Kurz ergeht man sich in fruchtlosen Diskussionen, verschwendet Zeit mit der Belehrung Unbelehrbarer, sieht das dann ein, läuft weiter. Man entscheidet sich den breiten, geräumigen, vorzüglich für Fahrräder geeigneten Weg links liegen zu lassen, sucht sich die schmalste Schneise aus, Maultierpfaden gleich, kaum dass auf ihr der Fuß noch Tritt fasst – und hört sie schon herankeuchen, die wackeren Radler. Der eine, (Dreitagebart mit glatt rasierten Beinen), ruft einem, der nun brav auf der Seite steht, schon sogleich mit tragender, vor enervierender Verve vibrierender Stimme ein gnadenlos fröhliches „Guten Tag!" zu, als würde sich ein Zirkusdirektor an sein „hoch verehrtes Publikum" wenden. Man erwidert, irgendwie verständlich, den Gruß reichlich muffelig.

„He, pass auf!", wendet er sich daraufhin an seinen Kumpanen, (besser Spießgeselle), „ein schwerhöriger Wanderer. *Vorsicht!"* Oben, am Turm, gelingt es einem, den miesen Mountainbiker zu stellen und behutsam darauf anzusprechen, was er sich denn wohl bei dieser Äußerung gedacht habe. Man sei nicht bereit, wenn einem jeder dahergelaufene Fit-for-Fun-Faschist ein „Achtung" zubrüllt, gleich stramm zu stehen und mit „Jawohl, Sturmbannführer, gute Fahrt, Sturmbannführer!", zu antworten. Erneute fruchtlose Diskussionen, im Stile von „jeder müsse nur gut drauf sein und sich ausleben, dann gibt sich alles von alleine", die darin gipfeln, dass der lebhafte Mountainbiker pantomimisch einen stur vor sich hinlaufenden Wanderer nachmacht. Er spreizt beim Gehen die Beine weit auseinander und watschelt unbeholfen umher. „Ich kann nicht aus dem Weg gehen, weil ich so dicke *Eier* habe!", grunzt er dabei. Man verabschiedet sich nun, im guten Gewissen sich ausgetauscht zu haben, und, welch schönes Gefühl, dass alles weiter so laufen wird wie gewohnt. Der muntere Mountainbiker, körpereigene Opiate im Blut, wendet sich an seinen Kumpel: „Komm wir fahren da lang, ist ne' geile Abfahrt!" Eine „geile Abfahrt" dürfte wohl kaum eine breite Fahrstraße sein, aus der man jegliches Gefälle herausgenommen hat. Sondern eher schmal und steil abfallend, auf das man ordentlich Speed draufbekommt und das Umkurven von Hindernissen, wie schreckenstarrer Wanderer, eine besondere Herausforderung ans fahrerische Können stellt."

19. Ekke quasselt und fährt verpeilt.

LKW-Gebrumm im Halbschlaf. Anfahrend, im Leerlauf. Eimerklappern, das sich nähert. Ekke ist ruckartig völlig wach, Adrenalin durchflutet seinen Körper bis zu den Haarspitzen.

Die Müllabfuhr!

Sofort kommen ihm unangenehme Erinnerungen langer Jahre, die er vergessen hatte, den Mülleimer herauszustellen, die er den falschen Mülleimer hinausgestellt hatte oder die er vergessen hatte, die verdammten gelben Säcke hinauszubringen. Lange Jahre, die er sich dann immer auf seinen morgendlichen Müll-Spaziergang machen musste. Das hieß dann ungefrühstückt dem Müllauto hinterher joggen, Säcke in der Hand, oder irgendwo eine Straße ausfindig machen, wo sie noch nicht waren und er die Säcke dazu stellen konnte. Fitnesstraining in unserer bewegungsarmen Zeit.

Erleichtert fällt ihm ein, dass er die Tonne heute ganz sicher schon draußen stehen hat und zwar auch ganz sicher die Richtige und wenn nicht – mein Gott, darüber ist später immer noch Zeit zum Ärgern. Zufrieden schließt er wieder die Augen und wäre schon wieder sanft am Wegdösen, wenn da nicht noch dieser lästig hohe Adrenalinspiegel wäre. Dieser – und ein kleines, irgendwie undefiniertes Gefühl des Unbehagens, wie wenn da noch etwas wäre, etwas, das dem Wegdösen irgendwie im Wege stünde, etwas – das eigentlich fast jeden Morgen dem Wegdösen irgendwie im Wege steht.

„Sakra, der Job!"

Komm, du bist doch nur Taxifahrer, säuselt ihm ein Teufelchen ein, musst du heute auf dringende Konferenzen? Hochwichtige Dinge entscheiden? Oder stehst du eh wieder nur den ganzen Tag rum…

„Ich steh' eh wieder nur den ganzen Tag rum." Ekke dreht sich wieder auf die Seite und schläft beruhigt noch eine Stunde. Als er anfängt, ist es schon Mittag, aber das wird bei ihm sowieso immer mehr der Rhythmus.

Die erste nennenswerte Fahrt heute ist eine Abholung aus einem Behindertenheim. Im Foyer steht eine Voliere mit einem Beo darin. Er muss eine ganze Weile auf seinen Passagier warten und redet derweil etwas mit dem Vogel. Der scheint sich irgendwie über die Aufmerksamkeit zu freuen und gibt eine ganze Menge faszinierender unterschiedlicher Kiekslaute von sich, die Ekke versucht nachzumachen. So plauderten sie also schon eine Weile nett miteinander, als ein älterer Blinder mit einem Krückstock die Szenerie betritt – und fortan auch beherrscht.

„O weh, o weh!", schreit er, aus vollster Lunge und völlig ungeachtet seiner Umgebung. Er ist reineweg in seiner eigenen Welt, einer Welt, in der es offensichtlich eine Menge Schmerz und Leid gibt, die er meint, unbedingt mitteilen zu müssen und zwar unabhängig davon, ob ihn jemand beachtet (was niemand wirklich tut) oder auch nicht.

„O weh, o weh!" Das ganze gellend laute Leid dieser Welt steckt in diesen Worten.

Ekke kann nicht erkennen, ob ihn der blinde Leidende wahr nimmt oder nicht, er kann aber bemerken, wie der Vogel auf einmal sein Verhalten ändert. War er vorhin sichtlich zufrieden und keckerte kunstvoll, gibt er nun ein misstönendes Kreischen von sich, so durchdringend, dass es Ekke in die Flucht schlägt. Nach zwei Minuten, als er wieder schauen kommt, ist der Spuk vorbei, auch der mit dem Krückstock singt nun woanders sein Klagelied – der Vogel, wieder mit der Welt im Reinen, säuselt, gurrt und gluckst auf das Wohlgefälligste.

Was redet man auf einer Tour, die ins Zentrum für Psychiatrie führt, ins Zentrum der Peinlichkeit? Die wenigsten zeigen sich hier von ihrer humorvollen Seite – und wenn, dann ist es nicht echt. Der Fahrgast will sich nicht anschnallen.

„Der Gurt engt mich ein", sagt sie.

„Mir gibt er ein Gefühl der Sicherheit", erwidert Ekke, was einerseits die Wahrheit ist und andererseits vielleicht auch angemessene Pädagogik – aber nur wenn der Adressat derselben logisch denken kann.

„Jesses Gott!", schreit sie auf einmal, so laut, dass es Taube hören machen könnte. Ekke kriegt einen Einblick in die Welt psychiatrischer Abgründe. Er gibt es auch bald auf, Konversation zu führen, allzu oft gellt ihm ein „Jesses Gott" im rechten Ohr.

Anschließend fährt er einen Mann. Sein Fahrgast zieht, bevor er einsteigt, eine Zeitung zum Sonntag aus dem Briefkasten und strippt sie, befreit sie von all den vielen Werbebeilagen, schmeißt diese weg. (Jeder macht das so. Und alle wissen das. Alle, außer den Anzeigenkunden der Zeitung. Die wissen das nicht. Und deshalb kann die Zeitung leben. Die Anzeigenfirmen sollten mal stichprobenhaft die grünen Tonnen der Leute kontrollieren – da würden sie fündig werden, da würden sie sehen, dass alle Prospekte *nicht* auseinandergefaltet sind.) Dann kuckt er in die Zeitung und macht einen auf beschäftigt. Nur hat er dafür nicht den richtigen Taxifahrer erwischt. Ekke macht das, was er immer macht, er quasselt und fährt verpeilt. Der Kunde, der nur von A nach B befördert werden will, dabei in B nicht zugetextet, sondern gut informiert sein möchte dazu, blättert und raschelt.

„Sie mögen keine quasselnden Taxifahrer?", fragt Ekke deshalb süß und unschuldig, der Schalk sitzt ihm im Nacken, wie ein kleiner dicker feixender Kobold. Er fährt verpeilt, muss ständig fragen, wo er jetzt als nächstes abbiegen soll.

„Tut mir wirklich Leid. Wenn Sie jetzt nicht an einen völlig inkompetenten Taxifahrer geraten wären, hätten Sie jetzt die Zeitung in Ruhe fertig lesen können", gibt er noch dem Kunden kund, zur Verabschiedung.

Ekke beschließt nun, beim nächsten Fahrgast einen auf nix checkenden Italiener zu machen, Läbbä muss Spaß machä. Der muss zur Bahn.

„Wann fährt Zuck?", fragt er ihn und rollt mit den Augen.

„Mein Zug fährt in einer Viertelstunde. Das müssten wir bequem schaffen."

„Ah, isch gar keine Probblämm, fahre ich ganz schnäll!" Ekke setzt einen schweren sizilianischen Akzent auf oder jedenfalls einen, den er für sizilianisch hält und textet den Fahrgast zu, von wegen, dass er heute die erste Woche fährt und so, aber auf Sizilien sei er immer schon Taxi gefahren, und von la mamma und seinen drei bambini, fährt wie ein Henker und verfährt sich dabei absichtlich. Der Mann fängt abwechselnd an ihn zu verwünschen und darum zu bitten, er möge doch langsamer fahren und zwischenrein droht er noch die Gebeine seiner sizilianischen Ahnen zu verfluchen.

„Wie heißen Sie?"

„Machiedo, is' der meine Name."

„Geben Sie sich Mühe, Herr Machiedo, dass wir heil den Zug erreichen! Sonst nehme ich den nächsten Flug nach Sizilien. Und schaue mich dort auf Friedhöfen um. Und wenn ich dann ein Grab mit Ihrem Namen entdecke, dann öffne ich es und was ich darin finde, das *schände* ich! Was ich im Einzelnen damit mache, weiß ich noch nicht, das überlege ich mir noch. Aber beeilen Sie sich auf jeden Fall."

Später eine Wirtschaft.

Der Kunde, ein schwankender Säufer mit Krücke, kommt herausgehumpelt.

„Sie sind ja doppelt gehbehindert!" Ekke at his best. Sie fahren die Schwarzwaldstraße entlang, rechts kommt die Arenabar ins Blickfeld.

„I-I-st die A-Arena schon offen?", gackst seine Fracht.

„Glaub nicht, so früh am Tag... sonst wird doch das Bindegewebe der Damen überstrapaziert." Hängende Busen werden ihn auch nicht wieder aufrichten, denkt Ekke, aber der Mann hat wohl die gleichen Gedanken. Sie kommen aufs Freiburger Wetter zu sprechen, der Fahrgast ist nicht von hier. Er klagt, dass es im Sommer so heiß war.

„Ja, wir haben alles in Freiburg. Orkane, Sonnenfinsternis, Erdbeben, Trockenheit." Ekke grinst und labert. „Als nächstes kommen die Heuschrecken."

„Ach ja?"

„Ja, die kommen aus dem Süden, aus der Sahara. Weil Freiburg so weit südlich liegt."

„Ja richtig, da kam ja auch Saharastaub!"

„Richtig, Saharastaub." Ekke quasselt und fährt verpeilt. „Mit dem kommen die Heuschrecken. Als Eier." Er visiert eine falsche Abbiegung an, korrigiert sich, bremst scharf, weil er einen Radfahrer übersehen hat. „Und dann schlüpfen die." Er hält endlich vor dem Haus des doppelt Behinderten, grinst und beendet seine Ausführungen: „Und dann fressen die alles kahl!"

Zwischenrein am Stand hat er Langeweile. Der Heinrich ist nicht in Sicht und alle anderen Kollegen sind so schrecklich mit sich selbst beschäftigt, alt, abgeschlafft und humorlos. Schöne Frauen sind auch nicht im Anmarsch. Weil er sich beim Volleyballspielen den Fuß verknackst hat, kann er diese Woche auch nicht vor dem Auto hin- und her laufen.

Ekke schaltet das Radio ein, hört SWR3, weil er die Songs aus den Siebzigern auf SWR1 viel zu abgenudelt findet. Wenn er allerdings zu viel SWR3 hört, geht ihm das mit aktuellen Songs auch so. Die Pet Shop Boys kommen, Schwuchtelpop, Gehirnterrorismus. Musik, als versuche jemand einen, auf akustischem Wege, mit ganz, ganz weichen rosa Wattebällchen tot zu werfen. Nach zwanzig Jahren hat er es dann geschafft, nicht wegen der mechanischen Wirkung, der Wucht des Aufpralls, sondern weil das Opfer irgendwann jede Freude am Leben verloren hat. Es gibt eben Dinge, die er nie verstehen wird.

Auch warum Phil Collins so erfolgreich ist, zum Beispiel, obwohl er nur ganz, ganz am Anfang gute Lieder gemacht hat. Die Leute lieben eben, was sie hassen, denkt Ekke, das ist wie mit dem Bohlen, die einzig denkbare Erklärung für den Erfolg dieser Leute über so lange Zeit.

Ein Jingle ertönt. SWR3, mehr Hits, mehr Kicks, einfach SWR3. *Schön*, denkt Ekke, *warum nicht? SWR3, mehr Gaga, mehr Kacka, einfach SWR3.* Ein Hörer wird zugeschaltet, grüßt und sagt artig sein Sprüchlein auf, wie ein Fünfjähriger ein Gedichtelein: „Ich höre SWR3, weil er einfach mehr Hits und mehr Kicks bringt!"

Prima, Gehirnwäsche funktioniert! Denkt Ekke und schaltet das Radio aus.

Er beschließt – an seinen Schuhsohlen zu riechen. *Warum soll ich nicht an meinen Schuhsohlen riechen? I sitz inner Tax' und riech an meine Hax'. Avantgardisten und Dadaisten tun so etwas, sie fragen nicht nach dem Sinn ihrer Handlungen.* Ekke ist zwar mehr ‚Gaga'ist, aber er fragt aber auch nie nach dem Sinn seiner Handlungen.

Er schnüffelt. Vorne ist eindeutig eine Spur Hundeaa, hinten riecht es nach Zigarettenasche. Dazwischen... dazwischen könnte er sein, der *Grosse Unbekannte Geruch*, der avantgardistische Phantasien beflügelt. Er schnuppert, schnieft, schnobert...

Eine Frau läuft vorbei und hustet krampfhaft, er schaut auf. Sie bellt abermals und ein Brocken Schleim aus unterstem Lungengrunde begrüßt die Welt, fliegt ihr, nett anzusehen, aus dem Hals und beschreibt eine ballistische Kurve. Ein Teil in Ekke rennt zum Klo und würgt. Der andere erinnert sich, wie es war, als er mal eine Bronchitis in der schleimigen Phase gehabt hatte und gerade da mit einem Bus über Land gefahren ist, von Donaueschingen nach Freiburg.

Es ging *ewig*.

Er und ein anderer, wohl auch mit Bronchitis in der schleimigen Phase, hatten sich immer abgewechselt mit Hustenattacken, die immer sehr produktiv waren, immer viel Auswurf förderten. Der zwangsweise, da sie eben solange mit dem Bus über Land fuhren, tapfer heruntergeschluckt werden musste. Der ganze Laden hat dann wohl immer mitgefühlt, wenn es wieder so weit war, dass sich etwas gelöst hat.

Ein Auftrag erspart ihm weiteres.

Eine junge hübsche schwarze Lady von einer einschlägig bekannten Adresse ist abzuholen. Sie möchte zur Bahn und spricht nur Englisch. So Ekke is talking to her, asking her some questions, in einer drolligen Mischung aus christlichem Sendungsbewusstsein – und schlichter Sexgier. Sie kommt aus Jamaika und ist wohl nur ein paar Tage in Freiburg, will zum Fahrkartenschalter, ein Ticket nach Berlin lösen und dann wieder zurück. Ob Ekke solange warten kann? *Positiv vibrations, yeah!* Ekke bekommt schon bald den Eindruck, dass er Mitleid mit armen ausgebeuteten schwarzen Frauen aus Dritte-Welt-Ländern, die von finsteren gewissenlosen Luden zur Prostitution gepresst in Kellerlöchern vor sich hinvegetieren, hier getrost vergessen kann. Diese Frau wirkt sehr stolz und selbstbewusst, edel gekleidet und Schmuck behängt und genau wissend, dass sie so etwas nicht erreichen kann, indem sie auf Jamaika Zuckerrohr erntet und zu Reggaerhythmen in der Sonne tanzt.

Er fährt vor den Eingang, beabsichtigt zu warten, da will sie, dass er mitgeht zum Schalter, wegen Verständigung und so. Also stellen sie sich zusammen am Schalter an.

Krass! Eine junge hübsche schwarze jamaikanische Miet-Muschi und ich – wir stehen am Fahrkartenschalter an, für eine Zugfahrt nach Berlin, dafür wurde ich geboren und auserkoren! Und was rede ich jetzt mit ihr? Do you think I'm sexy? Are you lonesome tonight? Baby, you're my sex-bomb? Shit – warum bin ich kein Popstar! Sie vertraut ihm zwischendurch mal an, dass sie Kopfweh plagt und er gibt ihr zu verstehen, dass sie zuviel Sex mit reichen Männern habe, sie müsse es auch mal, *haha,* mit armen Taxifahrern tun, dann ginge das weg. Sie lächelt ihn an, süß und bekömmlich, wie frischer brauner Rohrzucker aus Jamaika. Denn das ist in etwa das, was sie gerne hört, aber andererseits überhaupt nicht darauf anspringt.

Nun hat sie die Fahrkarte – und will noch mit ihm zum Brotstand! *Could you be, could you be, could you be loved...*

Er geht mit ihr zum Verkaufsstand, bestellt das, was sie ihm bedeutet, haben zu wollen. Dann holt er noch etwas für sich: „Ich hätte gern", sagt er, „das Runde da." Nicht wissend, an was für prinzipiellen Strukturproblemen er jetzt rührt, deutet er auf ein belegtes Sandwich. Die Verkäuferin nimmt es hektikfrei heraus und antwortet, in dem nörgeligen Tonfall, den Verkäuferinnen immer anschlagen, wenn sie darauf abheben, dass auch zu ihrer Tätigkeit eine beträchtliche intellektuelle Leistung gehört, die gemeinhin völlig unterschätzt wird, meistens genau von eben denselben Kunden, die irgendetwas Unverständliches und Unpräzises vor sich hin nuscheln, wenn es doch eine so große Auswahl liebevoll und mit beträchtlichem Aufwand an Arbeitskraft und menschlichem Verschleiß hergerichteten Sachen gibt, was diese Schmocks von nuschelnden Kunden sowieso niemals zu schätzen wissen und ihr

Chef nicht und ihre Familie nicht und das gesellschaftliche Umfeld sowieso nicht: „Das hier?" Völlig überflüssigerweise, denn es ist wirklich und wahrhaftig das Allereinzigste runde Sandwich unter vier weiteren länglichen. Er unterdrückt eine schnippische Antwort: „Jawohl, das Runde. Ich hatte das runde Sandwich verlangt und Sie haben es auch *tatsächlich* geschafft, es von vier weiteren länglichen hinreichend präzise zu unterscheiden und waren erstaunlicherweise darüber hinaus auch noch motorisch in der Lage, es aufzunehmen und mir entgegenstrecken. Vielen Dank, ich werde Sie weiterempfehlen, auch wenn ich Ihnen jetzt keine zehn Euro Trinkgeld geben kann, wie Sie es eigentlich verdienen, da ich gerade im Moment völlig pleite bin. Aber geben Sie mir doch Ihre Kontonummer und ich werde es Ihnen in Raten überweisen." Er, der es einfach zu primitiv findet, seinen Frust an denen auszulassen, die es gar nicht verdient haben, kann sich tagtäglich schnippische Bemerkungen von gerade eben diesen Verkäuferinnen und anderen Menschen anhören, die es tatsächlich schaffen, sich sowohl unterfordert, unterbezahlt und *gleichzeitig* auch noch überfordert fühlen. So ist er immer wieder mal konfrontiert mit der Gedankenlosigkeit der Leute und mit der damit verbundenen verblüffenden Tatsache, dass eben diese Leute deutlich länger leben, als die, die sich über sie aufregen. Er kennt Menschen, die für alles Verständnis haben. Genau das ist ihr Problem. Denn keiner hat für sie Verständnis.

Er fährt seine Perle der Südsee zurück zu ihrem liegenden Arbeitsplatz. Sie schenkt ihm noch ein Lächeln, wärmer und lieblicher als eine Brise am Palmenstrand, und sein Herz schlägt wie eine Reggae-Trommel. Artig überreicht auch er ihr seine Karte zum sofortigen Wegschmeißen, Frauen freuen sich doch immer über höfliche Komplimente. Stop-over Berlin und dann ab in die Karibik mit ihr oder einen Winter Taxifahren in Freiburg *ohne* – der kleine Unterschied von fünfzig Riesen?

Ekke soll nun jemanden aus einer Gärtnerei abholen, es reißt ihn aus seinen Phantasien als Rastafari an eine Palme gelehnt den dicksten Joint seit Entdeckung der Antillen zu schmauchen.

„Dort hinter der Buchsbuche können Sie halten!", teilt ihm der Fahrgast am Ende der Fahrt mit. Er kriegt sich nicht mehr. Buchsbuche! Wo führt denn das hin, wenn jeder irgendwelche Ortsangaben aus seinem Fachgebiet macht?

„Dort, wo gerade die Falbkatze über die Straße huscht", sagt der Tierhändler, „dort, wo Sie das Haus im „Mies van der Rohe"-Stil sehen", sagt der Architekt, „dort, wo diese Muslimin mit dem schwarzen Tschador... nein, hundert Meter weiter bitte, das hier ist ein simples türkisches Kopftuch. Sagen Sie mal, wissen Sie denn nicht, was ein Tschador ist, *Sie Pappnase?*" Das ist dann der Journalist, der ein halbes Jahr in Teheran auf Spesen gelebt hat.

„Ich hätte noch gerne eine Kotztüte", erklärt Ekke später der Bedienung im Taxifahrer-Spezialitätenrestaurant charmant, als ihn der schnelle Hunger plagt. Sie packt ihm die schmackigen Schlabberbrötchen in die Tüte, zum Mitnehmen wie gewünscht, ohne den Mund, in ihrem breiten sibirischen Bauernschädel, zu einem Lächeln zu verziehen.

Aber so ist Ekke, er geht hin zu einem Dönerverkäufer und reißt Dönerwitze. ‚Ohne Döner wär' doch das Leben schöner' oder eben auf Türk-Sprech: ‚ohnä Dönärr – Läbbän schönärr', da hat er überhaupt keine Hemmungen und beide lachen herzlich! Oder er geht her, im Sommer, zu diesem Brot- und Kuchenverkauf an der Straße und sagt: „Guten Tag, ich hätte gerne zehn Wespen. Wieso, Sie verkaufen doch Wespen? Es sind doch auch überall welche. Also, geben Sie mir bitte genau zehn Stück."

„Hey, weißt du, dass das, was du da tust, ein Kultjob ist? Genau, McDonald's ist Kult, bei uns heißt er nur McWürg oder McGoofy oder McDagobert's. Und ist hammerhart im Trend!" Sie zuckt nur die Achseln.

Osteuropäer haben so schrecklich wenig Humor. Das kommt bei denen erst mit der Zeit und mit viel Cola und Jeanstragen. Das macht nämlich die harte freudlose Kindheit in der Taiga, weit hinter dem Ural. So weit dahinter, dass jeder Bauer, noch bis weit in die Zeiten von Perestroika, stoisch ein Porträt von Zar Josef Wissarionowitsch Dschughaschwili in seiner Hütte hängen hatte. Borschtsuppe im Bauch, bissige Bemerkungen schrecklich wichtig tuender Komsomolzen in den Ohren. Zum Abwinken.

Go West.

„Immer diese Radfahrer!", sein nächster Fahrgast, eine vielleicht fünfzigjährige Dame schimpft. „Was die sich alles herausnehmen!" Ekke weiß, nicht zuletzt als Taxifahrer, dass die Dame wohl Recht hat, aber er ist zu intelligent zu fordern, dass alle Radfahrer gefälligst wieder aufs Auto umsteigen sollen, damit sie nicht mehr länger ihre Umwelt gefährden.

„Ich wäre sogar für noch mehr Bevorzugung der Radfahrer. Wenn es nach mir gehen würde, hätte man schon längst Fahrradautobahnen gebaut." Die Dame schaut ungläubig, also erklärt er ihr seine

Vorstellungen. Freiburg hat doch annähernd Kreuzform. Also kann man doch zwei Fahrradautobahnen von Gundelfingen bis nach Merzhausen und von Kappel bis ins Rieselfeld bauen. Die wären dann zweispurig, überdacht, größtenteils windgeschützt und mit einem unheimlich glatten Belag. Vielleicht noch für Inlineskater geöffnet, aber nicht mehr für Fußgänger. Für Straßenbahnen wird doch auch sehr viel Geld verbaut, dreißig Millionen zuletzt für die vielleicht nicht ganz so dringend notwendige Stadtbahn nach Haslach, und die fahren nicht mit Muskelenergie, sondern gegebenenfalls sogar mit Atomstrom. Die ganzen Leute legen jeden Meter mit dem Auto oder der Straßenbahn zurück, um dann am Wochenende mit dem Fahrrad auf dem Dach in den Schwarzwald zu fahren. Das ist doch wirklich auch anders möglich.

„Sie sind wohl ein Grüner." Sie sagt das in einem Tonfall, mit dem man vor siebzig Jahren „Sie sind wohl ein Jude" gesagt hätte. Gleich bekommt er Visionen von früh morgendlichem Gehämmere an seiner Türe, von: „Aufmachen, *Gemestopo*, geheime Merkel- und Stoiberpolizei!", davon, dass dann seine Vermieterin mit dem Nachbar plauscht: „Mein Mieter? Der ist *abgeholt* worden, war so 'n Grüner. Wo er jetzt ist? Na, in so 'nem Lager, glaub ich. 'N bisschen Arbeit kann ihm nicht schaden. Wissens was, der Stoiber tut was gegen das rot-grüne Chaos. Na, wird auch Zeit, was die auch alles gemacht haben! Erst der Dosenpfand, dann der Mist mit der DDR, die wir jetzt am Hals haben, dann der Euro… Der Kohl war besser, der hat die Autobahnen gebaut. Führer war alles besser, äh, ich meine *früher* war alles besser." Der frühe Führer fängt den Wurm.

Abends, es ist schon lange dunkel, sucht er sich seinen Weg zur Wagenburg in der Opfinger Straße, holt einen Zausel dort ab, der ihm allerdings nicht unsympathisch ist. Der erklärt ihm den Weg, weil er schon wieder verpeilt fährt.

„Ich fahr immer so und so rum", erklärt der Zausel ihm, gestikulierend, „denn *denketechnisch* habe ich echt noch was drauf!"

„Das ist gut, das Wort merk ich mir, ,denketechnisch'!", erwidert Ekke und feixt, bringt dann die ganze Zeit das Wort denketechnisch. Denketechnisch hätte er auch viel drauf, obwohl er vom Denketechnischen gelegentlich die Schnauze voll hat und lieber spontan ist… Was meinte er denn jetzt, denketechnisch, ob er jetzt rechts oder links abbiegen soll?

Später muss er Alkohol, diesen Schmierstoff unserer Gesellschaft, besorgen, eine ernstzunehmende Tätigkeit mit großer Verantwortung, denn viele von uns „ertragen es im Suff".

Er geht in die Tanke. Der junge studentische Kassierer unterhält sich gerade mit einem Kunden, den er wohl persönlich kennt.

„Alle meine Freunde sind Alkoholiker", sagt er ihm gerade.

„Echt?", mischt sich Ekke spontan ein und schaut ihn mitfühlend an.

„Ja", erwidert der Kassierer und blickt Ekke dabei für eine volle Zehntelsekunde ernst in die Augen, während er die drei Flaschen trockenen Müller Thurgau und die Cola light kassiert. Dann unterhält er sich weiter mit seinem Freund.

Ekke verlässt die Tanke, mit dem jungen studentischen Kassierer, dessen Freunde alle Alkoholiker sind, und fährt zur angegebenen Adresse. Er klingelt, hört nur irgendein Grunzen, die Frau macht nicht auf. Er klingelt noch ein paar Mal, es grunzt noch ein paar Mal, dann probiert er es beim Nachbarn.

„Legen Sie es doch vor die Tür." Der will die Lieferung nicht abnehmen.

„Da wäre ich *gar* nicht darauf gekommen", erwidert Ekke ironisch und zwinkert ihm zu, „aber das, äh, kleine Problem ist das, äh, *Geld.*" Doch der Nachbar macht nicht mit, für alle anderen würde er es tun, aber nicht für diese Frau. Ekke bringt den Wein zurück zum Alkoholikerfreund.

„Bleib bei der Tanke", sagt er ihm noch, „werd' nie Taxifahrer!"

Und dann endlich – eine schöne Frau!

Und die will auch noch in den Schwarzwald, zu einer psychiatrischen Privatklinik. Ekke meint, er kennt sie irgendwo her, weiß es aber nicht mehr genau. Sie ist ein wenig älter als er, aber ein wirklicher Traum, bringt Ekkes Herz zum Schmelzen wie Butter in der Sonne.

Aber sie ist schon vergeben.

20. „Hallo Schweinepriester!"

Ekke wirft Anke noch eine Kusshand zu, dreht und brettert davon, lässt sie alleine auf dem Gelände der Klinik. Sie fand ihn ganz sympathisch, auch wenn sie ihn kaum kennt, aber er ist die ganze Zeit chaotisch gefahren, hat sie zugequasselt und nebenbei auch noch angebaggert.

„Schöne Frauen mache ich eben routinemäßig an, darfst dir nichts dabei denken", war seine Antwort, nachdem sie ihm zu verstehen gegeben hat, dass sie und Paul wieder zusammen sind. Und: „Nehm mir das nicht übel, Anke, aber man hat da so einiges mitbekommen."

Sie rekapituliert kurz ihre Fahrer, die sie hierher gebracht hatten und auch wieder abholten, eine ganze Menge eigentlich schon. Die meisten kennt sie wenigstens noch vom Sehen, obwohl sie selber schon eine ganze Weile nicht mehr fährt. Eine niedliche kleine, ganz junge, Kollegin war ihr völlig neu. Die trat aber sehr selbstbewusst auf und sie fing, aus irgendwelchen Gründen, ohne dass es ihr groß bewusst wurde, auch gleich mit ihr zu rivalisieren an. Einen hatte sie, der sich in den plump-aggressivsten sexuellen Anspielungen erging und sie beinah noch während dem Fahren betatscht hatte. Zwischenrein redete er noch völlig unmotiviert von Mathematik und erwähnte andauernd irgend so eine bestimmte Zahl und tat, als ob er Wunder wie bewandert wäre. Dann war da einer mit einer roten lockigen Mähne, der ziemlich cool gemacht hatte, aber ganz umgänglich war. Ihm hatte sie natürlich auch erst mal einen Korb geben müssen. Wie den meisten männlichen Fahrern halt, obwohl es ja ab und an auch mal reicht, sich lediglich ein wenig unterkühlt zu geben. Einer, den sie zuerst eingeschätzt hätte, als würde er sich gar nicht so leicht abweisen lassen, ein schon älterer, gammelig und draufgängerisch wirkender, hielt sich jedoch, wider Erwarten völlig zurück, erzählte ihr sogar, wie glücklich verliebt er gerade sei.

Sie betritt Block fünf, Haus vier.

Seit sie das zum ersten Mal getan hat, ist einiges passiert. Es hängen zum Beispiel sogar noch mehr Reporter überall herum. Sie lächelt, obwohl sie deren Anblick nervt, denn sie hatte nicht unwesentlichen Anteil daran.

Sie, zusammen mit Paul, der in ihr steckte, hatten versucht, sich als die Schwester des Patienten auszugeben, um zu ihm Zugang zu bekommen, waren aber erst mal nicht weit gekommen.

„Was meinen Sie, wie viel Brüder und Schwestern dieser arme Mann auf einmal alle hat, die sich in ihrem ganzen Leben nicht um ihn gekümmert haben. Erst jetzt, wo er in den Schlagzeilen ist", hatte man ihr gesagt. „Bitte gehen Sie und nehmen Sie Ihre ‚Geschwister' gleich mit. Sie können ja dann draußen zusammen ein nettes Familientreffen stattfinden lassen."

Sie hatte es dann aber doch geschafft, Zugang zu einem Arzt zu bekommen (auf ihre Wirkung auf Männer kann sie sich doch immer verlassen) und dem konnte sie, mit einem sehr süßen Lächeln, schmackhaft machen, dass sie, ja, gerade sie, möglicherweise, aber doch ziemlich wahrscheinlich, für den Patienten etwas sehr

Besonderes in Petto hätte. Damit hatten sie dann endlich Zugang zu ihm.

Diesen leeren Blick wird sie nie vergessen.

Aber was dann geschah, erst recht nicht.

Der Arzt war mit dabei, er hatte ihr alles erklärt, was sich bisher alles so abgespielt hat. Dass der Patient, normalerweise völlig teilnahmslos, von Zeit zu Zeit, wie durch ein Wunder bewegt, anfangen würde etwas aufzuschreiben, und dass dies, seit ewigen Zeiten, schon immer ein und derselbe Satz gewesen sei. Seit ewigen Zeiten – bis vor ein paar Wochen, als er auf einmal begonnen hatte eine höchst phantastische Kurzgeschichte zu Papier zu bringen. Kein Mensch konnte sich erklären, warum. Bisher sei das zweimal geschehen. Die Story lese sich nicht schlecht, etwas mit Yin und Yang und kosmischer Liebe, und alle seien schon ganz furchtbar gespannt, wie es weiter geht. Aber wie er dazu kommt und woher er die Fähigkeit dazu nähme, wo er doch normalerweise nur vor sich dahinvegetieren würde, wüsste niemand.

Und wie sie dann so vor ihm stand, spürte sie auf einmal, wie sie etwas verließ und bevor sie genau wusste was, sah sie, wie sich der Blick des Patienten veränderte, wie eine vormals düstere Landschaft, vom fahlen Mondlicht beschienen, über der nun übergangslos hell die Mittagssonne stünde.

Da wusste sie, dass es Pauls Seele war, die nun den Wirt gewechselt hatte.

Wozu es auch wirklich Zeit wurde, denn er war zuletzt immer schwächer geworden.

„Paul?" Sie sah ihm in die Augen. Er schaute sie an, öffnete den Mund und sagte einen Satz.

„Anke, du bist wunderschön!" Sie lächelte erfreut, nicht wegen dem Kompliment, sondern weil sie nun sicher sein konnte, dass der Transfer geglückt war. Den Körper, den Paul nun bewohnte, gefiel ihr allerdings weniger, da war ihr der von Paul schon lieber.

„Das ist in der Tat etwas sehr, sehr, sehr Erstaunliches, was Sie hier geleistet haben", ließ sich daraufhin der Arzt vernehmen, der neben ihr stand. „Wie haben Sie das angestellt? War das vielleicht Ihre Schönheit? Mich haben Sie ja, äh, auch richtiggehend verzaubert." Er war sehr, sehr aufgeregt, natürlich nicht nur wegen Anke, sondern weil dies der erste und bisher einzige gesprochene Satz war, den der Patient in seinem ganzen Leben von sich gegeben hatte. Aber nachdem was sich in der letzten Zeit abgespielt hatte, war jeder bereit mit allem zu rechnen, auch dass er, wie der Arzt scherzend bemerkte, sich anziehen könnte, seine Rechnung bezahlen und gehen würde.

Wobei die gar nicht mal so einfach zu erstellen wäre.

Paul schien jedoch nach wie vor sehr geschwächt, brachte auch nur noch wenig hervor und so beschloss sie, dass es das Beste wäre, ihn hier zu lassen. Hier, wo er versorgt wäre – und wo man ihn natürlich auch nicht so ohne weiteres gehen lassen würde.

So hat sie ihn immer wieder besucht in den letzten Wochen. Besuche, die aber wenig Freude gebracht hatten, denn es ging keineswegs aufwärts mit ihm. Er konnte den Körper nur sehr mangelhaft kontrollieren und obwohl er Optimismus auszustrahlen versuchte, wussten beide, dass er es wohl nicht mehr lange schaffen würde, wenn er nicht bald wieder in seinen eigenen Körper zurückkehren könnte.

Die Frage war nur, wo konnte der sein?

Seit diesem ersten Mal hatte Pauls Körper sich nicht mehr bei ihr gemeldet und schien wie vom Erdboden verschluckt.

Und jetzt, als sie den Gang von Haus vier entlang läuft, kommt der ihr vor wie ein alter Bekannter – und die Türe von Zimmer Nummer drei wie ein, inzwischen schon wohl vertrauter, Übergang zwischen Hoffen und Bangen.

Sie weist sich vor der Türe aus, darf passieren, klopft, tritt ein.

Ein Besucher ist da. Der dreht sich langsam um.

„Hallo Anke", sagt er dann.

„Hallo… *Schweinepriester!"*

Kapitel 5

22. Bitte hole meine Kerze, Zweiundvierzig x^2!

Pflanzen haben unterschiedliche Strategien entwickelt, um zu überleben. Die einen, vorzugsweise in üppigen Böden wachsend, gleichen den Verlust durch Pflanzenfresser dadurch aus, dass sie besonders üppig wachsen, einfach eben schneller wachsen, als sie gefressen werden können.

Die anderen werden giftig.

Bekommen Nesseln, bilden Stachel aus. *Zweiundvierzig x^2* gehört zu den Pflänzchen, die Stacheln ausgebildet haben. Er ist ein, dem

Jäten entgangenes, herbizidresistentes Unkraut. Ein Pestwurz. Eine, auf erosiven, armen Böden wachsende Karstkralle. Ein Wüstentrotzer, ein Fieswurzler, ein genügsames Bittergewächs. Ein gemeiner Eckenwucherer, ein Strahlenpilz. Ein zäher unausrottbarer Algenbefall, ein Schwamm überhaupt, der überall da nistet, wo es modrig ist.

Es ist dreiundzwanzig Uhr, ein Taxi hält am Straßenrand. Die Beifahrertür klappt auf. Ein angetrunkener Fahrgast macht mühsam Anstalten auszusteigen – da beschleunigt ihn jäh etwas von hinten, dass er auf den Bordstein kippt, als wäre er der Inhalt eines, mit Schwung ausgeschütteten Eimers voll Unrat. Während er sich wieder aufrappelt, lallend und fluchend, muss er noch eine Schimpfkanonade aus dem Taxi über sich ergehen lassen. Und dann steigt der Fahrer auch noch aus. Bevor er die Beifahrertür zuwirft, wieder einsteigt und mit heulendem Motor in der Nacht verschwindet, gibt er dem Mann auf dem Gehsteig noch mal einen saftigen Tritt.

Zweiundvierzig x^2 pfeift vergnügt vor sich hin. Diese Fahrt hat sich doch echt mal wieder gelohnt. Erst hat er dem dämlichen alten Arsch den Geldbeutel geklaut und dann hat er noch so richtig schön sein Mütchen an ihm kühlen können. Solche Leute hat er gern, die so richtig stinke rotze zu sind, dass sie sich am nächsten Tag an rein gar nichts erinnern können, geschweige denn wer ihnen so in den Hintern getreten hat, dass sie sich dabei anschließend noch die Zähne mit Asphalt geputzt haben.

Zweiundvierzig x^2 muss den ganzen Tag buckeln vor irgendwelchen Fatzkes, damit die Trinkgeld rausrücken und damit sie ihn nicht anschwärzen, dass es einfach gut tut, sich zwischendurch mal abzureagieren. Er fährt auch viele Leute, die ihm ordentlich Respekt einflössen, bei denen er nie probieren würde so eine Nummer abzuziehen, mögen sie auch noch so besoffen sein. Vor starken Leuten hat er Respekt, da kann er schon mal richtig hündisch ergeben sein. Er sucht sich, zum die Sau rauszulassen, halt schwache Leute oder Bimbos und Kanaken, die kann er sowieso nicht leiden.

Bimbos und Kanaken! Deswegen hat er ja kein eigenes Auto, sondern muss jeden Tag auf einem anderen fahren, weil die natürlich Vorrang vor einem deutschen Fahrer haben. Deswegen steht er ja auch nur noch rum. Damit das Gesindel was zu fahren hat.

Früher war es gut, da war er noch in einer tollen Clique, alles Leute, die sich auch nicht immer alles gefallen lassen haben, mit denen er dann ausgezogen ist, einen Draufmachen. Hat das manchmal Spaß gemacht! Einmal, da stand da so ein kleiner Hosenmatz am Straßenrand, zu dem sind sie hingefahren und haben so getan, als ob sie ihn nach dem Weg fragen, haben extra undeutlich gesprochen. Und als der kleine Scheißer sich vorgebeugt hat, weil er nichts verstanden hat, da haben sie ihm ein Ei auf den Kopf gekloppt. So richtig schön geheult hat er, der kleine Arschkeks.

Zweiundvierzig x² hat früher auch nichts zu lachen gehabt, warum soll es dann anderen besser gehen? Abends kam sein Vater von der Arbeit. Manchmal griff er sich den Hund und verschwand mit ihm im Keller, um ihn zu schlagen. Und das war an den guten Tagen. Er war dann immer froh, denn das hieß, dass er diesmal nicht dran war.

Alpha, Beta, Gamma...

Er denkt an diesen Scheißer auf dem Meeting, auf dem er nur mal schauen wollte, was so abgeht. Dieser Scheißer, der da was von seinem Vater geflennt hatte. Mein Gott, er wurde ständig verprügelt als Kind, ist aber kein so Flennweichei. Kurz bevor sein Vater dann endgültig abgetreten ist, hat er ihm mal was gedichtet, aber würde er so etwas vor allen Leuten vorlesen wollen?

Gedicht an meinen Vater!
Dieser alte Knochen,
er hat mich nicht gebrochen.
Und, da er wird nun balde ruh'n,
sag' ich es ihm nun:
auch nimmer wird er's tun!

Ziemlich früh hat er dann auch mit harten Drogen angefangen, in der Clique haben sie sich nicht lange mit rauchen und saufen und 'n bisschen Shit aufgehalten. Auch koksen war nur was für Schwächlinge. Das gute alte *Eitsch*, reines Heroin, das musste schon sein, da konnte jeder zeigen, ob er ein Mann war, ob er sich was Geiles traut oder nicht. Und konnte auch zeigen, ob er ein bisschen was auf dem Kasten hatte oder nicht. Denn, obwohl die meisten seiner Kumpels entweder früh hops gegangen sind oder lieber wieder schön brav clean wurden, hat *er* nie ganz damit aufgehört. Denn er kann damit umgehen.

Gut, er hatte ein Phase, wo er ziemlich abgesackt ist, wo er schließlich so drauf kam, das ihm alles andere egal war, außer seinem nächsten kleinen dreckigen Schuss. Phasen, wo er auch kaum mehr der Hintern hochgekriegt hatte, um sich gegen gutes Geld eben genau da rein ficken zu lassen. Aber solche Zeiten sind für ihn vorbei.

Delta, Epsilon...

Nein, er ist nicht dumm, weiß was man machen muss, um nicht schon früh *den* Löffel abzugeben, auf dem man sich den Schuss zubereitet. Und er hat schon ein bisschen Ahnung von Dingen. Computer und so, da hat er schon was drauf, Hacken und so. Einmal hat er sich eine Telefonkarte so zurechtpräpariert, dass er mit ihr endlos telefonieren konnte, einmal hat er sich so in ein System gehackt, dass er mit einem einzigen Klick zigtausend User abstürzen lassen konnte. War ein geiles Gefühl, als er da saß, und wusste, wenn er jetzt Return drückt, stürzt der Laden ab und Tausende haben massig Ärger. Erst hat er sich noch eine Weile gefreut und dann, *klick...*

Zu Hause hat er die ganze Bude mit Gerät voll stehen. Um alles bedienen zu können, braucht er sieben Fernbedienungen, die er immer irgendwo rum liegen hat. Teilweise im dreckigen Essgeschirr, abgegriffenen Pornos, voll gewichsten Tempos (auch da sieht er zu, dass er es auf zirka Zweiundvierzig mal die Woche schafft, was kann er machen, wenn die Schlampen immer so dämlich sind?), teilweise sonst wo – aber er blickt immer durch. Vielleicht ist die Sieben ja auch eine Zahl mit besonderer Bedeutung für ihn, er fährt ja auch sieben Taxis, an jedem Tag ein anderes, denn immerhin ist Zweiundvierzig x^2 ja: x^2 multipliziert mal sechs, multipliziert mal *sieben!*

Und Zweiundvierzig x^2... nun, Zweiundvierzig x^2 ist... eben etwas Besonderes.

Eine, nun, bestimmte Leidenschaft, manche würden auch sagen, eine gewisse Schwäche von ihm, das ist er durchaus bereit zuzugeben, warum nicht, eine Schwäche hat doch jeder Mensch, aber Zweiundvierzig x^2...

Vielleicht ist er da ja einfach auch schon weiter, als andere Menschen, er hat ja durchaus etwas Visionäres.

Zeta, Eta, Teta...

Nun, Computerspiele spielt er auch sehr gerne, besonders „Mafia", denn da kann er mit seinem virtuellen Taxi, das zum Spiel gehört, Fußgänger umfahren, etwas, was nun wirklich großen Spaß macht. Denn, mein Gott, irgendwann wird er wirklich, *wirklich* jemanden umfahren, als Unfall getarnt, das hat er fest vor. Es kostet einfach zu viel Nerven, sich mit dem Taxi durch die Fußgängerzone zu schlängeln, zum Beispiel, das kann auf Dauer niemand von ihm verlangen. Die Leute wollen einfach nicht ausweichen und ruck zuck ist es dann halt mal passiert. Genau wie bei den Tauben, die er immer geschult platt fährt, was gar nicht so einfach ist, man bracht da schon eine geschickte Wendung. Aber dann kriegt man sie doch, weil die blöden Viecher ja nicht damit rechnen, dass sie einer gezielt anvisiert.

Zweiundvierzig x^2, tja.

Einmal, da hat es ihn ganz schön erwischt wegen Zweiundvierzig x^2, da ist er dann schon mal eine Weile abgetaucht, hat sich dann auch mal ein paar Sachen angehört. Er hat immer ein klein wenig Probleme abzuschalten, außer, wenn er sich mal wieder 'ne Nadel aufzieht, muss immer Aufgaben lösen und... er will verdammt sein, aber manchmal... manchmal, da kriegt er einfach die beschissene Lösung nicht heraus!

Jota, Kappa, Lambda...

Zweiundvierzig x^2 hat Feierabend gemacht, den Bock abgestellt, ist nach Hause und zappt ein bisschen, spielt gleichzeitig noch ein wenig mit dem Computer.

Bis auf die eine geile Sache gerade, war es ja ein ziemlicher Scheißtag mal wieder.

Er trinkt ein Bier auf Ex, nimmt das Nächste.

Da lag so'n Typ am „Tchibo" rum, zum Beispiel, und es wusste eigentlich niemand so recht, ob der sich noch regt oder was. Er hatte sich grad 'n Döner geholt und hatte sicher keinen Bock nach dem Typen da auf dem Boden zu schauen. Dann kam ein Kollege und hat blöd gemacht, warum er da nichts unternommen hatte und so. Der sollte mal nach Asien! Seit dem Indientrip, den er mal gemacht hatte, von dem er schier nicht mehr wieder nach Hause kam, weil da der Stoff so billig ist, kratzt ihn so was nicht mehr die Bohne. Da lagen überall die Leute rum, die Kranken und Sterbenden, auf der Straße, und kein Mensch beachtete die. Da kriegt man doch mal eine viel realistischere Einstellung zum Leben! Und hinterher, der Kollege hatte den Krankenwagen gerufen, war das eh wieder bloß falscher Alarm. Der hatte wohl nur irgendwas genommen und als ihn der Sani kräftig kniff, hatte der schon wieder die Augen offen.

Er trinkt vom zweiten Bier die Hälfte.

Sowieso, was ist das für ein Land, in dem wir leben! Lauter dämliche Oberlehrer. Diese bescheuerten Messschilder, zum Beispiel, in der Dreißiger-Zone: „Sie fahren soundso viel!" Wenn er die sieht, gibt er Gas, versucht es bis zur Ende der Messstrecke auf möglichst genau Zweiundvierzig km/h zu schaffen, ob mit

Fahrgästen oder ohne. Die haben bei ihm eh nichts zu melden, diese Scheißer.

„Ich bin zwar nur Taxifahrer, aber ein bisschen kenne ich mich auch aus, in der Stadt", das ist dann so sein Standardspruch, wenn ihm einer dumm kommt.

My, Ny, Xi...

Zweiundvierzig x^2 zappt noch ein bisschen, trinkt Bier. Ein toter Hund lag auf der Straße heute, das war doch wenigstens mal was Lustiges zum anschauen, obwohl er Hunde eigentlich noch am liebsten mag. Die Polizei hatte die Straßenseite gesperrt und Aufnahmen gemacht, wie bei einem ganz normalen Unfall.

Das Fernsehen bringt gerade etwas von Russen in Deutschland. Um das Gesocks gibt er nicht viel, aber er hatte gestern eine ziemlich scharfe Russin an Bord! Beim Zahlen hat sie sich vorgebeugt, dass man schön alles sehen konnte, schwarzer BH und so, und beim Aussteigen hing ihr die Hose so weit nach unten, dass er den Ansatz ihrer Arschfalte und ihr rotes Spitzenhöschen bewundern konnte, puuh! Für solche Fälle hat er ja eine Digitalkamera vorne eingebaut. *Zweiundvierzig x^2* macht die Glotze aus und schaut sich seine Fotosammlung an, alles hübsche Schnecken, die er heimlich photographiert hat. Die eine Nutte von vor ein paar Tagen zum Beispiel, die ihn gefragt hatte, ob er auch Werbung für ihren Laden machen kann. Er hat ihr gesagt: „Klar, aber vorher muss ich dich erstmal testen kommen. Kostenlos natürlich." Er betrachtet das Foto von ihr. Nicht schlecht. Sieht fast so gut aus, wie die kleine, süße Neue. Jammerschade, dass die nichts von ihm wissen will. Na ja, muss er vielleicht mal ein bisschen fester anpacken. Und die eine, die er mal, vor kurzem, ein Stück in den Schwarzwald gefahren hatte! Mann, war das ein Gerät! Da hat er selber eins bekommen die Fahrt über, hat sich immer so ein bisschen zu ihr gestreckt, dass sie es sehen konnte. Aber die wusste halt nicht, was gut ist.

Na ja, auch die wird sich schon noch mal ganz schön wundern.

Heute liefen nur hässliche Weiber rum, Mutter Pferdegesicht mit ihrer fohlengesichtigen Tochter, zum Beispiel.

Oder die eine notgeile Brillenschlange, die er heute gefahren hat. Ist Scheiße aussehen ein Trend, wäre sie voll angesagt. Sie zahlte, ihre blassblauen Augen, mit den starken Brillengläsern, wirkten wie die Stielaugen einer Weinbergschnecke, und sie wartete dann exakt die Sekunde, innerhalb der eine Einladung ausgesprochen werden könnte.

Dabei hat er sie eigentlich nur behandelt, wie er Frauen immer behandelt, nicht eben sanft gerade. Aber die brauchen das ja, die Weiber, sonst machen sie ja was sie wollen.

Zweiundvierzig x^2 macht die dritte Flasche auf.

Eine Oma hat er heute noch gefahren, die vor lauter Angst mal wieder das Taxi viel zu früh bestellt hat.

Omikron, Pi, Rho, Sigma...

„Da komme ich ja viel zu früh!", hat sie geflennt.

„Sie können ja noch eine kleine Stadtrundfahrt mit mir machen!", hat er ihr geantwortet.

„Wenn Sie diesen Wecker da ausschalten..."

„Tja, wenn Sie jetzt ein zwanzigjähriges Mädel wären..."

„Sie sind wenigstens ehrlich." Klar ist er ehrlich, er erzählt auch Kollegen, wenn sie mal was verpasst haben. Neulich stand einer vor ihm, der für eine halbe Stunde gesperrt war. Und er kriegte dann eine schöne Fahrt in den Schwarzwald, die sonst die seine gewesen wäre. Und das hat er ihm natürlich brühwarm reingedrückt. Mann, hat der sich geärgert! Nur schade, dass ihm der Patient eine Stunde lang seine Lebensgeschichte und seine ganzen Krankheiten, Klinikaufenthalte, Operationen und von irgendwelchem Ärztepfusch erzählt hat.

Die Lösung ist... könnte die Lösung Zweiundvierzig x^2 sein?

Zutexten wollen sie ihn alle, aber das macht er nicht mit. Gestern kam wieder der Kollege, der ihn immer zutextet. Er nahm das Handy ans Ohr und machte ihm eine Geste, dass er telefonieren würde. Ab und zu sprach er noch ein paar Sätze ins Handy. Herrliche Ruhe!

„Zweiundvierzig... die Wurzel oder vielmehr die Potenz..."

Zweiundvierzig x^2 hat die dritte Flasche leer, nimmt die vierte.

Die Zahlen in seinem Kopf. Die Zahlen!

Seine Hände zittern, er trinkt gierig. Das tut so gut, wenn der Vorhang kommt, wenn alles weich und freundlich wird und er alles vergessen kann.

Fahrten, die regelmäßig kürzer als das Tragen der Koffer gehen, so ist das doch bei dem Dreck-Job. Er trinkt, ist schon nicht mehr klar im Kopf. Zwei Penner hat er heute noch gefahren, zum Sozi, voll die neuen Fünfzig-Euroscheine hatten sie in der Tasche. Gesocks. Zum Taxifahren haben sie Geld. Wenn es nach ihm gehen würde... Er trinkt.

Tau, Ypsilon...

Einen Ausländer hat er heute auch noch gefahren, der ihn aber schwer beeindruckt hat. So möchte er auch mal sein, obwohl er ja

Ausländer nicht leiden kann. Aber manche von denen haben halt schon etwas...

„Zum Bahnhof, aber vielleicht, wenn's geht, Beeilung!", mit diesen Worten ist er eingestiegen. Schnell, knapp, mit wenigen Worten gleich Herr der Lage. So etwas beeindruckt ihn schwer, diese faszinierende Aura der Macht. Jeder Zoll Vertreter der Freiburger Arabermafia, der Mann! Gleich hatte er sich auch die Armlehne erobert, mit großer Selbstverständlichkeit verdrängte er seinen Arm. Man spürt gleich, der Mann fackelt nicht lange, wenn's drauf ankommt. In der Nähe vom Bahnhof standen die Leute, mit denen er sich treffen wollte, sie hatten ihr Auto, mit auswärtigem Kennzeichen, lässig halb auf der rechten Spur der Bismarckallee abgestellt, vielleicht schon eine Viertelstunde lang. Das sind Kerle! Wenn einer dumm gekommen wäre, von diesen deutschen Weicheierpolizisten? Aber das hätte sich ja eh keiner getraut, bei diesen vier finster blickenden Burschen.

„Salam", begrüßte er sie knapp. Und sie wurden gleich ehrerbietig. Die vier kommen vielleicht aus dem Libanon, aus Syrien oder aus Libyen? Wollen was einfädeln? Und dann werden dunkle Geschäfte gemacht, Dinger gedreht, da kümmert man sich nicht um kleinliche Gesetze... *faszinierend! Zweiundvierzig x^2* trinkt.

Phi, Chi, Psi...

Gleich kommt der Vorhang, das spürt er, das Vergessen.

Was war noch? Ach ja, richtig! So ein Radiofuzzi war bei ihm, ein junger Typ, ziemlich hippelig, hat sich ständig versprochen, aber war sonst ganz gut drauf. Wollte von ihm wissen, ob Taxifahren sexy macht. Klar macht das sexy. Ist zwar ein Scheißjob, aber da kann man schon mal zeigen, was man hat!

„Hock dich mal rein, Mann", hat er zu ihm gesagt, „fühl mal, wie es abgeht im Taxi!" Und dann haben sie sich eine Weile unterhalten, hauptsächlich über Stoff, wo gerade was zu checken ist, und über Frauen.

Und dann sind sie nur so dagesessen, ganz cool einfach, cool, wie man eben halt sein muss, im Leben.

„Zweiundvierzig x^2", hat er gesagt, na ja, wie er das schon auch mal tut.

„Bitte hole meine Kerze", hat der Typ geantwortet. Und dann war Schweigen und sie haben gewusst – dass sie beide eigentlich schon ziemlich cool sind.

Zweiundvierzig x^2 nimmt noch mal einen beherzten Zug, lässt es richtig gluckern und das reicht dann auch für heute.

Endlich – der Vorhang!
Omega.

22. Showdown mit Körpertausch.

„Du tust es besser freiwillig, mein Freund!"
Rainer schaut sich ins Gesicht. Das ist das erste Mal in seinem Leben, dass er dafür keinen Spiegel braucht. Er – sein Körper, sieht ziemlich sauer aus, hat er den Eindruck, klingt auch so. Rainer hat ein bisschen Schwierigkeiten seinem eigenen wütenden Selbst gegenüberzustehen. Er hat das Gefühl, das macht ihn dann auch nicht gerade attraktiver.

Die letzte Viertelstunde war nicht besonders angenehm für Rainer. Die schöne Frau, mit der er sich zuletzt leidenschaftlich in den Kissen gewälzt hatte, hatte sich ihm gegenüber ziemlich frostig gezeigt und sein eigener Körper ebenso. Das musste wohl alles so kommen, dass sie sich jetzt alle drei hier versammeln würden. Gott wird sich jetzt sicher irgendwo im Hintergrund totlachen, da ist er sicher.

Und seine gestammelten Erklärungsversuche sind auch bisher nicht auf besonders fruchtbaren Boden gefallen. Sein Körper meinte nur bissig, dass er ihm das auch alles erklären könne, wenn sich jeder wieder in seinem eigenen Leib befände. Der eine täte sich dann leichter mit den Sprechwerkzeugen und der andere mit dem jeweiligen Inventar des Körpers, das fürs Aufnehmen und Verstehen von Gesprochenem zuständig ist.

„Na, was ist, Körperklauer? Dass man beklaut wird, von Zeit zu Zeit, daran ist man ja schon gewöhnt, aber das hier? Da ist man mal einen Moment nicht wachsam genug und zack, ‚hast nicht aufgepasst, Penner, viel Spaß beim Rumschweben', oder was?
Wo ist überhaupt dein eigener Körper, Körperklauer, warst du auch mal einen Moment nicht auf der Hut?"

„Also, ich soll mich jetzt dir annähern und dann, macht es auf einmal wusch…"

„Keine Ahnung, Körperklauer, ob es dann wusch macht, aber wir sollten es jetzt besser irgendwie probieren, sonst brauch ich nicht mehr darüber zu spekulieren, wie das Nirwana eigentlich so genau beschaffen ist, denn dann *weiß* ich es nämlich." Rainer könnte es ihm sagen, denn er war ja bereits schon vierzig Milliarden Jahre lang tot. Du kannst dich daran gewöhnen, könnte er ihm sagen, die Zeit vergeht schneller als eine Stunde Taxifahren, aber er verzichtet darauf.

Mit ein Grund dafür ist sicher, dass er selber ein dringendes Interesse daran hat, wieder zurückzukehren. Denn auch er ist schwächer geworden, so schwach sogar, dass er sich nur mit letzter Kraft hergeschleppt hat, dass er sehr froh war, seinen Körper endlich gefunden zu haben. Selbst wenn er gewollt hätte Taxi zu fahren, dass heißt, selbst wenn es im Moment überhaupt freie Taxis geben würde, was aufgrund der extrem hohen Arbeitslosigkeit seit einiger Zeit gar nicht mehr der Fall ist, hätte er es gar nicht geschafft. Am Anfang war es wie ein Rausch über diesen Edelkörper zu verfügen, aber dann verließen ihn bald die Kräfte.

Rainer sieht Anke an, mit einer Mischung aus Bedauern und Begehren. Hinter ihr bemerkt er einen Spiegel.

Er geht hinüber, schaut hinein, tut das eine ganze Weile.

Rechts unten im Spiegel ist das Bild seines eigenen Körpers zu sehen, wie er auf dem Bett sitzt. Er tritt näher, bis sein Gesicht den Spiegel ganz ausfüllt, bis er ihn mit der Nasenspitze berührt, seine Kühle spürt, die im Moment ganz angenehm ist.

Schade, denkt er, *aber es soll wohl nicht sein.*

Er schließt für einen Moment die Augen. Als er sie wieder öffnet, ist ihm der Blick in den Spiegel versperrt.

Jemand steht davor.

Paul wendet endlich den Blick ab vom Spiegel. So gern wie jetzt hat er sich schon lang nicht mehr betrachtet. Er geht zum Bett hinüber, legt Rainer die Hand auf die Schulter.

„Wusch", sagt er.

„Ja, wusch, nicht wahr? War nett dich kennen zu lernen, Paul. Ich meine…"

„Ja, schon klar, was du meinst, *so richtig intensiv!* Ja, war nett, hat mich auch gefreut. Aber jetzt…", er wendet sich an Anke, „lass uns schleunigst hier abhauen. Mir geht es wieder prima. Ich könnte Bäume ausreißen. Und was diese ganze Geschichte mit uns betrifft", er schaut Rainer an, „so interessiert sie mich eigentlich gar nicht mehr." Er nimmt Ankes Hand. „Und an irgendwelchen verschärften Meditationsübungen bin ich auch nicht mehr interessiert."

„Und mich lasst ihr hier?"

„Ich könnte etwas Abstand von dir ganz gut vertragen, Körperklauer, sei mir nicht böse."

Eine Schwester kommt herein.

„Ich bin geheilt", sagt ihr Rainer.

„D-Das kann jeder sagen." Aber sie ist doch ein wenig schockiert. „S-Sie bleiben erst einmal hier, bis Sie mit einem Doktor geredet haben!" Und sie wirft Paul einen Blick zu. Rainers Geist muss ihr seinen Besuch ja irgendwie schmackhaft gemacht haben.

Anke und Paul wenden sich zum Gehen. Rainer stammelt: „Die… die lassen mich hier nicht mehr raus, helft mir! Die Psychiatrien sind voll mit Leuten, die raus wollen, es aber nicht schaffen! Und dann werden sie lobotomiert und wenn sie Glück haben von irgendwelchen indianisch aussehenden Mitgefangenen mit einem Kissen erstickt!"

„Die dann irgendwelche Waschbecken aus der Verankerung reißen, das Fenster einschmeißen und abhauen … nein, wir sind doch nicht mehr in den Sechzigern. Nein, wir werden dich solange besuchen kommen, bis wir wissen, dass du draußen bist. Das machen wir schon", verspricht ihm Paul gönnerhaft.

Was er jedoch nicht beachtet, ist die Tatsache, dass in Freiburg gerade ganz gutes Wetter ist. Genau das richtige Wetter, um sich am Taxistand ein wenig die Füße zu vertreten.

Und kaum sind die beiden aus der Tür, verändert sich auch schon Rainers Gesichtsausdruck. Es ist – als hätte ihn eine tiefe Trance ergriffen. Er greift sich Papier und Bleistift und fängt an zu schreiben.

Und nichts auf der Welt könnte ihn jetzt davon abhalten.

23. Bevor er sich erinnerte.

» „Hallo Yang", sagte die Frau und lächelte. „Es war eine lange Zeit. Auch dieses Mal wieder." Er hatte diese Frau, so wie sie jetzt vor ihm stand, noch nie zuvor in seinem Leben gesehen und doch – er erkannte sie sofort wieder.

„Hallo Yin. Da bist du ja."

Und – er erinnerte sich.

Er erinnerte sich an ein Mädchen, in Trümmern und Not – dennoch lächelnd. Er erinnerte sich an ein altes Ehepaar zur Zeit der französischen Revolution. An ein glückliches Familienleben in den schlimmen Zeiten des Dreißigjährigen Krieges. An ein Zusammensein um die erste Jahrtausendwende. An ihre Augen, *ihre* Augen, die ihn anstrahlten, als die Germanen gegen die Römer kämpften, die ihn anstrahlten, lange bevor es Rom überhaupt gegeben hatte. An ihre Arme, die ihn umschlangen, voll Liebe, als die Menschen noch Tierfelle trugen. Ja, die dies schon taten, als der Mensch noch nicht Sapiens hieß, sondern Homo Habilis.

Und er erinnerte sich an die lange, lange Zeit... davor.

Er schaute sie an und sie schaute ihn an. Zwischen ihnen beiden gab es nichts zu reden. Es gab keine Fragen.

Sie waren Mann und Frau, Adam und Eva. Sie waren Schlüssel und Schloss. Sie waren Tag und Nacht, Erde und Luft, Feuer und Wasser. Sie waren einander wie der Regen für die Wüste, wie die wärmenden Strahlen der Morgensonne für den Frierenden, wie Speise für den Hungrigen, wie Trank für den Durstigen, wie der Schlaf für den Müden.

Wie ein sanfter Tod für den Sterbenskranken.

„Du hast mich gefunden. So, wie ich dich fand, das Mal davor. So, wie wir uns immer gefunden haben – seit es diese Welt gibt."

„Seit es männlich und weiblich gibt. Wir kommen auf die Welt und wir sterben, wir leben nur ein Leben lang. Aber wir werden wieder geboren. Und wir finden uns – immer wieder." Er nahm ihre Hand, wie er es immer getan hatte, seit sie Menschen waren, seit sie Hände hatten.

„Lass uns gehen. Wer weiß, wie viel Zeit uns diesmal bleibt."

Ihr Blick fiel auf Monika, er war weich und voll Achtung und Verständnis. „Hast du ihn geliebt?"

Monika antwortete nicht gleich. Sie wusste nicht recht, wie ihr geschah, alles kam so plötzlich. Aber sie spürte den Atem des Übernatürlichen, der sie streifte wie ein Eishauch. Und sie wusste, dass sie Marc verloren hatte, für immer. Sie wusste, dass er, den sie geliebt hatte, ja, es immer noch tat, mit dieser Frau zur Tür hinausgehen würde und dass sie ihn nie mehr wieder sehen würde.

„Ich habe ihn geliebt. Aber er nicht mich."

„Doch das hat er schon, Kleine." Sie nahm ihre Hand. „Ich weiß, er hat dich sehr geliebt. So gut er es jedenfalls konnte." Monika spürte seltsamerweise etwas Tröstliches in der Berührung dieser Frau, obwohl sie es ja war, die ihm Marc wegnahm. Aber es schien, als hälfe ihr ihre Hand zu verstehen. „Es gibt jedes Mal eine Zeit, in der wir aufwachsen, in der wir uns nicht mehr an uns erinnern, jedenfalls nicht bewusst. Aber in unserem Unterbewusstsein, in unseren Träumen, haben wir Zugang zu dem was war. Irgendwann ist es dann an der Oberfläche, jedenfalls bei einem von uns. Und dann suchen wir den anderen. Solange, bis wir uns gefunden haben.

Das kann eine Weile dauern, je nachdem wie weit wir auseinander sind. Und manchmal ist der andere dann schon vergeben, jedenfalls für den Moment. Aber das hält nicht, *hat es noch nie*. Dann fließen halt die Tränen." Sie drückte sie noch einmal kurz. „Armes Ding, ich muss dir wehtun."

Die beiden wandten sich zum Gehen. In Monika stieg heißer Schmerz empor. Sie versuchte es, wider besseren Wissens: „Was wird jetzt aus uns, Marc? Gehst du jetzt einfach zur Tür hinaus, mit ihr? Und kommst nicht wieder?" Sie unterdrückte ein Schluchzen. „Wir waren fünf Jahre zusammen! Bedeutet dir das denn gar nichts?"

Fünf Jahre. Was sind schon fünf Jahre. Das Huschen einer Maus, der Aufprall eines Regentropfens. Der Flügelschlag eines Kolibris.

Was sind schon fünf Jahre – gegenüber der Ewigkeit?

Sie waren fünf Jahre zusammen, das stimmte. Und er hatte sie *doch* geliebt. Doch das war nun vorbei. Das war damals.

Bevor er sich erinnerte.

An dass, was Liebe überhaupt ist. «

25. Taxifahren *macht* sexy!

„He, nur weil ich dir im Suff einen geblasen habe, denkst du… He, ich hab kotzen müssen! Nee, das nicht, aber…"

„Doch das hast du, Mädel, oder hast du das schon vergessen? Du hast mir das ganze Badezimmer voll gekotzt. Aber erst zwei Stunden später und nur, weil du keinen Alkohol verträgst. Was ist jetzt, sind wir zusammen oder nicht?" Bukenkötter hört sich diese Worte sagen und auch ihm kommen sie vor, als wenn ein Teenager den anderen fragen würde, ob sie „denn miteinander gehen würden oder nicht". Er kann sich aber nicht helfen, er fühlt sich auch gerade wie ein Teenager. Wie in verliebter Teenager. Wie ein verliebter Teenager mit einem gebrochenen Herzen.

„Du, sei nicht traurig, ok?", sagt Sweetie bedrückt. „Es war eigentlich ganz nett mit dir… aber auf Dauer wär' das eh nichts gewesen, oder? Hey", sie küsst ihn flüchtig, „du bist doch jetzt nicht down, deswegen?"

Bukenkötter *ist* aber down. Hatte er sich um Jahre jünger gefühlt, als er noch mit ihr zusammen war, fühlt er sich jetzt wie „allein und dem Sterben überlassen".

Leben is schiete, das weißt du doch, Bukenkötter, nu hab dich nicht so. Machste es bei der Nächsten halt wieder genauso. Er schnieft trotzig. *Wenn de merkst, die haste an der Angel, dann sagste: Tschau Baby, war eigentlich ganz nett mit dir.* Er wendet sich und geht, lässt Sweetie stehen, an ihrem Taxi, die ihm unglücklich nachschaut.

Aber besser sie sagt es ihm ins Gesicht, als...

„Macht Taxifahren sexy?"

Perplex dreht sie den Kopf – da steht der Radiomensch!

„Was??"

„Macht..." *Bitte hole meine Kerze!*

Der junge zappelige Big-Shit-Reporter steht da... ja, wie steht er da? Als wäre er gerade am Interviewen, liefe auf ein Taxi zu, um jemandem seine Frage zu stellen und da steht sie! Nein, nicht die Kerze, sondern:

Die – Frau – Seiner – Träume.

Er nimmt ein paar entzückende Sommersprossen um ihre gepiercte Nase herum wahr, schaut in ihre himmelblauen Augen – und sieht, wie sich diese langsam weiten!

Es ist Liebe auf den ersten Blick, bei beiden.

„Bitte... hole meine Kerze..." Es ist nur ein Hauch, den er hervorbringt, nur ein leises Flüstern, als gestände er ihr seine Liebe. Doch Sweetie versteht ihn, trotzdem. Und sie haucht zurück: „Sie muss... in der Nähe des Brunnens sein...!"

„Du, du ...!"

„Ja, ich kenne das Spiel. Und ich hab' auch ziemlich lang danach gesucht und bin schier verzweifelt. Aber jetzt weiß ich, wo sie ist, die Kerze, die gottverdammte. Du musst nur in die Fabrik von Tannor gehen. Sie ist..." Schnell verschließt er ihre Lippen mit einem Kuss. Er wird die Kerze finden und er wird das aus eigener Kraft tun, nicht weil ihm jemand sagt, wo sie ist. Ein Mann gibt niemals auf, und wenn er bis ans Ende seiner Tage suchen muss. Er weiß ja jetzt, mit *wem* er diese verbringen wird.

Später wird sie ihn mal fragen, was er denn da eigentlich von ihr wissen wollte. Mit „Macht...?", hatte er angefangen, aber dann hatte er nichts mehr weiter von sich gegeben.

Doch er wird den Satz nicht zu Ende sprechen, wozu auch? Und was kümmert ihn jetzt noch sein Sender, sein Interview.

Jetzt weiß er es doch, oder?

Das Taxifahren sexy *macht!*

24. *Das Schriftstellerische Potential.*

Einen Monat später.

Rainer ist entlassen worden, hat die Meute Medien abgeschüttelt, eine bereinigte Fassung seiner wundersamen Heilung mitsamt der Kurzgeschichte einem Nachrichtenmagazin verkauft. Er kann jetzt erstmal gut leben, ohne Taxifahren zu müssen und macht sich jetzt daran, seinen Roman aus dem Gedächtnis zu schreiben. Konzentriert sitzt er vor dem Bildschirm. Schweigen, Stille, nur das Summen des Lüfters ist zu vernehmen.

Stunden später: Schweigen, Stille, nur das Summen des Lüfters ist zu vernehmen. Rainer hat eine Schreibblockade.

„Ich… ich kann nicht mehr schreiben! Was ist los mit mir? *O Gott!"*

„Hier, verstärkt anwesend!" Der freundliche ältere Herr mit dem Spazierstock taucht vor ihm. Dieselbe Szenerie wie vor einiger Zeit, nur befinden sie sich nicht mehr auf einer leeren Ebene.

„Warum kann ich nicht mehr schreiben, lieber Gott?"

„Hast du überhaupt jemals schreiben können?" Rainer ist pikiert.

„Nein, ich scherze nur, was das Schriftstellerische angeht, bist du nicht schlecht. Menschlich aber hast du ja nun wirklich nicht viel drauf."

„Das ist nicht wahr. Ich habe mich gebessert! Ich weiß jetzt, dass ich den Fehler immer bei den anderen gesucht habe, anstatt bei mir selber. Ich… habe sehr viel an mir gearbeitet. Ich habe ja auch vierzig Milliarden Jahre Zeit dafür gehabt."

„Nun, Rainer, dem kann ich nicht ganz zustimmen. Schließlich warst du tot in dieser Zeit! Es gibt da… nein, das geht dich nichts an. Nein, mein Lieber, wenn du nicht tot gewesen wärst, wäre es dir ganz schön lang geworden, die Zeit! So ohne irgendetwas – noch nicht einmal einen Gameboy hattest du… Glaube mir, auch mir wird die Zeit schon mal lang. Deswegen spiele ich ja auch mal ein Spielchen zwischenrein mit dem Schicksal einzelner Leute, Autoren blasphemischer Kurzgeschichten beispielsweise…"

„Dann war das alles ein Spiel? Pauls Seele in Ankes Körper…

„Du, in Pauls Körper in Ankes Körper…"

„Sehr witzig! Meine Seele in Pauls Körper, seine in meinen, dann seine in seinen…

„Und deine in deinen, gut Rainer, du hast es geschafft alle Transfers aufzuzählen."

„Und was sollen denn all diese makabren Scherze?"

„Nun, ich neige zu makabren Scherzen, das weißt du doch! ‚Nun stell dich nicht so an, Abraham', ‚Lots Weib sucht sich neue Aufgaben – als Salzlecke für Damwild!' ‚Jericho Ugly Jazz Combo', ‚Sinn in der Sintflut?', ‚Raus aus dem Paradies, sonst werd ich fies', und vor allem natürlich: ‚Lass diesen Kelch an mir vorübergehen!' Doch was tat ich? Ich, ganz makabrer Scherzkeks, befahl es ihm, ihn bis zur bitteren Neige leer zu trinken." Gott lächelt, nun fast ein wenig säuerlich, könnte man meinen. „Nein, ganz amüsant, diese christliche Mythologie, ich habe oft herzlich lachen müssen und wenn dieser Papst mal abtritt, habe ich noch ziemlich Lustiges mit ihm vor – aber sie trifft den Kern der Sache nicht gerade, ist halt eben Menschenwerk." Gott seufzt nachgiebig. „Der Mensch hat noch viel zu lernen. So stellt sich der kleine Max… wie sagt man?"

„Die Löcher im Schweizer Käse vor?"

„Ach ja, richtig. Nun, ich habe mir schon etwa drei Zilliarden Zilliarden Sprachen und Dialekte merken müssen, wobei ich bei einigen besonders abwegigen, die nur dazu dienen sollen regionale Eigenständigkeit zu bewahren, es wohl nie schaffen werde. Wie etwa Tanx-i-Xullu, Blobbel-Gobbel und – was war das allerschlimmste noch mal…? Ach ja, richtig, Schweizer Käse, wir hatten es ja gerade davon – *Schwyzerdütsch!*"

Jetzt ist sein Lächeln wieder humorvoll. „Nein, ganz im Ernst, Paul und Anke waren niemals wirklich in Gefahr – und im Übrigen hat ihre Geschichte ja ein Happy End genommen. Und du, mein Sohn, du hattest durchaus etwas Läuterung verdient."

„Vielleicht hast du Recht..."

„Natürlich habe ich das. Ich habe immer recht."

„…und ich will gar nicht mehr R & B sein!"

„R & B? Was ist das, Rhythm & Blues?"

„Nein, Reich und Berühmt." Rainer seufzt tief. Eigentlich will ich auch gar nicht mehr R & B sein." Er lügt.

„Du lügst!"

„Nun ja…"

„Du sollst nicht lügen, schon vergessen? Nun ja, ich will nicht so streng mit dir sein, Rainer, schließlich bist du ein Kind deiner Zeit. Und da kennt man den Begriff Lüge ja nicht mehr, man sagt Marketing dazu oder Wahlversprechen, je nach dem. Und deshalb will ich dir jetzt etwas verraten, was kein Mensch weiß. Dein Körper hat insgesamt drei Teile der phantastischen Kurzgeschichte, die du ja schon ganz gut vermarktet hast, verfasst. Drei Male hat ihn ein

mysteriöser Drang gepackt zu schreiben und drei Male hat er es dann auch getan. Und weißt du auch warum?" Eine rhetorische Frage, denn Rainer hat keine Ahnung, *kann* keine haben, schließlich ist er ja nicht der liebe Gott. „Jedes Mal, wenn ein gewisser taxifahrender witziger Blödler namens Ekke eine ,Reise' anfing…"

„Ekke hat die Story erfunden?"

„Du sollst mir nicht ins Wort fallen! Nenn es von mir aus das elfte Gebot. Du sollst deinem Herrn und Gott nicht ins Wort fallen. Oder zumindest nicht ständig." Es scheint, als ob sich Gott die Stirn wischt. Aber wahrscheinlich scheint es nur so.

„Nein, es war *Das Schriftstellerische Potential*, Rainer, was deinem Körper die Story diktiert hat, nicht Ekke. Ekke ist nur ein witziger Blödler, der aber eine gewisse Affinität zu dir hat, deswegen das Ganze. Doch nur du hast auch Tiefe, bei dem was du schreibst, wobei es mich schon immer wundert, woher die eigentlich herkommt, denn so leben, als hättest du Tiefe, tust du ja nicht. Nun, egal. *Das Schriftstellerische Potential*, Rainer, die reine Essenz schriftstellerischen Könnens, war in diesen Momenten ausschließlich in deinem Körper konzentriert! Alle Autoren, überall auf der Welt, hatten in diesen Momenten Blackout, hatten „blauen Bildschirme' und brachten nichts zustande. Was eigentlich sowieso für die Meisten gilt, auch den Rest der Zeit über." Er schmunzelt. „Du hattest die letzte Zeit nichts mehr von dem Potential, bekommst jetzt aber deinen Anteil zurück – und kannst nun deinen Roman aus dem Gedächtnis schreiben."

„Und werde ich dann… R & B?"

„Nun…"

„Lass mich raten, Das ist alles Gottes Plan?"

„Richtig, woher weißt du denn das? Ach richtig, bin ich zerstreut, das habe ich dir ja am Anfang schon gesagt!"

Rainer überlegt.

„Lieber Gott", sagt er dann, „damals habe ich dich auch etwas gefragt, worauf du mir nicht geantwortet hast. Warum die Reichen reich und die Armen arm sind. Und jetzt frage ich mich… Ich hab mal einen Film mit Westernhagen gesehen, ich meine, nicht, dass ich Westernhagen so richtig gut finde…"

„Ich glaube außer ihm geht das vielen Menschen so."

„…aber da war die eine Szene, als dieser Typ da starb und grade noch stammeln konnte: ,Das Leben ist ein krankhafter Irrsinn'. Sag mal, lieber Gott, wieso ist diese Welt eigentlich so…", er sucht nach einem Ausdruck, findet aber keinen anderen, der so richtig gut passen würde, außer: *„so beschissen?"* Gott schaut nicht gerade erfreut, ob dieser starken Sprache. Schließlich ist die Welt *sein* Werk. Mittelbar, jedenfalls.

„Lieber Rainer. Du warst mal bei einem Therapeuten und der hat dir auf solche Klagen geantwortet, ‚nicht die Welt ist …', sondern deine Sicht dieser Welt ist es. Hast du immer noch nichts dazugelernt?" Rainer hat es nicht. Zu groß ist seine Egozentrik und zu klein sein Charakter.

„Und warum sagt dies dieser Mensch?", fährt Gott fort. „Weil er sterben muss? Ich vermute nicht, denn er lässt sich ja über das *Leben* aus. Nein, ich glaube, weil er es einfach nie gelebt hat. Weil... nun, jeder Mensch hat sein Leben in der Hand. Aber ein jeder muss auch kräftig schnattern, gackern, mit den Flügeln schlagen und nach Würmern picken, um am Leben zu bleiben, beten alleine macht nicht satt." Er ergänzt schnell: „Und wenn ‚ein jeder' ein Wurm ist, dann muss er sehen, dass er außer Reichweite scharfer Schnäbel bleibt. "

„Aber warum lässt du denn all das zu, all dieses Leiden, all dieses furchtbare Gemetzel..."

„Seit König Etzel nur Gemetzel! Jaja. Wenn du ein Schnitzel willst, sag mal, wo gehst du dann hin? Zum Metzger, richtig. Nun sag *du* mir nicht, das geht auch alles ohne Gemetzel."

„Aber", Rainer protestiert hilflos. Gegen göttliche Logik ist jeder Mensch machtlos. „Aber... aber, wieso..."

„Ganz einfach", unterbricht Gott gnädig das Gestammel, „weil ich es eben nicht anders hinbekommen habe."

Rainer zwinkert. Und da einmal zwinkern nicht reichen würde, seiner Verwirrung Ausdruck zu verleihen, tut er es noch mal. „Wie stellst du dir denn die Erschaffung der Welt eigentlich vor? So, wie die Kreationisten, die gegen alle Vernunft meinen, ich hätte, da die Welt nicht älter als die Sintflut ist, Saurierskelette versteinert und in die jeweiligen Felsschichten liebevoll einzeln eingebettet? Mal einen Saurier, der so aussieht, als wäre er auf seinem Gelege von einem Sandrutsch verschüttet worden? Mal eine spannende Kampfszene von Jäger und Beute, geschickt arrangiert, die sich gegenseitig an die Kehle gegangen sind? Mal hätte ich einen ordentlichen Haufen Koprolith, versteinertes ‚Dino-do', hingeworfen? Mal sind die Skelette wunderbar erhalten, mal sind sie nur noch Brösel... und dann gäbe es noch den Teufel, der die Radiokarbonmethode gefälscht hat, so dass jetzt alle fälschlicherweise meinen, der jüngste Dinosaurierfund wäre sechzig Millionen Jahre alt?" Rainer findet, dass Zwinkern eigentlich genau das ist, was jeder vernünftige

Mensch in seiner Lage tun würde, und fährt deswegen getrost damit fort. „Meinst du, ich hätte jeden Stein und jeden Kiesel und jeden Grashalm einzeln und von Hand erschaffen? Wozu denn Michelangelos wunderbare Werke erschaffen, wenn man doch nur *ihn* zu erschaffen braucht, auf das er es dann selber tue, mit großer Freude und Vollendung. Warum denn erst Michelangelo erschaffen, wenn nur zwei Keimzellen dazu nötig sind, aus denen er dann von selber entsteht. Und dies, Rainer, kannst du ewig so weiter führen, bis zum Urknall selber. Du siehst, Rainer, alles was ich machen musste, war einen genügend großen Klumpen Materie erschaffen, den über eine kritische Dichte hinaus komprimieren, noch ein paar Ingredienzien *Gesetze Der Physik* dazutun, die ihr Menschen ja zu einem schönen Teil bereits entschlüsselt habt – und der Laden läuft." Rainer bleibt bei Bewährtem und Liebgewonnenem. „Ich habe keine Zeit überall nach dem Rechten zu schauen, jeder muss für sich selber sorgen. Aber jeder der lebt, der kann das auch, solange – bis er eben Platz für Neues schaffen muss."

„Und wer", Rainers Stimme zittert leicht, *„hat dich... dann...?"*

Er spricht es nicht zu Ende und Gott ermuntert ihn auch nicht dazu, aber es hängt für einen Moment unausgesprochen in der Luft, wie ein noch nicht zur Gänze verklungener Mollakkord.

„Du bist doch Schriftsteller, Rainer. Schriftsteller können die Welt aus ihren Träumen formen. Lasse deine Phantasien spielen. Bring deine Vorstellungen zu Papier." Gottes Miene wird für einen Moment streng. „Aber vergiss nie, was ich dir jetzt sage: Läutere dich! Schriftsteller haben auch eine gewisse Verantwortung der Welt gegenüber oder sie verdienen ihren Namen nicht. Das, was du jetzt bekommst... das kriegst du nur auf Bewährung, vergiss das nie. Und jetzt Rainer, hau rein." Er stößt ihn mit dem Stock, genau wie damals auf der Ebene.

„Reite den Pegasus."

Kapitel 6

26. Rainer bekommt Post.

Knapp zwei Jahre später.

Ein warmer Spätsommerabend. Rainer sitzt auf einer Bank an der Dreisam und lässt seine Gedanken Revue passieren.

R & B – man gewöhnt sich so schnell daran. Es waren keine schlechten zwei Jahre für ihn.

Sein Buch, das er aus dem Gedächtnis geschrieben hatte, wobei er das Gefühl hatte, es noch ein klein wenig besser hinzukriegen als das erste, ist der Megaseller des neuen Jahrhunderts geworden. Es hat sich verkauft wie ab, wurde in zwanzig Sprachen übersetzt.

Und eines Tages kam er dann, der Anruf aus Hollywood. Und der Vertrag. Und die Dreharbeiten. Und die Stars, die Interviews, der Rummel, die Oscars – und damit dann endlich das *Ganz Große Geld.* Er hat es genossen, hat alles ausgegeben. Und wenn sie ihn dann heimsuchten, die Erinnerungen, die er mit niemanden teilen konnte, außer mit Paul und Anke vielleicht, aber auch eigentlich mit niemanden je wirklich teilen wollte, wenn sie dann kamen, abends, wenn es ruhig war, dann hat er sie hinuntergespült mit reichlich Alkohol.

Aber eines hat er sich nicht nehmen lassen. Da war doch eine gewisse Susanne… Sie hat ihn nicht erkannt, wie wohl auch, er aber sie. Er hat sie dann ein bisschen umgarnt, er der Oscarpreisträger für das beste Drehbuch, und natürlich hat sie angebissen. Und natürlich hat er, er der reiche Star, sie daraufhin abblitzen lassen, wer ist er denn, er nimmt doch nicht jede. Ein kleines Späßchen, was er sich nicht entgehen lassen konnte, wie sie da so angeschleimt kam, wieder und wieder.

Heute Morgen war er am Hotelpostfach. Eine Menge Post war darin, alles die übliche Routine.

Dann waren da aber noch fünf Briefe in einem teuren Umschlag, die ihm ziemlich eigentümlich vorkamen und die er deshalb nicht gleich geöffnet hatte.

Fünf Briefe, mit fünf unterschiedlichen Absendern – aber alle fünf mit genau demselben, aufwendigen, Briefumschlag.

Aus irgendeinem Unbehagen heraus hat er das Öffnen hinausgezögert. Doch nun kann er es nicht länger tun.

Der Erste ist ein Brief von Susanne. Er macht ihn auf.

„Ich hasse dich morgens, wenn die Sonne aufgeht.
Ich hasse dich abends, wenn sie untergeht..."

Ein Hassbrief, einer von der Sorte, den enttäuschte Menschen verfassen, die nicht loslassen können. Rainer schmunzelt. Vor langer, langer Zeit, vor sehr langer Zeit, da war er noch genauso.

Im Zweiten ist die Bestätigung einer Überweisung aus Hollywood. Über eine Million einhundertdreiundzwanzigtausendeinhundertdrei Euro. Die Honorarnachzahlung, mit der er bereits fest gerechnet hat. Mit einem zufriedenen Grunzen verstaut er beide Briefe.

Im Dritten ist eine Arztrechnung – über eine Million einhundertdreiundzwanzigtausendeinhundertdrei Euro, exakt den gleichen Betrag.

„Wir bitten zu entschuldigen, das wir solange für das Erstellen der Rechnung gebraucht haben, aber das Abklären der einzelnen Posten und Kostenträger untereinander, über den Zeitraum von zwanzig Jahren, hat fast zwei Jahre gebraucht."

Mit zitternden Händen öffnet er den Vierten.
In dem ist nur ein Zettel.

„Tja, Rainer. Wie gewonnen, so zerronnen. So ist das, wenn man sich nicht läutern lassen will. Aber nicht ärgern, sondern weiter fleißig schreiben. Und da ist noch was, mach doch noch bitte den fünften Umschlag auf.

Ein älterer Herr mit Spazierstock."

Da – ist es Rainer doch auf einmal, als ob es in der Luft flimmern würde. Der Brief in seiner Hand löst sich auf in Nichts. Und wenn er in seiner Tasche nachschauen würde, fände er auch dort keine Briefe mehr, keinen, bis auf einen letzten. Und in diesem Moment schon – hat Rainer fast alles vergessen, was da je war an außergewöhnlichen Dingen, bis auf ein gewisses schwammiges Gefühl, das bleibt, das vielleicht jeder mal hat, als wäre da etwas gewesen, was keiner sich je so richtig erklären könnte.

Es ist besinnliche Spätsommerstimmung. Rainer sitzt auf seiner Bank und sieht den Leuten zu. Da kommen Paul und Anke vorbeigeschlendert, Händchen haltend.

„Sagt mal", spricht sie Rainer an, „ist euch vielleicht irgendetwas Rätselhaftes in der letzten Zeit aufgefallen?"

Paul schaut Anke an, Anke schaut Paul an.

„Etwas Rätselhaftes?" Ist da ein Zucken um ihre Mundwinkel? Es ist wohl nur die Einbildung.

„Nein, nicht das wir wüssten." Und so schlendern sie davon, ein schönes Paar, nachdem sie ihm noch einen schönen Tag gewünscht haben. Und als sie seinem Blick entschwinden, kleiner und kleiner werden, weiß Rainer schon nicht mehr genau, warum er sie eigentlich angesprochen hat.

Das sind doch nur zwei Leute, die er vom Taxifahren kennt.

Und so geht alles wieder seinen Gang, in diesem ganz normal verrückten Universum, noch Äonen lang.

Dann, nach etwa zwanzig Milliarden Jahren, wird es kollabieren und ein neues Universum wird daraus entstehen. Und das wird wieder ein ganz klein wenig besser sein.

Aber davon weiß Rainer nichts mehr.

Und das ist auch gut so.

Und all die Anomalien, die da je waren, sind bereinigt und das Leben findet seinen Weg. Die Sonne ist ein großer heißer wabernder Gasball und die Erde umkreist ihn.

Noch viel später sitzt Rainer auf der Bank. Die Sonne ist schon lange untergegangen, aber es hat noch nicht besonders abgekühlt, obwohl es doch sternklarer Himmel ist.

Weißt du wie viel Sternlein stehen…

Er schaut hinauf.

Der Polarstern. Die Wega in der Leier. Der Aldebaran im Stier. Der Sirius im großen Hund.

Sie alle flimmern ein bisschen. Flimmern, wie wenn die Luft zwischen Stern und Betrachter thermischen Schwankungen unterläge, oder…

Oder, als wollten ihm die Sterne vergnügt zuzwinkern.

Was kümmert es ihn?

Er ist nur ein ganz normaler Taxifahrer mit schriftstellerischen Ambitionen – und einem Brief in der Jackentasche. Er öffnet ihn, darin ist ein handschriftlich beschriebener Zettel.

Es ist seine Handschrift.

Du sollst keine blasphemischen
Kurzgeschichten mehr schreiben!

April '04 – Interview mit mir selber

Herr Lembke, gratuliere, Sie haben es geschafft, ein begehrter Interviewpartner zu werden!
Nana, sehr schmeichelhaft von Ihnen, Herr Lembke. Na, was ist jetzt, fragen Sie schon, gleich kommen noch zwei Herren vom Spiegel.

Erzählen Sie mal. Kamen Sie erst durchs Taxifahren zum Schreiben?
Ja. Unbedingt. Viele große Künstler waren gequälte Seelen, die eine Zeit großen Leidens und Entbehrens durchgemacht haben. Ja.

Finden Sie das nicht ein bisschen übertrieben, wenn Sie das Taxifahren immer so schlecht machen?
Ich mache gerne immer alles schlecht. Umso besser stehe ich dann selber da. Nein, drücken wir es mal so aus. Wenn ich Taxi fahre, gehe ich immer im McDonalds essen. Das gehört dazu. Einmal weil die den einzig richtig heißen großen Kaffee zum Mitnehmen in ganz Freiburg anbieten und andererseits, weil ich so sehr auf glitschige Gummibrötchen stehe. Und jedes Mal genieße ich es an der Kasse anzustehen, dieses hektische, ohrenbetäubend piepende, schwitzende, unterbezahlte Durcheinander vor mir zu sehen und zu denken – *tut das gut*, endlich mal jemand mit einem noch schlechteren Job als ich.

Warum fahren Sie dann überhaupt noch?
Um mich vom Schreiben auszuruhen.

Man hat Sie „einen kleinen Zyniker" genannt, würden Sie dem zustimmen?
Tatsächlich? Nun, welch Kompliment, man hätte mich ja auch „einen großen Zyniker" nennen können. Nein, es gibt Leute, die wollen nicht extra die rosa Brille aufsetzen, wenn sie etwas lesen, die wollen, dass das schon von vornherein schön rosa eingefärbt ist.

Für die sind meine Taxi-Bücher natürlich nichts. Wobei das nicht heißt, dass ich nicht auch mal furchtbar gerne eine schöne rosa Landschaft malen möchte. Nur darf da kein Taxi darin stören. Nein, in Wirklichkeit bin ich ein sehr lieber Mensch, besonders lieb zu süßen Omis und Zwergkaninchen.

Laufen Ihnen denn nun die Frauen in Scharen hinterher?
Frauen? Was ist das?

Na, Frauen, Sie wissen doch... rassiges Chassis, Frontspoiler...!
Chassis, Frontspoiler...? Ich verstehe nicht ganz, ein Golf GTI? Ach so, jetzt weiß ich was Sie meinen, haha, aber Sie haben noch die Knautschzone und den Doppelairbag vergessen, Sie kleiner Schelm! Nein. Es hebt sich in etwa auf, Frauen stehen durchaus auf intelligente und witzige Buchautoren...

Sie halten sich für witzig und intelligent?
Lassen Sie die dummen Bemerkungen, Herr Lembke, irgendwo muss doch der Spaß aufhören! Satire hat genau da ihre Grenzen, wo ich das Opfer bin. Also... stehen schon auf Buchautoren, laufen aber Taxifahrern in Scharen davon. Sie sehen, es ist alles eine Frage der Auflage. Im Moment sind es noch Gläubiger, die mir in Scharen hinterherlaufen.

Wer Ihre Bücher liest könnte meinen, Menschen, die Taxi fahren, spannen den ganzen Tag Frauen an.
Was reden Sie für einen Unsinn. Es gibt auch Frauen, die Taxi fahren – und die spannen selbstverständlich Männer an.

Was schätzen Sie übrigens mehr an Frauen, Schönheit oder Charakter?
Wie gesagt, Frauen sind immer schön, entweder an Aussehen oder an Charakter. *Es klingelt.* Moment, ich geh aufmachen, das ist sicher der Spiegel. *Spricht im Hintergrund.* Hallo! Nehmt Platz, Jungs, ich komme gleich. Ihr könnt euch ja solange bedienen, aber fresst mir nicht gleich den Kühlschrank leer.

Wäre es den Taxifahrern nicht zu gönnen, das es wirtschaftlich wieder aufwärts ginge?
Wieso, wenn wir mehr zu fahren hätten, fehlte uns die Zeit zum Jammern und Selbstbemitleiden. Außerdem sind wir selber schuld an

der Misere, weil wir durch Quasseln und verpeilt fahren viel Kundschaft verlieren. Wir sollten auch mehr fürs Image tun. Mythos Taxi! Taxi ist Kult! So sollte das doch beim Kunden rüberkommen. Bücher zu schreiben kann erst der Anfang sein. Wir bräuchten stimmgewaltige Kollegen, die Fahrgäste mit „O sole mio" durch Freiburg schaukeln, wie in einer Gondel auf dem Canale Grande. Wir bräuchten Leute, die den Fahrgästen an der Ampel aus der Hand lesen können und Kollegen, die auch approbierte Ärzte sind und im Stau eine Schnelldiagnose vornehmen können.

Wie kommen Ihre Bücher bei den Kollegen an?
Die finden das witzig. Na ja, die meisten. Gut, ok, ok, ich meide spätabends dunkle Ecken.

Was halten Sie von der Konkurrenz der Fahrradtaxis?
Ein laschsubventionierter Haufen, der nicht ernst zu nehmen ist. Neulich wollte mein Kumpel, der gerade als „dickster Mann der Welt" über die Jahrmärkte tingelt, aber ein unheimlicher netter Kerl ist, und ich auf den Schauinsland. Sie hat abgelehnt. Da liegt das Geld auf der Straße und die bräuchten sich nur zu bücken.

Was wünschen Sie sich für Ihre Zukunft?
Ich möchte, dass das Amt des Außenministers fest an die Bedingung geknüpft wird, vorher Taxifahrer gewesen zu sein, denn nur diese kennen sich wirklich aus mit Weltpolitik, schließlich haben sie ihr Leben lang Bildzeitung gelesen. Und dann werde ich mir einen Traum erfüllen. Wie sagt der Hesse: *(nimmt Tonfall eines aufgebrachten, ehrlichen, hart arbeitenden Hessen an)* „Dschordsch dabble-ju, mit dir möscht isch ämal babble-du!" Und wenn das nicht klappt gehe ich zur Bildzeitung. Auch die fangen jetzt an mit Vergangenheitsbewältigung und haben dafür eine ständige Kolumne eingeführt, für die sie noch jemanden suchen: Mea Culpa – lügen wie gedruckt.

Herr Lembke, wir danken Ihnen für das Gespräch
Bitte, bitte.
Herr Lembke?
Ja?
Der fettkursive Text ist für uns reserviert.
Ach so. Entschuldigung. *Schreit*: So, die Leute vom Spiegel können jetzt kommen! Aber keine Müllfragen, okay?